Meurtre en eaux troubles

DU MÊME AUTEUR CHEZ MIRA

Sang de glace
Le soupir des roses

SHARON SALA

Meurtre en eaux troubles

Roman

MIRA

Titre original :
DARK WATER
publié par MIRA®

Traduction de l'américain par JOËLLE TOUATI

Mira® est une marque déposée par le groupe Harlequin

Photo de couverture
© GETTY IMAGES / ROYALTY FREE / PHOTODISC GREEN

83/85 boulevard Vincent Auriol 75646 PARIS CEDEX 13.
ISBN 978-2-2808-5598-3 — ISSN 1765-7792

Mon père était alcoolique. Durant toute mon enfance, j'en ai ressenti une grande honte, comme si son vice était aussi un peu le mien. Puis, en grandissant, j'ai été assaillie par de terribles craintes : je redoutais d'être marquée génétiquement, de développer à mon tour un penchant pour la boisson.

Il m'a fallu de nombreuses années avant de comprendre que, en dépit de ce que l'on entend souvent dire, les enfants n'héritent pas des défauts de leurs parents et n'ont pas non plus à être punis pour leurs fautes.

Je ne prétends pas valoir mieux que mon père. Je ne suis que ce que je suis, responsable du cours de ma vie envers moi-même et devant Dieu.

Ce livre est dédié à tous ceux et toutes celles qui ont pâti des faiblesses d'un proche, un fardeau parfois lourd à porter mais dont il est toujours possible de se débarrasser.

1.

Poursuivi par la police, Avery Wheeler fonçait sur la Highway 27 au volant d'un fourgon blindé, une otage pour passagère. Il bifurqua sur une voie secondaire à la sortie de Stanton. Bientôt, les flics réapparurent dans son rétroviseur. Il ne comptait plus que sur la nuit tombante ; il savait qu'il n'atteindrait pas la frontière canadienne. Son plan était de les semer dans la forêt bordant le lac Flagstaff. Ensuite, qui vivrait verrait…

L'espace d'un instant, il regretta d'avoir quitté le lycée dans les années soixante-dix pour aller travailler dans l'entreprise de conditionnement de viande de son oncle. Mais surtout, il regrettait de s'être encombré de cette femme assise à côté de lui. Il l'avait obligée à monter dans le fourgon sous la menace de son revolver, et depuis, elle n'avait pas cessé de hurler. S'il avait pu revenir en arrière, il n'aurait pas pris les mêmes décisions. Mais le mal était fait. A présent, il devait se débarrasser de la police et de cette maudite employée de banque qui lui vrillait les tympans.

Les eaux sombres du lac se dessinèrent à l'horizon dans la lueur du soleil couchant, et tandis qu'il négociait un virage, une idée lumineuse se forma dans son esprit. Il détacha sa ceinture de sécurité, abaissa sa vitre et mit le pied au plancher. La brusque accélération les plaqua, lui et son otage, au dossier de leurs sièges. Il serra les dents et s'arc-bouta contre le volant. Les cris de sa passagère montèrent d'une octave. A bout de patience, il la frappa violemment du revers de la main. La femme sombra dans un état de semi-conscience.

Et le silence retomba, surnaturel. Les sirènes de la police ne semblaient plus qu'un lointain murmure. Avery avait l'impression de vivre un film au ralenti.

Le vent qui s'engouffrait par la vitre ouverte lui sifflait doucement aux oreilles. Il haletait, et le bruit de son souffle précipité se mêlait au faible gémissement de la femme. Les derniers rayons du soleil scintillaient sur le lac, qui se rapprochait à toute vitesse.

L'impact fut violent. Dans un fracas retentissant, le véhicule souleva des gerbes d'eau. Puis il s'enfonça — beaucoup plus vite qu'Avery l'aurait imaginé. Quand l'eau commença à entrer par la vitre, son cœur se mit à cogner contre ses côtes. Il tendit un bras en arrière et attrapa le sac plein de billets.

La femme émergea de sa torpeur. Elle saignait du nez. En portant une main à son visage, elle se barbouilla de sang. L'air alarmé, elle brossa l'eau de ses vêtements comme s'il s'agissait de poussière. Puis elle essaya de détacher sa ceinture. En vain. Elle leva vers Avery un regard terrifié.

— Vous savez nager ? demanda-t-il.

Elle secoua la tête. Il recula son siège au maximum.

— Dommage.

Elle allait se noyer. Tant pis pour elle.

— Ne me laissez pas ! cria-t-elle en le saisissant par le bras.

Il lui décocha un coup de poing pour se dégager. La tête de la femme rebondit contre le dossier du siège et elle resta sans mouvement.

— Vous devriez me remercier, grommela-t-il.

Au moins, elle ne souffrirait pas.

Alors qu'il enjambait le rebord de la fenêtre, le fourgon tangua dangereusement. Paniqué, il passa la bride du sac autour de son cou et tenta de s'extirper en hâte du véhicule avec la peur d'être aspiré par un tourbillon. La bandoulière s'accrocha au levier de vitesses puis au rétroviseur extérieur, ralentissant sa fuite. Chaque fois, il eut du mal à la décoincer et faillit se débarrasser de son butin. Sauf que s'il s'était mis dans ce pétrin, c'était précisément pour l'argent. Il n'était pas encore prêt à y renoncer.

Et tout à coup, il fut libre. Plein d'espoir, il palpa le châssis, trouva une roue, s'appuya dessus et prit de l'élan, en priant pour que ses brasses le mènent vers la surface et non vers le fond.

L'eau était dense. Il avait l'impression de nager dans de la gélatine. Bien sûr, c'était dû au poids du sac, mais il avait confiance : il était musclé et avait toujours été un bon nageur.

Il émergea bientôt. Le soleil avait complètement disparu. En faisant du surplace, il scruta la berge où avait versé le fourgon. Il percevait les voix des policiers mais ne distinguait que de vagues silhouettes courant en tous sens dans les lueurs rouges et bleues des gyrophares. S'il ne voyait pas les flics, il y avait de grandes chances pour qu'eux non plus ne le voient pas. Mais, dans le doute, il se mit à nager avec force jusqu'à ce que ses bras s'ankylosent et que le souffle lui manque.

Relâchant ses efforts, il s'arrêta et regarda derrière lui. Des faisceaux lumineux balayaient le bord du lac. Les cris des flics n'étaient plus que de lointains échos. Avec un sourire satisfait, il repositionna le sac sur son épaule et recommença à nager. La rive opposée n'avait encore que des contours flous, mais entre les arbres, il apercevait une petite tache jaune, sans doute une lumière allumée sous un porche. Les yeux rivés sur ce point, il poursuivit sa progression.

Il lui fallut un certain temps pour sentir la morsure du froid, une douleur qui s'éveilla dans sa poitrine avant de gagner peu à peu ses bras. Quand elle lui coupa la respiration, il prit conscience qu'il n'arriverait jamais au Canada. Accablé par cette réalité, il se débarrassa enfin de son butin. Trop tard, malheureusement. En coulant, le sac heurta son genou, puis son pied. Avery avança encore de quelques mètres, jusqu'à ce qu'un étau lui broie la poitrine avec une telle intensité qu'il ne put retenir un hurlement de douleur. Son cri se répercuta sur les eaux calmes, telle une onde aiguë et lugubre. Avery comprit qu'il venait de s'entendre mourir. Ses yeux roulèrent dans leurs orbites et tous ses muscles devinrent flasques. Le lac engloutit son corps en silence, comme il avait englouti le sac rempli de billets.

Les plongeurs étaient déjà au bord du lac quand le jour se leva. La forêt rayonnait de tous ses feux, mais la beauté automnale du paysage les laissait de marbre. Leur sinistre mission n'était pas propice à la contemplation.

Danny Baldwin, des services du shérif, faisait partie de l'équipe de recherche et de sauvetage depuis plus de six ans. Il en était fier, mais il détestait cet aspect-là de son métier. Surtout quand il savait d'avance, comme aujourd'hui, qu'il n'y aurait pas de sauvetage à la clé — seulement des cadavres à remonter.

On l'avait informé que la femme prise en otage avait deux fils adolescents. A ses yeux, elle était avant tout une mère et une épouse, et il mettrait un point d'honneur à rendre sa dépouille à sa famille.

La nouvelle n'avait pas paru émouvoir plus que ça Will Freid, son partenaire et son beau-frère. Ce dernier était de dix ans son aîné, et Danny se demandait si c'était à cause de son ancienneté qu'il était moins sensible que lui. Son coéquipier semblait avoir un cœur de pierre. En tout cas, il ne laissait jamais paraître ses émotions.

— Voilà le shérif, annonça-t-il.

Danny leva brièvement la tête, puis termina l'inspection de ses bouteilles d'oxygène. Tout un tas de voitures officielles étaient arrivées au bord du lac. Il savait qu'un agent du FBI avait été dépêché pour surveiller les opérations, parce que l'argent avait été dérobé à une banque assurée par la FDIC — une compagnie prenant en charge les dépôts de plus de 100.000 dollars. Mais contrairement à certains de ses collègues, il n'y voyait pas une remise en question de leurs compétences. Et il n'était pas intimidé. Retrouver le corps était la seule chose qui comptait.

— On dirait qu'on nous a envoyé des renforts.

Danny se retourna. Parmi les silhouettes qui descendaient de voiture, il reconnut des hommes avec lesquels il avait déjà eu l'occasion de travailler.

— On en aura besoin, commenta-t-il.

Will scruta le lac.

— Ouais… C'est qu'il y a une sacrée étendue de flotte, ici.

Danny ne répondit pas. Il ajusta le col de sa combinaison et chargea ses bouteilles sur ses épaules.

— Tu es prêt ?

Devant son hochement de tête, il adressa un signe au shérif.

— On est prêts, chef.

Ron Gallagher ôta son chapeau et se passa une main dans les cheveux.

— Vous savez ce que vous avez à faire, les gars. Tenez-vous-en au secteur indiqué sur la carte que je vous ai donnée. J'enverrai les autres plongeurs au sud.

Il regarda le ciel avant de poursuivre :

— Si le vent se lève, vous arrêtez tout. Inutile de prendre des risques.

— On n'a pas l'intention de se noyer, le rassura Will.

— Ne vous en faites pas, chef, renchérit Danny avec un sourire.

Le shérif soupira, conscient que la légèreté de ses hommes n'était qu'un masque destiné à les protéger de l'horreur qui les attendait.

— Soyez prudents.

— Comme d'hab', répondirent-ils à l'unisson.

Sur ces mots, ils se dirigèrent vers le petit canot amarré à la berge.

Quelques minutes plus tard, le hors-bord démarrait en pétaradant. Danny manœuvra vers la zone où le fourgon avait dû sombrer. Le véhicule ne pouvait pas se trouver à plus d'une dizaine de mètres de la rive. Quant à ses occupants, c'était une autre histoire. S'ils étaient sortis de l'habitacle avant de se noyer, leurs corps avaient pu dériver.

Parvenu au point d'où il souhaitait commencer les recherches, il arrêta le moteur et jeta l'ancre par-dessus bord.

— On y va, Will ?

Son partenaire hocha la tête et leva les yeux vers le ciel, ébloui par le soleil levant.

— Au moins, on a du beau temps.

— Ouais. Espérons qu'on aura aussi de la chance.

Le fourgon fut localisé en moins d'une heure et aussitôt hissé sur la terre ferme. L'otage était encore attachée à son siège — un tableau déprimant. Un cadavre constituait toujours un échec pour des sauveteurs.

Toutefois, la mission n'était pas terminée. Il fallait encore retrouver le conducteur du véhicule. Peut-être Avery Wheeler avait-il réussi à s'en tirer, mais rien n'était moins sûr. Jusqu'à présent, nulle trace de son passage n'avait été relevée aux abords du lac.

Les plongeurs regagnèrent le fond.

Le jour commençait à décliner quand Danny repéra le sac. Il comprit tout de suite de quoi il s'agissait et en conclut qu'ils ne tarderaient plus à découvrir le corps d'Avery Wheeler. Il fit un signe à son coéquipier qui le rejoignit rapidement. Il lui confia le sac et lui indiqua de le remonter à la surface. Will acquiesça, puis se propulsa vers le haut, laissant dans son sillage une traînée de bulles d'air.

Resté seul, Danny alluma le cadran lumineux de sa montre et évalua le temps dont il disposait avant que ses réserves d'oxygène s'épuisent. La nuit allait bientôt tomber. S'ils ne trouvaient pas le corps d'Avery Wheeler bientôt, il faudrait reprendre les recherches le lendemain. Or la météo annonçait une vague de froid pour la soirée. Au matin, l'eau serait glaciale, malgré les combinaisons étanches.

En tournant sur lui-même afin de décider dans quelle direction poursuivre son exploration, Danny déplaça du limon du bout de ses palmes. Autour de lui, l'eau s'assombrit. Sa torche sous-marine ne diffusait qu'un pâle halo, mais nager dans les ténèbres ne le dérangeait pas. En fait, il était plus à l'aise dans les profondeurs qu'à l'air libre. Sans doute la nostalgie du ventre de sa mère…

Conscient que le temps lui était compté, il reprit ses recherches. Cinq brasses en avant, puis il s'orienta vers la droite et décrivit un cercle. Une fois ce périmètre examiné, il avança encore de cinq brasses et inspecta un autre secteur circulaire. Il entamait une troisième circonférence lorsqu'il aperçut un pied. Ainsi, l'homme n'avait pas réussi à prendre la fuite, comme il commençait à le croire.

Danny régla l'intensité de sa torche et balaya le corps d'Avery Wheeler. Il l'observa longuement, dans un silence troublé par les seuls bruits de sa soupape et de ses expirations. Puis il envoya une balise à la surface. Alors seulement, il remarqua que le cadavre reposait sur quelque chose.

Les gestes lents et réguliers, il s'approcha, se courba en avant et poussa le corps, qui bascula sur le côté et s'affaissa dans la vase. Dessous apparut un long caisson métallique dont l'une des extrémités était à demi enterrée.

Sachant que trois petits hameaux avaient été engloutis lors de la création du lac, Danny se dit que la caisse avait dû être oubliée dans l'une des maisons sacrifiées. A moins qu'il ne s'agisse d'un rebut. Bien qu'il soit en principe interdit de jeter quoi que ce soit dans le lac, certains le considéraient comme une décharge.

Danny s'approcha encore. La vieille malle mangée par la rouille était cadenassée — détail plutôt curieux. Sortant un couteau d'une de ses poches, il inséra la lame dans la serrure du cadenas et la crocheta.

Il était sur le point de soulever le couvercle quand il sentit une tape sur son épaule. Son coéquipier était de retour, en réponse à l'envoi de la balise, et le dévisageait d'un air interrogateur. Danny lui montra le corps, puis le cadenas qu'il venait de faire sauter. Will roula des yeux derrière son masque, visiblement contrarié. D'un geste ferme, Danny lui fit comprendre qu'il voulait ouvrir la caisse. L'autre finit par capituler avec un haussement d'épaules. Il se plaça à son côté, les genoux calés contre la malle, et tous les deux tentèrent de pousser le couvercle, qui refusa de bouger. Les charnières étaient scellées par la rouille.

Will tapota le cadran de sa montre. Ils seraient bientôt à court d'oxygène, et la luminosité baissait à vue d'œil. Hochant la tête, Danny s'agenouilla près de la caisse et redoubla d'efforts. Avec une grimace agacée, son partenaire lui apporta son aide.

Il le connaissait assez pour savoir qu'il ne laisserait pas en plan ce qu'il avait commencé.

Cette nouvelle tentative s'avéra d'abord aussi désespérée que les précédentes, mais soudain, ils sentirent du jeu dans le couvercle. Danny leva le pouce et se remit aussitôt à forcer. Le couvercle s'écarta légèrement. Danny se redressa et inséra les doigts dans la fente afin d'avoir une meilleure prise.

Quand le couvercle céda, il lui fallut quelques secondes pour digérer la vision qui s'offrait à lui. Un squelette gisait dans le coffre. L'eau agita l'une de ses mains aux longs doigts osseux. Danny rabattit vivement le couvercle et se tourna vers son collègue. Le choc et la stupeur se lisaient sur le visage de Will. D'un commun accord, les deux hommes s'emparèrent du corps d'Avery Wheeler et le ramenèrent à la surface.

La Nouvelle-Orléans, Louisiane

Sarah Jane Whitman allait être en retard au travail. Après avoir passé une bonne partie de la nuit à vérifier la comptabilité de son restaurant, Ma Chère, elle avait oublié de programmer son radio-réveil. Patronne de l'établissement, elle pouvait se permettre d'arriver quand bon lui semblait, mais elle aimait être la première à pénétrer dans la salle à manger, où elle retrouvait un peu l'ambiance de la veille. Certes, recevoir les clients et leur servir à manger relevait de la routine, mais les gens étaient chaque jour différents. De fait, les soirées au Ma Chère se suivaient sans se ressembler. C'était là que résidait l'intérêt du métier. Sarah adorait son petit univers, qu'elle devait en grande partie à sa mère adoptive, Lorett Boudreaux.

Pressée d'aller jeter des nappes blanches sur les tables et de manipuler la fine vaisselle en porcelaine, elle enfila ses chaussures tout en se brossant les cheveux.

— Zut, maugréa-t-elle quand un mouvement un peu trop vif fit sauter le bouton de son pantalon.

Recoudre le bouton serait plus rapide que de changer de tenue. Jetant la brosse sur la coiffeuse, elle alla chercher sa corbeille à couture dans l'armoire et baissa son pantalon jusqu'aux genoux.

Elle était en train de nouer le fil pour l'arrêter quand le téléphone sonna. Encore une perte de temps, songea-t-elle en jetant un coup d'œil à son réveil puis au répondeur. Néanmoins, elle décrocha à la troisième sonnerie.

— Allô ?

— Sarah Whitman ?

Il y avait au moins vingt ans qu'elle n'avait pas entendu cet accent — un accent qui lui rappelait tant de douloureux souvenirs.

— Oui, j'écoute.

— Mademoiselle Whitman… Ron Gallagher à l'appareil. Je suis le shérif du comté de Somerset, dans le Maine.

Elle baissa les yeux sur une petite tache au bout de sa chaussure droite et inspira profondément. Elle avait la gorge tellement serrée qu'il lui était impossible de répondre.

— Mademoiselle Whitman… Vous êtes toujours là ?

Elle frissonna, puis se passa une main tremblante sur le visage.

— Oui. Excusez-moi. Que me vaut cet appel ?

— Franklin Whitman était votre père, n'est-ce pas ?

Ses paumes devinrent moites. Elle se sentait au bord du malaise. Pourquoi cette histoire revenait-elle sur le tapis ? L'affaire n'était-elle pas classée depuis belle lurette ?

— Je n'ai pas envie de parler de ça, répliqua-t-elle d'une voix un peu trop aiguë.

A l'autre bout du fil, Ron Gallagher se mordit la lèvre. Il n'était qu'un jeune flic à l'époque du scandale, mais il savait quel cauchemar la famille de Franklin Whitman avait vécu. Marmet était une petite ville où tout le monde se connaissait mais où l'on ne se faisait pas de cadeau.

— Je suis désolé, mademoiselle Whitman, mais j'ai le devoir de vous informer que nous avons retrouvé le corps de votre père. Il y a deux jours, au fond du lac Flagstaff.

Sarah s'attendait à tout, sauf à cela. Son père, le vice-président de la Marmet National Bank, avait disparu alors qu'elle n'avait que dix ans, avec un million de dollars volés dans les coffres de la banque, laissant sa femme et sa fille assumer les conséquences de son acte. Leur vie avait viré à l'enfer, et Mme Whitman en était morte. Sans Lorett, la meilleure amie de sa mère, Sarah aurait échoué dans un orphelinat. Son père avait ruiné son enfance. Pourquoi venait-on remuer le couteau dans la plaie ?

— Et qu'attendez-vous de moi ? demanda-t-elle d'une voix cassante.

— Mademoiselle Whitman… Je crois que vous ne comprenez pas.

— Qu'y a-t-il à comprendre ? Je suppose que vous êtes contents de l'avoir retrouvé. Mais une chose me surprend : mon père serait revenu sur le lieu du crime ?

Le shérif soupira. Ce qu'il s'apprêtait à lui annoncer avait déjà causé grand bruit à Marmet. Enfin, la vérité à propos de l'affaire Whitman éclatait au grand jour. Et elle n'était pas du tout conforme aux rumeurs que l'on colportait depuis vingt ans.

— Il semblerait même qu'il ne s'en soit jamais éloigné, répondit-il.

— Comment ça ?

— Son corps a été découvert par des plongeurs. Dans une vieille malle en fer. Grâce aux rapports de police de l'époque et aux restes de vêtements de votre père, nous avons pu établir que, quand on l'a enfermé dans cette malle pour le jeter au fond du lac, il était habillé de la même façon que lorsqu'on l'a vu pour la dernière fois.

— Que… que voulez-vous dire ?

— Votre père a été assassiné… Nous penchons pour l'hypothèse d'un complice un peu trop gourmand.

La vision brouillée, Sarah se leva lentement. Toutes ses convictions étaient ébranlées. Pendant des années, elle s'était imaginé que son père se la coulait douce à l'étranger, alors qu'en réalité, il croupissait dans une malle au fond d'un lac.

— Non, murmura-t-elle.

— Je suis sincèrement navré, mademoiselle Whitman, mais c'est bien de votre père qu'il s'agit. Le corps a été formellement identifié d'après ses empreintes dentaires.

— Non, répéta-t-elle faiblement, ce n'est pas ça. Il y a vingt ans, la police a déclaré que mon père était un escroc. Ma mère et moi avons été traitées comme des lépreuses ; la police nous a harcelées sans relâche, et nous avons dû supporter les calomnies et les sous-entendus…

Elle reprit son souffle avant de poursuivre, sa voix gagnant en assurance :

— Ma mère s'est suicidée à cause de vous, et maintenant, vous venez me dire que vous vous êtes trompés ? Que mon père n'a jamais quitté Marmet ? Dans ce cas, qu'est-ce qui me prouve que vous ne vous êtes pas trompés sur toute la ligne ? Mon père n'a peut-être jamais rien volé. Il n'était peut-être qu'une victime.

— C'est possible, en effet. Nous avons d'ores et déjà ouvert…

Elle l'interrompit.

— Quand puis-je récupérer la dépouille de mon père ?

Son ton trahissait sa colère, une colère qu'il comprenait tout à fait.

— Le coroner est débordé, en ce moment, mais dès qu'il sera en mesure de procéder à l'autopsie, je vous…

— Peu importe, le coupa-t-elle. J'arrive par le prochain avion.

— Mademoiselle Whitman, ce n'est pas…

Elle avait déjà raccroché.

2.

Un vent glacial soufflait sur Chicago. Tony DeMarco descendit d'un taxi et se dirigea vers l'entrée de la banque, le cou rentré dans le col de son manteau. Les travaux de rénovation de sa nouvelle boîte de nuit touchaient à leur fin. Avant de payer l'entrepreneur, il devait transférer des fonds entre ses divers comptes.

Tony ne possédait guère plus que ses rêves lorsqu'il était arrivé à Chicago, quinze ans auparavant, mais avec le soutien de son oncle, Salvatore DeMarco, beaucoup de travail et de détermination, il avait rapidement fait fortune. Aujourd'hui, sa première boîte de nuit, Le Silk, connaissait un tel succès qu'il était sur le point d'en inaugurer une seconde dans le centre-ville, sur Lakeshore Drive.

Il traversa la banque la tête haute et les épaules

en arrière, ses épais cheveux noirs légèrement décoiffés par le vent.

— Bonjour, Charlotte, lança-t-il à la secrétaire du directeur. Je voudrais voir Dabney. Il n'est pas trop occupé, ce matin ?

Il s'exprimait avec l'assurance d'un homme bien dans sa peau, indifférent aux regards admirateurs de la gent féminine.

Le visage de la jeune femme s'éclaira.

— Monsieur DeMarco ! Quel plaisir !

— Silk, entre donc, proposa le directeur depuis son bureau.

Tony avait donné à sa première boîte de nuit son propre surnom. Un surnom qui datait de sa jeunesse mais que certaines personnes employaient de nouveau.

Il gratifia la secrétaire d'un sourire et rejoignit le directeur. Ils se serrèrent la main chaleureusement avant de s'enfermer dans le bureau.

Moins d'une heure plus tard, les formalités étaient réglées, et Tony remontait dans un taxi pour regagner son appartement avec vue sur le lac Michigan.

S'il vivait dans un cadre splendide et dans une

ville qu'il adorait, il avait parfois la nostalgie du Maine où il avait grandi. La forêt lui manquait, surtout quand l'automne venait lui rappeler les longues balades dans les sous-bois, le crissement des feuilles mortes sous les pieds, l'odeur des feux de cheminée…

Cinq ans plus tôt, il s'était fait construire une résidence secondaire au bord du lac Flagstaff, près de Marmet, sa ville natale. Mais en cinq ans, il n'y était allé que deux fois. Cette année, il s'était promis de s'accorder quelques jours de repos. Il avait grand besoin de prendre l'air.

Le taxi se gara devant son immeuble. D'après le compteur, la course se montait à neuf dollars. Tony tendit un billet de vingt au chauffeur et descendit de la voiture sans attendre la monnaie. Il se sentait d'humeur généreuse, aujourd'hui. Le chauffeur redémarra avec un sourire réjoui.

Après avoir pris l'ascenseur, Tony s'arrêta au dernier étage où se trouvait son appartement-terrasse. Otant son manteau en cachemire, il l'accrocha au portemanteau, enleva une petite poussière restée sur l'épaulette, puis se dirigea vers la cuisine.

Il se préparait un café quand le téléphone sonna.

Il décrocha sans prêter attention au numéro affiché à l'écran et sourit en reconnaissant la voix de son interlocuteur.

— Salut, Silk.

— Salut, Web. Ça faisait un moment que je n'avais pas eu de tes nouvelles. Comment vas-tu ?

A l'autre bout de la ligne, Webster Davidson signa le contrat que sa secrétaire lui tendait avec insistance, puis il la congédia d'un geste, signifiant qu'il ne voulait plus être dérangé.

— Débordé, comme d'habitude, répondit-il.

— Toujours promoteur immobilier ?

— Toujours, ouais. En ce moment, je bosse sur un projet de centre commercial.

— Pas mal. Je vois que les affaires marchent bien.

— Je n'ai pas à me plaindre. Et toi, où en es-tu ? C'est que tu étais un sacré filou dans le temps…

— Un filou, moi ?

— Absolument. Mais tu as fini par te ranger.

Tony éclata de rire.

— J'ai toujours été un gars rangé. Toi, tu étais jaloux parce que j'étais plus beau que toi.

— Sur ce point, je ne peux pas te contredire, admit Web en rigolant. Enfin, ce n'est pas pour parler de ma brioche et de ma calvitie naissante que je t'appelle.

— Que se passe-t-il ?

— Tu te souviens de Franklin Whitman ?

Tony fronça les sourcils. Bien qu'il n'ait pas entendu ce nom depuis des années, il n'avait pas oublié le scandale qui avait secoué toute la petite communauté de Marmet. Non seulement Whitman avait volé un million de dollars à la banque pour laquelle il travaillait, mais en plus, il avait abandonné sa famille. Tout cela ressemblait si peu à l'honnête homme que Tony connaissait que, malgré son jeune âge, il avait été profondément choqué par cette histoire.

— Bien sûr, répondit-il. On a fini par le retrouver ?

— Oh, oui, confirma Web avec un soupir. Enfin… ce qu'il reste de lui.

Tony sentit ses poils se hérisser sur ses bras.

— Comment ça ?

— Il y a quelques jours, on a repêché un fourgon volé au fond du lac Flagstaff. Les plongeurs ont par la même occasion remonté une vieille malle en fer qui contenait le squelette de Whitman.

— Oh, merde…

L'image de la fille du banquier lui revint brusquement à l'esprit. Chaque fois qu'il tondait la pelouse devant chez elle, elle apparaissait à la fenêtre pour le manger des yeux. Elle devait être adulte, à présent.

— Whitman avait une fille. Elle a été prévenue ?

— Oui. Le mari de ma sœur travaille dans les services du shérif du comté de Somerset. Il a entendu dire qu'elle arrivait demain pour réclamer la dépouille de son père.

— Toute seule ?

— Comment veux-tu que je le sache ? répliqua Web. Tout ce que je sais, c'est qu'elle habite à La Nouvelle-Orléans. Il paraît qu'elle a envoyé promener le shérif quand il lui a téléphoné.

Tony soupira.

— Merci de m'avoir annoncé la nouvelle, Web. J'apprécie.

— J'ai pensé que ça t'intéresserait. Je me souviens que tu aimais bien Whitman.

— C'est vrai.

— Bon… Il faut que je te laisse. J'ai du boulot. Si jamais tu es de passage dans le coin, donne-moi un coup de fil.

— O.K.

Après avoir raccroché, il se versa une tasse de café, qu'il emporta dans le salon.

La dernière fois qu'il avait vu Sarah Whitman, c'était à l'enterrement de sa mère. Elle n'était qu'une enfant, à l'époque, âgée d'à peine dix ans. Lui en avait seize. Il aurait bien voulu la consoler, mais il ne savait pas comment s'y prendre pour la réconforter. Alors, il n'avait rien fait. Par la suite, il s'en était énormément voulu. D'autant plus que Franklin Whitman lui avait fait confiance quand personne d'autre à Marmet ne lui aurait accordé la moindre chance.

Tony s'était élevé tout seul. Ses parents, tous les deux alcooliques, étaient incapables de conserver un emploi plus de quelques mois, de sorte qu'il avait grandi dans la rue. Les habitants de Marmet se méfiaient de lui, le jugeant peu fréquentable.

Quant à ses camarades de classe, ils le considéraient comme le tombeur du lycée, un voyou à la voix suave qui faisait craquer les filles. C'était à cette époque qu'on l'avait surnommé *Silk*[1]. Mais Tony avait beau être envié par les gamins de son âge, il savait que sa belle gueule ne suffirait pas à le sortir de la misérable condition dans laquelle il était né. Il avait de l'ambition.

L'été de sa seizième année, il avait pris rendez-vous avec Franklin Whitman et lui avait demandé un crédit. Il voulait s'acheter une tondeuse à gazon afin de monter une petite entreprise de jardinage. Il avait conscience que les honnêtes citoyens de Marmet hésiteraient à l'employer, mais il aimait les défis. A sa grande surprise, non seulement Whitman avait accepté de lui accorder un prêt, mais il avait été son premier client. Avant la fin de l'été, Tony entretenait régulièrement une trentaine de propriétés et il avait gagné plus de trois mille dollars. Sa première réussite.

Il porta sa tasse à ses lèvres avec un soupir d'aise. Son café avait refroidi et était juste à la bonne

1. *Silk* signifie « soie ». (N.d.T.)

température. Dehors, le ciel s'était assombri. Des gouttes de pluie commençaient à s'abattre sur les fenêtres.

A quoi ressemblait Sarah Whitman, aujourd'hui ? se demanda-t-il. Etait-elle mariée ? Quand son père avait disparu, sa mère et elle avaient été mises au ban de la société. Mme Whitman était devenue folle et avait fini par se suicider quelques mois plus tard. D'après Web, Sarah s'apprêtait à se rendre à Marmet pour réclamer les restes de son père. Tony l'imagina à la morgue, seule, et son cœur se serra. Il avait déjà manqué à ses devoirs envers elle. Il allait se racheter.

Il se leva brusquement et alla décrocher le téléphone. Quelques minutes plus tard, il préparait sa valise.

Au moment où l'avion touchait le sol, Sarah retint sa respiration. Puis elle regarda par le hublot à contrecœur. Il lui semblait déjà sentir l'air marin. Redoutant d'être assaillie par le passé, elle détourna rapidement les yeux. Lorett lui avait proposé de l'accompagner, mais elle avait refusé sous prétexte qu'il fallait que quelqu'un veille au bon fonctionnement du restaurant. Une fausse excuse, toutes deux le savaient. Sarah avait un maître d'hôtel très compétent, et sa tante n'y entendait pas grand-chose à la gestion d'un restaurant. Mais elle devait affronter seule cette épreuve.

Les jambes flageolantes, elle descendit de la passerelle, traversa l'aéroport et récupéra ses bagages. Puis, tel un automate, elle se rendit au guichet d'une agence de location de voitures où elle récupéra les clés d'un véhicule.

— Il me faudrait une carte de la région, demanda-t-elle à l'employée.

La jeune femme lui en remit une.

— Le parking se trouve tout de suite à droite en sortant, indiqua-t-elle. Votre voiture est garée au fond, sur la place numéro 8.

Sarah hocha la tête. Ajustant la bandoulière de son sac sur son épaule, elle empoigna sa valise et se dirigea vers le parking.

Quelques minutes plus tard, l'estomac noué, elle s'engageait sur l'une des autoroutes de Portland.

— Mon Dieu, donnez-moi la force, murmura-t-elle.

Pendant un bon moment, elle se concentra sur son itinéraire, surveillant les panneaux afin de prendre la bonne sortie. Mais à peine eut-elle gagné la rocade nord que l'anxiété la submergea de nouveau. Elle n'avait que dix ans quand son univers s'était effondré. Il lui arrivait encore de faire des cauchemars. Elle se voyait entrer dans la chambre de ses parents et découvrir le corps de sa mère étendu dans une mare de sang… Elle se rappelait avoir à l'époque enveloppé les poignets de sa mère dans des serviettes de toilette, ignorant que le sang avait déjà cessé de couler. Puis elle avait couru chez les voisins pour appeler les secours, leur ligne ayant été coupée. Ce qui s'était passé ensuite demeurait confus dans sa mémoire. Elle n'avait pas pleuré jusqu'à l'arrivée de Lorett Boudreaux. Mais une fois que les vannes s'étaient ouvertes, elle n'avait pu endiguer le flot de son chagrin.

Le lendemain de l'enterrement, Lorett l'avait aidée à emballer ses vêtements, puis elles étaient allées remettre aux autorités une copie des dernières volontés de Catherine Whitman, selon lesquelles cette dernière souhaitait confier la garde de sa fille à sa meilleure amie. Les habitants de Marmet étaient si contents de se débarrasser du rejeton de Franklin Whitman qu'ils n'avaient fait aucun commentaire en voyant une Noire adopter la fille d'une Blanche. Lorett Boudreaux possédait des papiers signés par Catherine Whitman, cela leur suffisait.

Depuis vingt ans, Sarah s'efforçait d'occulter ce pan de sa vie. Certes, oublier était impossible, mais elle avait néanmoins réussi à trouver un certain équilibre. Jusqu'à ce coup de téléphone du shérif. Qui avait tout remis en question.

Si son père était mort depuis le début, cela signifiait qu'il ne les avait pas abandonnées. Et si on l'avait éliminé, il était fort probable que l'escroquerie ait été commise par la personne qui l'avait assassiné. Le vrai voleur s'était servi de lui pour se couvrir.

Bon sang ! Comment avait-elle pu croire les racontars des mauvaises langues ? se demanda-t-elle. Elle n'avait que dix ans, mais son jeune âge n'était pas une excuse. Elle aurait dû savoir que son père, ce père si gentil qui lui racontait des histoires le soir, n'avait pas pu commettre les infamies dont on l'accusait. Maintenant, il était trop tard pour implorer son pardon. En revanche, il n'était pas trop tard pour lui rendre justice.

Elle inspira profondément et s'exhorta au calme. Oui, son père aurait des funérailles décentes. Mais elle lui devait plus que cela. Il méritait de reposer en paix. Elle restaurerait son honneur.

Elle s'arracha à ses réflexions en arrivant à Marmet, étonnée d'avoir gardé autant de souvenirs des dix premières années de sa vie. Les rues bordées d'arbres et les petits cottages de bois aux toits pentus lui étaient étrangement familiers. Elle observa attentivement chaque maison, ainsi que les gens qui marchaient dans la rue. La reconnaîtrait-on ? Les habitants de la ville se sentaient-ils coupables d'avoir porté un jugement hâtif sur son père et d'avoir poussé sa mère au suicide ? Seraient-ils capables de repentir ? Elle leur en voulait terriblement. A tous.

Après s'être garée devant les bureaux du shérif, elle resta un long moment assise dans sa voiture, agrippée au volant comme à une bouée de sauvetage. Un véhicule de patrouille se rangea le long du trottoir, et un agent en descendit. Elle le regarda en se demandant si elle le connaissait. Vingt ans s'étaient écoulés. Les gens changeaient, mais oubliaient-ils ?

L'agent pénétra dans le bâtiment et reparut peu après. En remontant dans sa voiture, il dévisagea Sarah d'un air curieux. Elle tourna la tête. Elle ne tenait pas à croiser son regard. Ce n'est que lorsqu'il se fut éloigné qu'elle se décida enfin à sortir de sa voiture.

— Je peux vous aider ? s'enquit le standardiste, assis derrière la paroi vitrée de l'accueil.

— Je viens voir le shérif Gallagher. Il m'attend.

— Je regrette, mademoiselle, mais il n'est pas là.

Elle se mordit l'intérieur de la joue. Les choses ne se passaient pas comme elle l'aurait souhaité.

— Quand sera-t-il de retour ?

— Je ne peux pas vous dire exactement. Laissez-moi votre nom et votre numéro de téléphone. Il vous appellera.

— Je n'ai pas de numéro de téléphone. Y a-t-il un hôtel dans le coin ?

— Non, mademoiselle, juste un Bed and Breakfast à la sortie de la ville, mais il est fermé en ce moment. Mlle Hattie, la dame qui le tient, est à l'hôpital pour une appendicite.

— Super, marmonna-t-elle en regardant le coin du hall qui faisait office de salle d'attente. Eh bien, je crois que je vais attendre le shérif ici.

Le standardiste fronça les sourcils.

— C'est que ça risque de durer… Il est au lac.

Elle se retourna brusquement vers lui.

— Au lac Flagstaff ?

Il acquiesça de la tête.

— Là où on a retrouvé le corps de Franklin Whitman ?

Il parut trouver la question louche.

— Qui êtes-vous ? Si vous êtes de la presse, vous perdez votre temps.

— Je suis Sarah Whitman, la fille de Franklin Whitman.

L'homme plissa le front.

— Désolé, je ne peux pas vous aider.

— Je n'attends l'aide de personne, rétorqua-t-elle froidement, préparée à ce genre de réponse.

Et elle se dirigea vers la sortie.

— Où allez-vous ? lui lança le standardiste.

— Si on vous le demande…, bougonna-t-elle en laissant la porte claquer derrière elle.

Furieuse, elle remonta dans sa voiture. Elle avait de vagues souvenirs du lac, mais elle ignorait comment s'y rendre. Les mains tremblantes, elle déplia la carte du Maine et y repéra le lac ainsi que la grande route la plus proche. Une fois qu'elle serait dans la bonne direction, il y aurait sûrement des panneaux pour lui indiquer le chemin.

Le shérif Ron Gallagher débarquait juste du hors-bord quand il vit une voiture inconnue s'approcher du lac. Les journalistes et les cameramen n'étaient pas autorisés à franchir le périmètre de sécurité, mais apparemment, l'un d'eux avait réussi à s'infiltrer.

— Si c'est encore un journaliste, virez-le-moi d'ici ! lança-t-il.

— C'est une femme, répondit l'un de ses agents.

— Et alors ? Si elle est journaliste, qu'elle reste derrière les bandes jaunes, comme les autres.

— Bien, chef.

L'agent Red Miller se dirigea vers la femme qui descendait de sa voiture et s'avançait vers eux d'un pas déterminé.

— Je suis désolé, mademoiselle, commença-t-il, mais vous êtes ici sur le lieu d'un crime. L'accès est strictement interdit au public.

Sarah ne se laissa pas impressionner.

— Je voudrais parler au shérif Gallagher.

— Le shérif a déjà donné une conférence de presse. Il n'a plus rien à dire aux médias.

— Je ne suis pas journaliste. Je suis Sarah Whitman.

Elle vit sa mâchoire se décrocher.

— En effet... Je me souviens de vous, bredouilla-t-il.

— Pas moi, répliqua Sarah en redressant le menton, prête à essuyer un nouvel affront.

— Mon nom est Steven Miller. Tout le monde m'appelle Red. J'ai quatre ans de plus que vous, mais on était à l'école ensemble.

Elle tenta de reconnaître l'enfant qu'avait été

ce petit homme chauve. Son visage ne lui disait rien.

— Excusez-moi, mais je ne me souviens pas de vous.

Il baissa la tête.

— Ce n'est pas grave. Ça fait longtemps, commenta-t-il avant de relever les yeux. Je suis sincèrement désolé pour votre père.

— Sincèrement ?

Il s'empourpra. A l'époque du scandale, il était assez grand pour avoir été marqué par la façon dont Sarah Whitman et sa mère avaient été traitées. La pauvre Mme Whitman s'était suicidée, et c'était sa fille qui avait découvert son corps. L'épreuve avait dû être terrible… Il comprenait qu'elle ait gardé de la rancœur envers les habitants de Marmet. Quoi qu'il dise, jamais il ne réparerait le mal qui lui avait été fait.

Il montra le shérif de la main.

— Si vous voulez bien attendre une minute, je vais prévenir le shérif Gallagher que vous êtes là.

Sarah le regarda s'éloigner avec un soupir. Elle avait été dure et elle le regrettait. Ce genre d'attitude ne lui ressemblait pas. De surcroît, ce n'était pas en se comportant de la sorte qu'elle lèverait le voile sur ce qui était réellement arrivé à son père. Si elle voulait apprendre la vérité, elle aurait besoin de l'aide des autorités. Alors, pourquoi houspiller cet homme qui s'était, en plus, montré plutôt aimable ?

Ses yeux se portèrent sur le lac. En dépit de la beauté du paysage, elle frissonna. L'eau était calme, un miroir dont la surface lisse ne trahissait rien de l'horreur qu'il avait dissimulée. Elle s'approcha et essaya d'imaginer ce que son père avait enduré. Des larmes lui montèrent aux yeux.

Papa… Oh, papa, qui t'a fait ça ?

— Mademoiselle Whitman ?

Elle se retourna en sursautant. Des larmes coulaient le long de ses joues sans qu'elle s'en rende compte.

— Shérif Gallagher ?

Il ne s'attendait pas à voir une femme aussi séduisante. Son charme, ainsi que la fragilité et la détresse que l'on pouvait lire sur son visage, ne le laissèrent pas indifférent. Pour sécher ses larmes, il aurait combattu des dragons et arrêté tous les criminels du monde.

Il lui tendit la main.

— Mademoiselle Whitman, je vous présente toutes mes condoléances.

Elle lui serra la main par politesse, mais elle avait de plus en plus de mal à se montrer cordiale. La colère bouillonnait en elle au point de la brûler. Sa famille avait été détruite suite à un meurtre et à de fausses accusations. Les coupables devaient payer.

— Merci, répondit-elle en croisant les mains devant elle de façon à réprimer ses tremblements. Je suis venue chercher mon père.

Gallagher soupira. Cela commençait mal. La seule chose qu'elle lui demandait, il ne pouvait la lui donner.

— Malheureusement, il va vous falloir faire preuve d'un peu de patience.

— C'est tout ce que vous avez à me dire ?

— Pour l'instant, je crains que oui. L'enquête vient juste d'être ouverte. Vous comprenez, nous travaillons sur une affaire qui remonte à vingt ans et qui était enfouie à plus de vingt mètres de profondeur.

Les poings serrés, elle regarda le lac au-delà

du shérif et dut avaler deux fois sa salive avant de pouvoir reprendre la parole.

— J'ai quelque chose à vous demander.

Elle semblait si vulnérable et désemparée qu'il aurait voulu la prendre dans ses bras pour la rassurer.

— Oui ?

— Savez-vous…

Elle frissonna, puis s'efforça de reprendre contenance.

— Savez-vous si mon père était vivant quand…

— Je ne peux pas encore me prononcer sur ce point.

— Oh, mon Dieu…

Et de nouvelles larmes jaillirent de ses yeux.

Gallagher étouffa un grognement. Ce qu'il s'apprêtait à faire allait à l'encontre des règles de la profession, mais le désarroi de la jeune femme lui était insupportable.

— Ecoutez… Vous ne répéterez pas ce que je vais vous dire, d'accord ? De toute façon, je nierai avoir tenu ces propos, précisa-t-il. Personnellement, je pense que votre père était déjà mort quand on l'a enfermé dans cette malle.

— Qu'est-ce qui vous permet d'avancer ça ?

— Lorsque nous avons ouvert la caisse, la première chose que j'ai remarquée, c'est que le crâne était fendu. Même si votre père n'est pas mort de cette blessure sur le coup, je doute qu'il ait repris connaissance avant de mourir.

Elle relâcha sa respiration et hocha la tête.

— Je vous remercie.

Il haussa les épaules.

— Il n'y a pas de quoi. Enfin, comme je vous l'ai dit…

Il se tut, interrompu par le bruit d'un moteur. Une camionnette qui avait réussi à franchir le périmètre de sécurité s'arrêta près d'eux, et trois personnes en sortirent, armées de micros et de caméras.

— Sarah Whitman ? Mademoiselle Whitman ? lança l'un d'eux. Qu'avez-vous à dire à propos de votre père ?

Sarah eut un mouvement de recul, comme si elle venait de recevoir une gifle. Le cauchemar redevenait réalité. Par chance, le shérif réagit promptement.

— Allez-vous-en ! fulmina-t-il. Ou j'ordonne qu'on vous arrête !

Le journaliste ne se laissa pas intimider.

— Mademoiselle Whitman, pensez-vous que votre père ait été assassiné par ses complices ?

Sans répondre, elle pivota sur ses talons et se dirigea d'un pas pressé vers sa voiture. Le journaliste et les deux cameramen la devancèrent, bourdonnant comme des mouches autour d'elle.

— Laissez-moi tranquille, gronda-t-elle en tentant de se frayer un passage entre eux.

— En voulez-vous aux habitants de Marmet ? Y a-t-il quelqu'un en particulier que vous…

Un grondement de moteur couvrit la fin de la question. Sarah se retourna. Dans un crissement de pneus, une voiture de sport noire s'immobilisa près d'elle. La portière du passager s'ouvrit et quelqu'un lui cria de monter. Sans réfléchir, elle s'installa sur le siège et claqua la portière. La voiture redémarra sur les chapeaux de roues.

— Attache ta ceinture, ordonna le conducteur.

Sarah s'exécuta avant de lever les yeux vers lui.

Elle fronça les sourcils. Son profil ne lui était pas inconnu. Quand il se tourna vers elle avec un sourire, elle étouffa une exclamation de surprise. Il y avait vingt ans qu'elle n'avait pas vu ce sourire, mais une femme n'oublie jamais le premier garçon qui a fait battre son cœur.

— Silk ?

— On m'appelle Tony, Sarah. Mais… oui, c'est moi.

3.

Tony DeMarco était aussi élégant que la voiture qu'il conduisait. Sarah s'efforçait de ne pas trop le regarder, mais elle avait remarqué la coupe impeccable de ses vêtements, la Rolex à son poignet gauche et le diamant qui brillait à sa main droite. Il était arrivé à point nommé pour l'arracher aux serres des journalistes — ce dont elle lui était vraiment reconnaissante. Quant à la raison de sa présence ici, voilà qui était plutôt mystérieux. Etait-il vraiment venu de Chicago exprès pour elle, comme il le lui avait dit ? Elle aurait aimé le croire, mais cela lui paraissait assez invraisemblable.

— Silk… je veux dire, Tony… Je peux te poser une question ?

Il étouffa un soupir. Elle ne lui faisait pas confiance, il l'avait lu dans son regard. Une réaction compréhensible mais qui l'avait blessé.

— Si tu veux.

— Vu ton apparence, tu es devenu quelqu'un de très riche. Que fais-tu dans la vie ?

Il haussa un sourcil.

— Rien de répréhensible, je te rassure.

Elle rougit.

— Ce n'est pas ce que…

Il éclata de rire.

— Il n'y a pas de mal, je plaisantais. Je suis propriétaire d'une boîte de nuit à Chicago, Le Silk… En fait, j'en possède même deux. L'inauguration de la seconde est prévue pour le mois prochain.

Elle tourna la tête vers lui. Le garçon qu'elle avait connu s'était métamorphosé en un homme très chic. Où avait-il trouvé l'argent pour monter une boîte de nuit ? Elle-même remboursait encore le prêt qu'elle avait souscrit afin d'acheter son restaurant. Or Silk venait d'une famille pauvre. Ses parents arrivaient à peine à payer leur loyer, déménageant sans cesse à la sauvette. Elle pensa au million de dollars que son père avait soi-disant volé. Etait-il possible que Tony DeMarco ait trempé dans cette affaire ?

— Quel âge avais-tu quand mon père a disparu ? s'enquit-elle.

— Seize ans. Je venais juste de terminer ma première année de lycée.

— Trop jeune, murmura-t-elle.

Elle imaginait mal un adolescent organiser un cambriolage d'une telle envergure, encore moins élaborer un scénario complexe destiné à faire peser les soupçons sur un autre que lui.

— Trop jeune pour quoi ? demanda Tony en l'observant.

Elle rougit. Elle ne s'était pas aperçue qu'elle avait parlé à voix haute.

— Rien. Je réfléchissais.

Les sourcils froncés, il quitta la voie express et s'engagea sur la route étroite qui menait à sa propriété au bord du lac. Elle ne le soupçonnait quand même pas d'avoir…

A cette pensée, il freina brutalement et se tourna vers elle. Surprise, elle tendit instinctivement la main vers la portière. Il la saisit par l'épaule.

— Quand j'ai voulu monter mon affaire, mon oncle Salvatore m'a prêté la moitié du capital, et j'ai pris un crédit pour l'autre moitié, dont il s'est porté garant, expliqua-t-il, la voix étouffée par la colère. Je l'ai remboursé en deux ans. Je n'ai pas dévalisé la banque de Marmet, et je n'ai pas tué ton père.

Devant sa véhémence, Sarah cligna des paupières. Elle l'avait mis en colère. Bah, tant pis pour lui. Elle n'avait pas à s'excuser. Tant que les circonstances de la mort de son père ne seraient pas éclaircies, elle était en droit de soupçonner n'importe qui.

— J'avais dix ans quand le monde s'est écroulé autour de moi, lui rappela-t-elle. Trois mois après la disparition de mon père, j'étais orpheline. Sans tante Lorett, j'aurais fini à l'Assistance publique, et pas un des habitants de Marmet ne se serait apitoyé sur mon sort. Je n'ai pas l'intention de te présenter des excuses, Tony. Il se trouve que tu es le premier que j'interroge, tu ne seras pas le dernier. Je ne suis pas venue ici dans le seul but d'enterrer mon père, je veux savoir qui l'a tué.

Tony se radossa à son siège. Elle s'était exprimée avec fermeté, une lueur de rage dans le regard. Sarah Whitman avait grandi. Elle n'était plus la petite fille innocente qui sanglotait devant la tombe de sa mère. Certes, il n'y avait là rien d'étonnant, mais ce qu'elle se proposait d'entreprendre était irraisonné et imprudent.

— Tu n'es pas sérieuse, j'espère ?

— J'ai l'air de plaisanter ?

Il la dévisagea. Elle semblait déterminée — trop déterminée.

— Et toi, que fais-tu dans la vie ? demanda-t-il à brûle-pourpoint.

— Quel est le rapport ?

— A ton tour de répondre à mes questions.

— Je tiens un restaurant.

Il soupira.

— Et comment comptes-tu réussir là où la police a échoué ?

— En cherchant des preuves, ce que les flics n'ont jamais fait.

— Tu n'as ni les compétences ni les moyens requis pour résoudre une affaire de meurtre. En plus, les preuves, s'il y en avait, ont été englouties avec ton père il y a vingt ans.

— Si je ne prends pas les choses en main, personne ne le fera.

Elle détourna la tête. Ces derniers temps, les larmes lui montaient trop facilement aux yeux.

Tony observa son profil. Elle était devenue une belle femme, certainement talentueuse dans son travail, mais inconsciente des risques qu'elle courait à traquer un assassin.

Il lui posa une main derrière la tête afin de l'obliger à le regarder.

— C'est dangereux, tu sais, remarqua-t-il. Imagine que l'assassin soit toujours là…

Elle haussa les épaules.

— Si je te fais peur, ramène-moi à ma voiture.

Il sourit. Une femme talentueuse, inconsciente et terriblement entêtée.

— J'aurais peut-être dû attendre un peu avant de voler à ta rescousse, observa-t-il, une lueur taquine dans le regard.

— Pourquoi ?

— Parce que je suis sûr que tu aurais été parfaitement capable de te débarrasser de ces trois énergumènes sans moi.

Elle lui rendit son sourire. A l'évidence, il ne lui en voulait plus de ses soupçons.

— Excuse-moi, murmura-t-elle.

— De quoi ?

— D'avoir cru que tu étais impliqué dans cette histoire.

Elle vit ses prunelles pétiller.

— Ne t'excuse pas. Tu as raison, je ne suis pas un ange. Je ne l'ai jamais été et je ne le serai jamais. (Il lui caressa doucement les cheveux.) Mais je ne suis pas non plus un escroc. Alors, on fait la paix ?

Avec un frisson, elle sentit sa main glisser sous son menton. Elle s'empressa d'acquiescer en espérant qu'il enlèverait sa main de son visage.

— Bien.

Il reprit le volant des deux mains et appuya sur l'accélérateur. La voiture s'enfonça dans la forêt.

— Où allons-nous ? s'enquit Sarah au bout d'un moment.

Il ralentit et pointa l'index devant eux.

— Là.

Une maison apparut, perdue au milieu des arbres. Sarah fut surprise par le luxe qui s'en dégageait. Si Tony possédait une résidence secondaire aussi luxueuse, il devait être encore plus riche qu'elle ne l'avait imaginé.

— C'est à toi ?

Il hocha la tête.

— Elle est magnifique.

Il s'arrêta au bout de l'allée de gravier et coupa le moteur. Il contempla un instant la vue sans bouger. La maison, tout de bois, se fondait dans la nature, et les arbres se reflétaient dans ses immenses baies vitrées.

— Oui, cet endroit est superbe, commenta-t-il.

Puis il sortit de la voiture et la contourna pour ouvrir la portière du passager.

— Je vous en prie, madame.

Sarah esquissa un sourire, qui se dissipa dès qu'elle aperçut la masse sombre du lac entre les feuillages.

— Il n'y a pas de fantômes, ici, la rassura-t-il, devinant ses pensées.

Elle le regarda d'un air peu convaincu, puis reporta son attention sur la maison.

— Toutes mes affaires sont dans ma voiture, observa-t-elle.

— Je vais envoyer quelqu'un les chercher.

— Oh, non… Ce n'est pas la peine, je ne vais pas m'attarder.

— Pourquoi ? Je suppose que tu ne sais pas où dormir. Tu es la bienvenue, ici.

— Eh bien, bredouilla-t-elle, prise de court. D'abord, nous ne nous connaissons pas vraiment. Et ensuite, tu n'approuves pas mes projets.

Il lui encadra le visage des deux mains. L'espace d'une seconde, elle crut qu'il allait l'embrasser. Mais non. De ses pouces, il lissa les sillons aux commissures de ses lèvres.

— On se connaissait, autrefois. On va refaire connaissance. Aurais-tu déjà oublié ce que je t'ai dit tout à l'heure ? T'offrir mon soutien est la moindre des choses que je puisse faire pour m'acquitter de ma dette envers ton père.

Sur ces mots, il glissa son bras sous le sien et l'entraîna dans la maison. Ils traversèrent le hall où flottait une odeur de feu de bois. Dans le salon, une grosse bûche flambait dans la cheminée. Un canapé et deux fauteuils en cuir bordeaux, disposés en demi-cercle devant l'âtre, semblaient les attendre. Une bibliothèque aux rayonnages remplis de livres occupait tout un pan de mur, et de nombreux tableaux étaient accrochés un peu partout — deux peintures indiennes de part et d'autre de la cheminée, une toile évoquant le style de Renoir, ainsi que deux paysages, d'une beauté frappante de simplicité, qui ressemblaient à des Wyeth.

S'en approchant, Sarah n'en crut pas ses yeux en déchiffrant la signature d'Andrew Wyeth. Des originaux.

Elle se retourna.

— Ta boîte de nuit doit vraiment bien marcher.

— Plutôt bien, oui, je n'ai pas à me plaindre, répondit-il, volontairement vague. Si tu veux bien me suivre pour la visite… Ensuite, je te montrerai ta chambre.

Elle se laissa guider à travers la maison. L'endroit était chaleureux et accueillant, et l'aménagement dénotait le bon goût de son propriétaire.

— Il n'y a pas vraiment d'unité dans le décor, s'excusa Tony. J'ai juste accumulé un tas de choses que j'aimais.

— Eh bien, tu as très bon goût.

— Merci pour le compliment.

Elle soupira.

— Je suis désolée, Tony… Je me suis un peu emportée, tout à l'heure.

Il observa les cernes sous ses yeux et le léger tremblement de sa lèvre inférieure. Avec la réapparition du corps de son père, elle avait de quoi être sur les nerfs.

— Un peu, oui.

Il lui souleva une mèche qui retombait sur son front et la lui passa derrière l'oreille.

— Je suis désolée…

— Ne sois pas désolée tant que tu n'as pas goûté ma cuisine.

Elle rit et, aussitôt, son visage se transforma. Charmant. Irrésistible. Tony l'aurait volontiers plaquée contre le mur pour l'embrasser, mais il se maîtrisa.

— Voici ta chambre, déclara-t-il en poussant une porte. Tu as une salle de bains et un petit salon. Si tu as des coups de fil à passer, il y a un téléphone sur la table.

— Je te remercie, mais j'ai un portable.

— Les communications ne passent pas très bien, ici. Il vaut mieux appeler d'un fixe.

Sarah parcourut la pièce des yeux. La chambre

d'amis était aussi agréable que le reste de la maison.

— Silk… je veux dire, Tony…

— Tu peux m'appeler Silk.

— Je croyais que plus personne ne t'appelait…

— Certaines personnes, si. Et j'aime la façon dont ce nom sonne dans ta bouche.

Elle plissa les yeux. Décidément, ce surnom lui allait comme un gant. Tony DeMarco savait s'y prendre avec les femmes.

Il lui indiqua le lit.

— Et si tu te reposais un peu ? J'ai quelques coups de téléphone à passer. Je vais m'occuper des médias. Et d'ici une heure, tes bagages et ta voiture seront là.

Elle haussa les sourcils.

— Comment ça, « t'occuper des médias » ?

— Tu crois qu'ils vont te laisser tranquille, maintenant qu'ils savent que tu es là ? Ne te fais pas d'illusions : que ça te plaise ou non, tu es redevenue leur centre d'intérêt.

Elle se laissa tomber sur le lit, effarée.

— Mon Dieu…

— Ne t'inquiète pas. Tant que tu es chez moi, ils ne t'embêteront pas.

— Mais comment…

— Fais-moi confiance.

Sa voix grave s'était durcie, de même que ses traits. Son sourire charmeur avait disparu, et elle reconnut en lui le garçon frondeur qu'il était autrefois. Bien sûr, il avait appris à tempérer sa fougue mais, dans le fond, il restait le même.

Avant qu'elle ait eu le temps de répliquer, il quitta la pièce et referma la porte derrière lui. Elle demeura un instant immobile, à penser à la drôle de tournure que prenait sa vie. Puis elle s'en voulut de son égoïsme. Comment pouvait-elle se lamenter sur son sort maintenant qu'elle savait dans quelles conditions son père était mort ?

Elle se recroquevilla sur le lit.

— Oh, papa… Je regrette tellement d'avoir douté de toi, murmura-t-elle. Je retrouverai celui qui t'a fait ça, je te le promets.

Elle ferma les yeux. Une minute plus tard, elle dormait profondément.

*
* *

Tony laissa s'écouler une heure avant de retourner dans la chambre de Sarah. Il entrouvrit la porte. La jeune femme s'était assoupie. Sans un bruit, il déposa ses bagages au pied du lit, puis l'observa longuement, tout en se reprochant son indiscrétion.

Elle n'avait plus rien de la gamine effarouchée dont il se souvenait, celle qui le regardait tondre le gazon devant chez elle quand elle croyait qu'il ne la voyait pas. A l'époque, elle était tout en bras et jambes, avec des cheveux longs. Elle souriait rarement, sans doute à cause de son appareil dentaire. Mais à présent, elle avait un sourire ravageur et des formes pulpeuses qui lui allaient à merveille.

Il la vit froncer les sourcils dans son sommeil, et une larme s'échappa de ses paupières.

Détournant le regard, il prit un plaid sur une chaise et l'en recouvrit, résistant à l'envie de la border. Elle remua légèrement, puis, d'un geste instinctif, remonta la couverture sous son menton.

Sarah Jane. Jolie Sarah Jane.

Il y avait longtemps qu'il n'avait pas été aussi ému. Sa fragilité autant que sa détermination à retrouver l'assassin de son père le bouleversait.

Décidément, songea-t-il, ce petit voyage prenait

une dimension qu'il n'avait pas prévue. Lui qui ne comptait rester que quelques jours décida brusquement de changer de programme. Il ne pouvait laisser Sarah seule face au danger.

Le Coffee Cup était bondé. En temps normal, le petit café de Sophie Thomas n'était fréquenté que par des retraités et les employés du supermarché voisin qui venaient y faire leur pause. Mais depuis qu'on avait repêché le cadavre de Franklin Whitman au fond du lac, l'établissement ne désemplissait pas. On s'entassait dans tous les coins de la salle, on s'adossait contre les murs. Que n'aurait-on pas fait pour être au courant des dernières rumeurs ?

Cela faisait dix ans que Sophie s'était installée à Marmet. Suite à son divorce, elle avait racheté un salon de thé qu'elle avait rebaptisé Coffee Cup, et avait pris rapidement une quinzaine de kilos. Son ex n'aimait que les minces. En le quittant, elle s'était aussi libérée du carcan qu'il lui imposait.

Sophie avait un peu de mal à servir tout le monde, mais elle se dépêchait autant que ses petites jambes le lui permettaient. Elle trottinait de table en table, déposant ici des tasses de café, là ses fameux muffins maison. N'étant pas originaire de la ville, elle n'avait pas d'avis concernant l'affaire Whitman. Tout ce qui lui importait, c'était que son établissement ne désemplissait pas, même si elle déplorait que cette soudaine affluence soit due à un meurtre.

Un plateau à bout de bras, elle se dirigea vers une table autour de laquelle étaient réunies quatre des femmes les plus huppées de Marmet.

Elle servit à Moira Blake un double café décaféiné au lait et un muffin aux myrtilles allégé en sucre.

— Et voilà.

— Mmm, vos pâtisseries sentent si bon, s'extasia Moira en déchirant le coin d'un sachet d'édulcorant.

A ses côtés, Annabeth Harold étalait sa serviette sur ses genoux. Sophie posa devant elle un verre de jus de fruits et une part de gâteau au café. Annabeth était la plus âgée des quatre femmes, mais aussi la seule à travailler depuis que Moira avait pris sa retraite, deux ans plus tôt.

Marcia Farrell accrocha son manteau de vison

au dossier de sa chaise et s'écarta du plateau de Sophie, comme si elle redoutait d'être effleurée par une personne aussi vulgaire. Autrefois réputée pour être une fille facile, elle était issue d'un milieu modeste. Après le lycée, elle avait quitté la ville pour suivre des cours de secrétariat et y était revenue avec un bébé, soi-disant veuve. Son fils était adulte, à présent, et vivait à Paris. Bien sûr, personne n'avait jamais cru à son histoire de mariage, mais on l'avait quand même acceptée dans la communauté comme si elle n'en était jamais partie. Grâce à un héritage important, elle avait réussi à gravir les échelons de la société de Marmet.

En face d'elle, Tiny Bartlett était assise sur l'extrême bord de son siège. Fille du propriétaire de la plus grande papeterie de la ville, elle n'avait jamais manqué de rien — à part de l'amour paternel. Son père, qui voulait un fils, ne lui avait jamais pardonné d'être une fille. Par frustration, elle avait épousé le fils d'un ivrogne, lequel avait surpris tout le monde en se révélant le meilleur des maris. Il lui avait donné trois beaux enfants, lesquels étaient aujourd'hui étudiants. Depuis qu'ils avaient quitté la maison, Tiny semblait un peu perdue.

Elle aspira délicatement une gorgée de son infusion, puis se pencha en avant, les lèvres pincées.

— Vous savez la dernière ? chuchota-t-elle en arquant ses sourcils savamment maquillés.

— Quoi ? demanda Marcia sur le même ton.

— Elle est revenue !

— Qui ?

— Sarah Whitman.

Marcia ouvrit des yeux ronds, et une expression apitoyée se peignit sur ses traits.

— La pauvre petite… Quelle tristesse que les enfants aient à pâtir des péchés de leurs parents.

— Franklin Whitman n'a peut-être pas commis les péchés dont on l'a accablé, objecta Tiny.

Marcia fronça les sourcils.

— Ne dis pas de sottises, voyons. Qui les aurait commis, à part lui ?

— Ce n'est quand même pas lui qui s'est enfermé dans cette malle, intervint Moira.

Marcia déplia sa serviette avec irritation et la posa sur ses genoux. A l'époque, son père travaillait dans la police et avait pris part à l'enquête. Que l'on insinue qu'il s'était trompé constituait à ses yeux un affront.

— C'est sûrement un de ses acolytes. En tout cas, ça ne signifie pas qu'il était innocent.

Annabeth agita une main devant elle, comme pour assainir l'atmosphère.

— Bon, ça suffit, maintenant, trancha-t-elle. Vous allez finir par gâcher notre goûter, avec ces discussions oiseuses. Vous n'avez pas de sujet de conversation plus agréable ?

Tiny pinça les lèvres, marmonna quelque chose entre ses dents, puis s'empara de sa fourchette afin d'attaquer son muffin.

— Qu'est-ce que tu as dit ? demanda Moira en se penchant vers elle.

En général, Tiny n'était pas du genre à faire des vagues.

— J'ai dit que le sujet était sans doute beaucoup plus désagréable pour Sarah Whitman que pour nous.

Un silence prolongé accueillit sa remarque, à tel point qu'elle se crut obligée de se justifier.

— Son père a été assassiné, tout de même. J'ai de la peine pour elle.

Marcia eut un petit reniflement méprisant. Annabeth marqua son désaccord par un froncement de sourcils. Quant à Moira, elle posa une main sur celle de son amie avec un sourire.

— Tu es si bonne, ma chérie.

Le visage de Tiny s'éclaira.

— Passe-moi le sucre, s'il te plaît, lança Marcia.

Et elles se mirent à jacasser de tout et de rien.

Sarah se réveilla en sursaut. Un peu désorientée, elle sauta du lit et se dirigea vers la porte. En voyant ses bagages, elle se rappela où elle était et comment elle était arrivée là. Elle se rassit au bord du lit.

Seigneur, quelle journée… Elle était épuisée. Tout en se massant lentement la nuque, elle tenta de mettre de l'ordre dans ses idées. Puis elle se leva et enfila ses chaussures. Tony DeMarco la mettait mal à l'aise. Ce n'était nullement sa faute, d'ailleurs. Mais elle ressentait en sa présence une faiblesse qu'elle n'avait pas éprouvée depuis des années.

Elle déballa ses valises et se coiffa rapidement. Inutile de se remaquiller, décida-t-elle. Elle ne voulait surtout pas lui donner l'impression qu'elle cherchait à lui plaire.

Quelques minutes plus tard, elle descendait dans la cuisine. Un mot l'attendait sur le comptoir :

« Si tu as faim, fais comme chez toi. Quand je serai de retour, nous sortirons dîner. »

A la fois vexée que Tony l'ait laissée seule et soulagée de disposer d'un moment de répit, elle ouvrit le réfrigérateur, y prit une grappe de raisin et une bouteille d'eau gazeuse, puis sortit devant la maison.

S'efforçant d'ignorer le lac, elle admira la forêt parée de ses couleurs d'automne. De l'autre côté de l'étendue d'eau, on apercevait le toit rouge d'une villa de taille imposante. Elle mangea un grain de raisin tout en se demandant qui pouvait bien habiter là, et chercha un endroit où s'asseoir. Une balançoire était suspendue à un arbre, juste en dessous de la terrasse. Sarah posa le raisin et la bouteille sur une table et descendit.

Deux écureuils étaient perchés sur une branche.

Elle s'installa sur la balançoire et se donna de l'élan. Une bouffée d'air lui balaya le visage — une sensation qui raviva aussitôt ses souvenirs d'enfance. Fermant les yeux, elle oublia sa souffrance.

4.

Sarah n'était pas dans la maison. Après avoir parcouru toutes les pièces, Tony sortit sur la terrasse où il découvrit le raisin et la bouteille sur la table. Puis il entendit un grincement répétitif. Elle avait découvert la vieille balançoire. Il s'avança au bord des marches et s'abrita les yeux pour se protéger des rayons éblouissants du soleil couchant.

Cette balançoire était là quand il avait acheté le terrain. A maintes reprises, il avait songé à l'enlever, mais aujourd'hui, il se réjouissait de n'en avoir rien fait. La tête rejetée en arrière, Sarah avait les paupières closes. Elle s'élevait dans les airs avec autant de plaisir qu'une enfant.

— Sarah ! appela-t-il en savourant la sonorité de son prénom.

S'il n'y prenait garde, il aurait tôt fait de se laisser ensorceler…

— Sarah ! répéta-t-il plus fort.

Elle rouvrit les yeux avec un mouvement de surprise, puis racla le sol de ses pieds de façon à faire cesser les balancements. Apparemment, il l'avait tirée de profondes rêveries. Elle se leva de la balançoire, les jambes un peu chancelantes.

— Je ne t'avais pas vu, s'excusa-t-elle.

— Je viens juste d'arriver. Tu as faim ?

— J'ai l'estomac dans les talons, avoua-t-elle en souriant.

— Tu veux sortir ou tu préfères que je fasse cuire des steaks au barbecue ?

— Je vote pour les steaks. Je ne me sens pas encore d'humeur à affronter les gens de Marmet.

— Comme tu voudras. Tu aimes la viande bien cuite, saignante… ?

— A point.

— Parfait. Exactement mon type de femme.

Elle le considéra en plissant les yeux.

— Je n'aurais pas cru qu'il était si facile de te plaire.

— Oh, ce n'est pas si facile, répliqua-t-il, le regard fixé sur ses lèvres.

En la voyant rougir, il ajouta rapidement :

— Vu que tu cuisines sans doute mieux que moi, je te laisse t'occuper du reste du repas, d'accord ? Le réfrigérateur est plein, choisis ce qui te fait envie.

Il la prit par le bras et l'entraîna dans la maison.

Quelques minutes plus tard, debout devant l'évier, Sarah triait des brocolis tout en observant Tony à travers la fenêtre. Il avait troqué son costume pour un sweat-shirt blanc et un vieux jean délavé. Il régla la flamme du barbecue au gaz, éventa la fumée, puis s'essuya les doigts sur les jambes de son pantalon. Il paraissait heureux d'effectuer ce genre de tâche. Sarah se demanda pourquoi il s'était fait construire cette maison si loin de Chicago et si près de sa ville natale, où sa famille et lui avaient toujours été considérés comme des moins que rien.

Elle abandonna un instant ses brocolis pour mieux le détailler. On devinait ses muscles sous son sweat-shirt. Et elle le revit torse nu, en train de tondre la pelouse devant la maison de ses parents. Il avait été le premier objet de ses fantasmes de fillette…

Lorsqu'elle s'aperçut qu'il la regardait lui aussi, elle se retourna brusquement et se dirigea vers le comptoir central. Une bouteille de merlot était déjà débouchée. Elle prit la bouteille, attrapa deux verres à pied sur l'égouttoir au-dessus du plan de travail, et sortit sur la terrasse. Résolue à ne pas succomber aux démons de sa libido, elle s'efforça d'adopter une attitude naturelle et décontractée.

— Il commence à faire froid, dehors, remarqua Tony.

— J'ai apporté de quoi nous réchauffer.

Elle lui tendit un verre. Tandis qu'elle le servait, il admira les reflets roux de ses cheveux. Dans le demi-jour, sa beauté avait quelque chose d'exotique, et il eut envie de lui caresser le visage.

— Au coucher de soleil, déclara-t-il en faisant tinter son verre contre le sien.

— Au coucher de soleil.

Elle porta son verre à ses lèvres.

— Mmm, ce vin est délicieux.

— L'excellence, toujours. Telle est ma devise, répliqua-t-il en rivant ses yeux dans les siens.

Assis derrière son bureau, Ron Gallagher retournait entre ses mains le sac en plastique contenant les objets retrouvés avec le corps de Franklin Whitman : un portefeuille rongé par l'humidité, un trousseau de clés, une alliance et une montre arrêtée à 1 h 20.

Ron aimait son métier. En vingt-trois ans de carrière, il pouvait compter sur les doigts d'une seule main le nombre de fois où il avait regretté de s'être engagé dans la police. Aujourd'hui constituerait une fois de plus. L'affaire Whitman représentait l'une des plus corsées qu'il ait jamais eues à traiter. Les pistes étaient tellement froides que, rien que d'y penser, il poussa un soupir de frustration. Sa secrétaire avait déjà mis presque deux jours à retrouver le vieux dossier. Lequel était plus que maigre. Franklin Whitman s'était volatilisé le même jour que l'argent de la banque : c'était là le seul fait qui avait induit les enquêteurs à l'incriminer. Autant dire que leur théorie ne reposait sur rien de solide.

Ron disposait maintenant d'un élément supplémentaire : le corps du coupable présumé. Cela ne prouvait certes pas l'innocence de Whitman, mais à supposer qu'il ait été impliqué dans l'escroquerie, il ne l'avait pas commise seul. Malheureusement, les quelques éléments contenus dans le sac en plastique ne donnaient guère d'indices sur l'identité de la personne qui l'avait tué.

Ron écarta les dossiers qui traînaient sur son bureau et étala devant lui les éléments en question. Le portefeuille en cuir tombait en lambeaux. A l'intérieur, seuls les documents plastifiés avaient survécu à vingt ans d'immersion : une carte de crédit, un permis de conduire et une carte de groupe sanguin. Si le portefeuille avait un jour renfermé d'autres papiers, ceux-ci s'étaient totalement désintégrés.

Ron examina la montre dont les aiguilles avaient cessé de tourner à 1 h 20, probablement l'heure à laquelle le corps avait été jeté dans le lac. Restait à déterminer la cause du décès : noyade ou blessure au crâne. Il attendait le rapport du coroner même si, finalement, ce détail importait peu. Dans tous les cas, Whitman avait été assassiné.

Le trousseau de clés constituait sans doute l'article le plus intéressant. Plusieurs clés étaient réunies par un anneau, auquel était également accroché un porte-clés en plastique rouge portant l'inscription « Le Meilleur des Papas ».

Ron ramassa le jeu de clés et poussa un soupir en se rappelant le jeune âge qu'avait Sarah Whitman à l'époque. Aujourd'hui, elle semblait persuadée que son père était innocent, que le véritable malfaiteur avait voulu lui faire porter le chapeau. L'opinion publique, en revanche, n'avait toujours pas blanchi Whitman ; on disait maintenant qu'il s'était fait liquider par ses complices. Ron ne savait qu'en penser, sinon que l'enquête serait menée avec plus de rigueur, cette fois.

Il observa une à une les clés rouillées et couvertes de boue. Deux d'entre elles étaient indubitablement des clés de voiture. En restait quatre. Ron supposa qu'il devait y avoir celle du domicile de Whitman ainsi que celle de la banque. Il avait lu dans les anciens procès-verbaux que Whitman pouvait entrer et sortir de la banque sans être obligé d'être accompagné. Il reconnut encore une clé de boîte aux lettres — il avait la même.

Levant le trousseau devant ses yeux, il examina la dernière clé. Elle était bizarre. Longue et plate, avec un numéro. Il tentait de déchiffrer le numéro quand l'un de ses agents frappa à la porte.

— Chef, on vient de recevoir un appel de

Mme Healey. Allen est encore en train d'essayer de défoncer sa porte. Schuler est déjà en route. Je voulais juste vous prévenir.

Ron remit les possessions de Whitman dans le sac et le jeta à l'agent.

— Tiens, enferme ça dans le coffre, déclara-t-il. Je pars rejoindre Schuler.

Allen Healey était un brave gars, sauf quand il avait bu. Et le problème, c'est qu'il était porté sur la boisson. La dernière fois qu'il était rentré soûl chez lui, il avait roué sa femme de coups, lui cassant la clavicule et deux dents. Ron essayait de convaincre Edith de quitter son mari et de porter plainte contre lui. Mais jusqu'à présent, ses conseils étaient demeurés vains.

Il monta dans sa voiture de service, alluma le gyrophare et la sirène, puis démarra. Le meurtre de Whitman attendrait.

Son petit déjeuner terminé, Paul Sorenson se leva de table, se servit une seconde tasse de café et reposa la cafetière sur le buffet. Il y avait encore quelques années, il ne prêtait pas la moindre attention aux prévisions météorologiques mais, à présent, le temps était son principal souci. Lui qui adorait les sports d'hiver détestait maintenant le froid à cause de ses rhumatismes. Et aujourd'hui, ses articulations le faisaient atrocement souffrir. La météo avait annoncé de la pluie pour la soirée, voire de la neige si la température continuait à chuter.

Laissant sa vaisselle sale sur la table — la femme de ménage se chargerait de débarrasser —, il se rendit dans la bibliothèque avec son café et le journal local. Une bûche crépitait dans la cheminée. Il s'installa dans sa bergère à oreilles, dégoûté que le moindre mouvement lui soit si douloureux, et but une gorgée de café. Au moins, la chaleur le soulageait un peu.

Posant sa tasse près de lui, il déploya le journal. Il n'y lisait pas grand-chose, à part les avis de décès et les faits divers. Non qu'il y eût beaucoup de délinquance dans une petite ville comme Marmet, mais en tant que président de la banque, Paul aimait savoir à qui il valait mieux éviter de prêter de l'argent. Ce matin-là, un titre accrocha son regard : on parlait encore de Franklin Whitman.

Vingt ans auparavant, quand le cambriolage

avait eu lieu, Paul n'était qu'un simple employé à la banque, bien en dessous de Franklin Whitman, mais il avait de l'ambition. La disparition du vice-président avait été pour lui une aubaine. Le scandale ayant entaché la réputation de la banque, Paul avait montré le plus grand zèle à redorer le blason de l'établissement. Et ses efforts avaient été récompensés. Cinq ans plus tard, il était nommé président de la Marmet National Bank.

Il parcourut l'article en fronçant les sourcils. Apparemment, de plus en plus de gens commençaient à penser que Whitman n'était qu'une victime innocente. Il n'aimait pas ça. La police allait fouiller dans le passé, ce à quoi il ne tenait pas du tout. Il pensa à la fille de Whitman et se demanda ce qu'elle était devenue. En vingt ans, il pouvait se passer beaucoup de choses. Elle était peut-être morte — cela l'aurait bien arrangé.

Un jour, il avait reçu un coup de fil très personnel dans la salle de repos de la banque. Se croyant seul, il s'était laissé aller à une conversation plutôt intime et avait même prononcé le prénom de son interlocuteur : David. Nul à Marmet ne soupçonnait son homosexualité. Jusqu'à ce jour. Quand il avait raccroché, il s'était aperçu de la présence de la petite Sarah sur le pas de la porte, un biscuit à la main. « C'est qui, David ? » avait-elle demandé. Il lui avait hurlé de déguerpir.

Depuis cette date, il avait vécu dans la hantise qu'elle dévoile son honteux secret. Lorsqu'elle avait quitté la région, peu après la disparition de son père, il avait remercié le ciel.

Sarah finissait un bol de céréales quand Tony entra dans la cuisine, les cheveux mouillés, en jean et sweat-shirt. Ses vêtements avaient connu des jours meilleurs, mais ils n'étaient pas démodés et mettaient sa silhouette en valeur.

Lorsqu'elle prit conscience du genre de pensées qui lui traversaient l'esprit, elle avala de travers.

— Ça va ? demanda Tony en lui tapotant le dos.

— Ce n'est rien.

Elle se leva pour se soustraire à son contact et alla poser son bol dans l'évier. Elle devait considérer Tony DeMarco comme un homme serviable et aimable. Rien de plus.

Le raidissement de ses épaules n'échappa pas à Tony. Elle avait accepté d'habiter chez lui, mais il était encore loin d'avoir gagné sa confiance.

— Il pleut, déclara-t-il.

— Oui, j'ai vu.

Elle rinça son bol et le mit dans le lave-vaisselle.

— Qu'est-ce que tu vas faire, aujourd'hui ? s'enquit-il.

Elle fit volte-face et le fusilla du regard, si bien qu'il se sentit obligé d'ajouter :

— Si ma question n'est pas indiscrète.

— Alors, pourquoi me la poses-tu ?

Il soupira.

— Je me disais que tu aimerais peut-être avoir de la compagnie.

— Tu m'offres la tienne ?

— Oui, répondit-il en réprimant un sourire.

— Eh bien, merci. J'accepte avec plaisir.

Lui qui s'attendait à un refus fut un peu désarçonné. Il s'adossa au comptoir et croisa les bras sur son torse.

— Quel est ton programme ?

— Il faut que j'aille voir le shérif. Mais j'aimerais d'abord passer à deux autres endroits.

— Où donc ?

— Je ne suis pas allée sur la tombe de ma mère depuis que j'ai quitté Marmet.

— Pas de problème. Et puis ?

Elle ne répondit pas.

— A quelle heure veux-tu partir ? demanda-t-il sans insister.

— Dans une dizaine de minutes… si ça te convient. J'ai un coup de fil à passer.

— Très bien. Je t'attends dans le salon. Prends ton temps, et fais-moi signe quand tu seras prête. Habille-toi chaudement. La pluie risque de se transformer en neige.

— La Nouvelle-Orléans me manque déjà, grommela-t-elle.

Tout en la regardant disparaître dans le couloir, il se demanda s'il n'y avait que le climat de La Nouvelle-Orléans qui lui manquait. Force lui était de reconnaître qu'il n'aurait pas aimé qu'elle soit mariée…

En haut, allongée sur son lit, le combiné du téléphone contre l'oreille, Sarah comptait les sonneries. Elle s'apprêtait à raccrocher quand sa tante répondit enfin.

— Sarah Jane… C'est toi.

Elle devina le sourire qui plissait son visage d'ébène.

— Je t'en prie ! dit-elle en riant. N'essaie pas de me faire croire que tu as deviné que c'était moi. Tu as la présentation du nom sur ton téléphone !

Lorett s'esclaffa.

— N'empêche que je savais quand même que c'était toi.

Sarah s'abstint de discuter plus longuement sur ce point. A maintes occasions, elle avait eu l'occasion de constater que le don de sa tante était bien réel. Et elle était trop contente de l'entendre pour plaisanter davantage. Elle se cala contre les oreillers et ramena ses genoux contre elle, sa position favorite pour bavarder au téléphone.

— Tu es avec un homme, reprit Lorett. Qui est-ce ?

Sarah secoua la tête. Décidément, il était impossible de lui cacher quoi que ce soit.

— Un ami, répondit-elle. Enfin… je crois. Il s'appelle Anthony DeMarco.

— Mais il a un autre nom.

Elle esquissa un sourire.

— Tu as raison, comme d'habitude. Certaines personnes l'appellent Silk.

Il y eut un silence, puis la voix grave de Lorett retentit de nouveau :

— C'est un homme qui a des secrets.

Sarah jeta un coup d'œil en direction de la porte, s'attendant presque à voir apparaître Tony.

— Ces secrets sont-ils mauvais pour moi ? demanda-t-elle.

— Non.

— Tout le monde a des secrets. Les siens ne me regardent pas.

— Oh, si, répliqua Lorett. Mais nous en reparlerons une autre fois. Comment vas-tu, *ma petite*[1] ?

Elle faillit fondre en larmes, profondément touchée par sa tendresse.

— Ça va… Mais ça ira encore mieux quand je pourrai enterrer papa.

— Il est avec le Seigneur depuis vingt ans, Sarah Jane. C'est le passé que tu dois enterrer.

1. Certains mots employés par Lorett sont en français dans le texte. Ils sont indiqués en italique. (N.d.T.)

— J'essaie, tante Lorett, mais il faut que je retrouve celui qui l'a tué. Il n'a pas volé que de l'argent, il m'a volé mon enfance.

— La vengeance est dangereuse, observa Lorett, une pointe de panique dans la voix.

— Le meurtre aussi.

— Ce n'est pas à toi de rendre la justice. Laisse les représentants de la loi s'en charger.

— Tu as vu comment ils ont fait leur travail ? Non, je n'ai aucune confiance en eux. Je ne suis plus une enfant. Cette fois, ils ne se débarrasseront pas de moi aussi facilement.

— Je vois des ombres dans ton futur, Sarah Jane.

— Quand tu sauras qui sont ces ombres, tu me le diras, rétorqua-t-elle en consultant sa montre. Bon, il faut que je te quitte. Tony m'attend. Je te rappellerai demain ou après-demain.

— Dis à cet homme qu'il doit te protéger.

— Je suis assez grande pour me protéger toute seule. Et puis, combien de fois m'as-tu répété qu'il ne fallait pas compter sur les hommes ?

— Je ne t'ai pas appris à les haïr, Sarah Jane.

— Non, admit-elle avec un soupir. Ça, c'est Michael qui me l'a appris.

Sept ans plus tôt, elle s'était amourachée de ce Michael au point de se fiancer avec lui. Quelques semaines avant le mariage, elle l'avait trouvé au lit avec sa meilleure amie.

— Tous les hommes ne sont pas à blâmer pour les faiblesses d'un seul.

— Je sais… Je ne voulais pas paraître aussi amère. Michael est de l'histoire ancienne, je t'assure. Un mauvais rêve, rien de plus.

— Tu es forte. Tu sais ce que tu as à faire.

— Je suis allée au lac, hier.

Lorett garda le silence à l'autre bout du fil. Elle attendait que Sarah épanche sa douleur.

— L'eau était noire. On la voit de chez Tony.

— C'est un problème ?

— Penser que papa croupissait là-dessous me donne la chair de poule… Oh, tante Lorett, tu prieras pour moi, hein ?

— Bien sûr, ma chérie. Maintenant, va rejoindre ton homme, et souviens-toi de ce que je t'ai dit à propos des ombres.

— Oui. Je t'aime, tante Lorett.

— *Oui, ma chère.* Moi aussi, je t'aime.

En raccrochant, Sarah pencha la tête sur le côté. « Ton homme », avait dit sa tante.

Lorsqu'ils arrivèrent au cimetière, la pluie s'était changée en un crachin glacial. L'air était saturé d'humidité, les feuilles ruisselaient, et le sol était couvert de flaques.

Sarah descendit de la voiture et regarda les rangées de stèles en frissonnant. Tony s'approcha d'elle et, glissant une main dans son col, exerça une légère pression sur son cou.

— Ça va ?

Elle remua les épaules afin qu'il ôte sa main. Elle ne voulait ni de ses gestes affectueux ni de ses regards empreints de compassion. Cela ne faisait qu'accroître sa tristesse.

— Non, ça ne va pas, rétorqua-t-elle, une lueur de défi dans les yeux. Mais ce n'est pas nouveau. Je n'ai pas souvent sauté de joie, ces vingt dernières années.

Il ignora son attitude provocante.

— Tu te souviens de l'emplacement de la tombe de ta mère ?

Elle pointa le menton vers la gauche.

— Ce doit être quelque part par là.

Il lui tendit la main.

— Viens, on va la chercher ensemble. Ensuite, je te laisserai seule.

— Tu n'es pas obligé, tu sais, observa-t-elle en considérant sa main sans la prendre.

Il fronça les sourcils.

— Je ne suis pas ton ennemi, Sarah. Laisse-moi t'aider.

Elle hésita, puis haussa les épaules.

— Oui… Bon… Je…

— Attends-moi là une minute.

Il retourna à la voiture, ouvrit le coffre et se pencha à l'intérieur. Surprise, Sarah le vit se redresser avec, dans les bras, une brassée de chrysanthèmes ambrés, visiblement cueillis dans son jardin.

— J'ai pensé que tu voudrais fleurir sa tombe, déclara-t-il en lui collant le bouquet dans les bras.

Touchée par son attention, elle serra les fleurs contre sa poitrine et en huma le parfum.

— Je ne sais pas quoi dire, bredouilla-t-elle, honteuse de son propre comportement.

— Merci, tout simplement.

Elle leva les yeux. Il souriait.

— Tu n'es pas aussi dur que tu veux le faire croire, n'est-ce pas ? demanda-t-elle, la voix assourdie par l'émotion.

— Ne va surtout pas colporter de telles rumeurs, répliqua-t-il en glissant son bras sous le sien. Allez, viens, allons chercher la tombe de ta mère.

Elle se laissa guider, non parce qu'elle était incapable de gérer la situation, mais pour faire plaisir à Tony qui semblait tellement vouloir l'épauler.

— Il y avait une statue d'ange sur le monument situé à côté de la tombe de ma mère, se rappela-t-elle brusquement.

— Voilà qui devrait nous faciliter la tâche.

Ils étaient en train de longer une allée quand une voiture pénétra dans le cimetière et se gara derrière la leur. Ils n'y prêtèrent pas attention, jusqu'à ce qu'une femme les rattrape. Sarah la reconnut à son sourire.

— Madame Blake ?

Moira Blake sourit de plus belle et la prit dans ses bras.

— Je n'étais pas sûre que vous vous souviendriez de moi. Quelle joie de vous revoir ! s'exclama-t-elle.

Sarah se dégagea poliment de son étreinte. A dire vrai, cette démonstration de sympathie l'étonnait. Moira Blake, âgée d'une soixantaine d'années, travaillait à l'époque dans la même banque que son père, mais elle n'avait jamais été très proche de sa famille.

— Je devais être petite la dernière fois que vous m'avez vue. Comment m'avez-vous reconnue ?

Devant sa réserve, Moira regretta de s'être montrée aussi familière. Elle cala le bouquet qu'elle portait au creux de son coude et releva sa capuche sur ses cheveux.

— Quel vilain temps…

Sarah ne dit rien, attendant une réponse à sa question.

— Marmet est une petite ville, et vous êtes la seule nouvelle tête, expliqua Moira. Et puis, le shérif Gallagher m'a appris que vous logiez chez Tony. Comme vous étiez avec lui, j'en ai déduit que c'était vous. Je ferais une bonne détective, n'est-ce pas ? Je vous présente toutes mes condoléances pour votre père.

Sarah la regarda dans les yeux — des yeux empreints de sincérité —, et décida de la croire.

— Merci, répondit-elle. En fait… euh… nous cherchons la tombe de ma mère.

— Suivez-moi. J'y allais, justement.

— Vous allez sur la tombe de ma mère ? répéta-t-elle, ébahie.

Moira haussa les épaules.

— Oui.

— Pourquoi ?

— Parce que je l'aimais bien.

De nouveau, Sarah riva ses yeux dans les siens. La vieille dame avait décidément un regard franc.

— C'est gentil. Je vous remercie.

Quelques minutes plus tard, elle se tenait devant la stèle de sa mère :

Catherine Anna Whitman
28 octobre 1944 — 3 septembre 1979

Sarah contemplait les mots gravés dans la pierre. L'émotion ne venait pas.

— Elle n'avait que trente-cinq ans quand elle est morte, murmura-t-elle pour elle-même. Je ne me souvenais pas qu'elle était si jeune.

Tony se pencha vers elle.

— Je vais t'attendre à la voiture.

Et il s'éloigna. Moira observa un instant le visage de Sarah, puis elle remplaça les fleurs fanées qui se trouvaient sur la tombe par le bouquet qu'elle avait apporté, et reprit elle aussi le chemin du parking.

Sarah regarda les poinsettias rouges sur la terre brune, puis elle renversa la tête en arrière et ferma les yeux. La bruine tombait doucement sur ses joues. C'est alors qu'elle se souvint qu'il pleuvait, le jour des funérailles de sa mère. Frissonnante, elle baissa les yeux sur son bouquet de chrysanthèmes. Les fleurs étaient de plus en plus mouillées. Elle les déposa à côté des poinsettias et recula d'un pas.

— J'avais besoin de toi, maman. Tu n'aurais pas dû me laisser toute seule.

Les lettres inscrites sur la stèle se brouillèrent. Ravalant ses larmes, elle inspira profondément.

— Mais je ne suis pas comme toi. Je ne renoncerai pas. Non, je ne renoncerai pas.

Elle redressa la tête et s'en alla.

5.

— Où est passée Mme Blake ? demanda Sarah en remontant dans la voiture.

Tony se doutait que la réponse ne l'intéressait pas vraiment, mais il comprenait son besoin de se changer les idées.

— Elle est rentrée chez elle. En revanche, elle veut nous inviter à dîner. Je lui ai dit que nous l'appellerions.

Sans répondre, Sarah se renversa contre le dossier de son siège et ferma les yeux. Elle avait l'air à bout de forces. Il l'aurait volontiers prise dans ses bras pour lui insuffler un peu de son énergie, mais il avait conscience que ce geste serait déplacé.

— Où veux-tu aller, maintenant ?

— En ville.

— Au bureau du shérif ?

— Pas tout de suite.

Elle marqua une pause et se tourna vers lui.

— Tu te rappelles l'endroit où j'habitais ?

Il hocha la tête.

— La maison existe toujours ? demanda-t-elle.

— Oui, mais la dernière fois que je suis passé devant, elle était dans un triste état. Elle m'a paru inoccupée. Je crois même qu'elle était en vente.

— Tant mieux, murmura-t-elle. Allons-y, si ça ne t'embête pas.

Il faillit lui demander des explications sur ce « tant mieux », mais se retint et démarra.

Ils traversèrent Marmet en silence. A côté de lui, Sarah semblait tendue, la nuque et les épaules raidies. En fait, elle avait la nausée et retenait un haut-le-cœur.

Si on lui avait demandé, un mois plus tôt, de décrire sa ville natale, elle aurait juré n'en avoir guère de souvenirs. Mais depuis qu'elle était descendue de l'avion, les images ne cessaient d'affluer à sa mémoire et, avec elles, une peur sourde. Comment aurait-elle pu oublier la façon dont sa mère et elle avaient été rejetées ?

Elle prit une longue inspiration et redressa le

menton. Qu'on essaie encore de dire du mal de son père, et l'on aurait affaire à elle, songea-t-elle avec détermination. Elle n'était plus une gamine et, contrairement à sa mère, elle n'était pas du genre à encaisser sans broncher. D'une nature combative, elle comptait bien laver le nom de sa famille.

— Nous y voilà, annonça Tony.

Elle regarda par la vitre. Si elle n'avait pas su où elle était, elle n'aurait pas reconnu la maison. Le grand porche où elle avait tant joué avait été remplacé par une véranda dotée d'une balustrade en fer forgé, et deux lions rouillés encadraient le haut des marches. Le ciment de l'allée se lézardait, des mauvaises herbes poussaient dans les fissures, et le grand chêne auquel sa balançoire était suspendue était mort.

— Tu es sûr que c'est là ? demanda-t-elle.

Tony pointa l'index vers la plaque portant le numéro de la maison. Elle eut un frisson.

— Mon Dieu…

— Tu n'es pas obligée de t'imposer ça, remarqua-t-il avec douceur.

Elle resta silencieuse un long moment, les yeux fixés sur la maison.

— Je sais, répondit-elle enfin.

Puis elle ouvrit la portière. Tony lui attrapa la main.

— Tu veux que je vienne avec toi ?

Il y avait tant de gentillesse dans sa voix qu'elle se sentit sur le point de fondre en larmes.

— J'apprécie vraiment tout ce que tu fais pour moi…

— Pourquoi ai-je l'impression qu'il y a un « mais » derrière tes mots ?

Elle parvint à esquisser un petit sourire.

— Parce qu'il y en a un, je suppose.

— Donc, si j'ai bien compris, tu ne veux pas que je t'accompagne ?

— Non, je te remercie. Et puis il pleut toujours. Ce n'est pas la peine que tu te mouilles davantage.

— Ne prends pas froid, toi non plus.

Elle ne jugea pas utile de répondre. Son père avait dû avoir froid, lui aussi… Elle ouvrit la portière et posa le pied par terre.

— Je n'en aurai pas pour longtemps, assura-t-elle tout en sortant de la voiture.

Elle s'introduisit dans le jardin en évitant de

regarder la maison. Le tableau était trop déprimant. L'herbe jaunie lui arrivait aux mollets, et le sol détrempé était spongieux. Elle évita quelques trous, juste à temps pour ne pas se tordre une cheville. Sans doute un chien du quartier venait-il enterrer ses os ici.

En réalité, elle ne serait jamais revenue dans son ancienne maison si elle n'y avait pas laissé quelque chose. Quelque chose de très important pour une fillette de dix ans. Lorsque sa tante était venue la chercher pour l'emmener à La Nouvelle-Orléans, elle avait oublié sa boîte à trésors dans sa cachette secrète. Il y avait peu de chances qu'elle la retrouve, mais puisqu'elle était là, autant en avoir le cœur net.

Elle fit le tour de la maison. Une bourrasque de vent lui cingla le visage. Soudain pressée de repartir, elle accéléra le pas. Le jardin de derrière était plus petit que dans son souvenir. Normal, elle avait grandi. Les quelques marches qui menaient à la porte arrière de la maison étaient toujours là, décrépies. Elle courut jusqu'au perron, s'accroupit et passa les doigts le long des briques. A partir de la première marche, elle compta dix briques vers la droite, puis deux vers le haut, et demeura un instant immobile, la main en arrêt.

Qu'est-ce que je fabrique ? Je dois avoir l'air d'une folle, sous cette pluie battante. Seigneur... Sarah Jane, n'as-tu rien de mieux à faire que de gaspiller ton énergie à la recherche d'un trésor de gamine ?

Elle observa la brique en se disant que si sa boîte n'était plus là, il n'y avait rien de grave. Mais en son for intérieur, elle savait qu'elle serait terriblement déçue.

Elle appuya sa paume contre la surface granuleuse. La brique ne bougea pas. Quelqu'un l'avait peut-être scellée, songea-t-elle en poussant plus fort, sans grand espoir. Pourtant, la brique finit par céder. Sarah sentit son bras s'enfoncer d'un coup dans le trou, et elle perdit l'équilibre, s'écorchant la peau contre la pierre. Sans se soucier de la douleur, elle se pencha en avant afin de palper l'intérieur de la cavité. Quand sa main s'arrêta sur une surface lisse et carrée, les larmes lui montèrent aux yeux.

— Merci, mon Dieu, murmura-t-elle en retirant la boîte en plastique de sa cachette.

Le coffret était couvert d'une épaisse couche de poussière, mais il semblait intact. Sarah le posa devant elle et sortit un paquet de mouchoirs en papier de la poche de son manteau. Elle essuya l'égratignure sur le dessus de son bras, puis prit un mouchoir propre pour nettoyer la boîte. Son cœur bondit quand du vert apparut sous la saleté. Elle frotta avec une vigueur redoublée, jeta le mouchoir et essaya d'ouvrir la boîte.

Comme les briques, le coffret était soudé par les ans. Sarah insista, et le couvercle finit par se soulever, révélant une vieille photo jaunie. Elle sentit sa gorge se nouer lorsqu'elle vit le visage souriant de son père. Vivement, elle referma la boîte, de peur que la pluie n'abîme son contenu. Ensuite, elle se redressa, son précieux bien contre son cœur, et quitta le jardin en courant. Sans un regard derrière elle.

Tony leva les yeux au moment où elle surgissait à l'angle de la maison. Elle semblait si bouleversée que, la croyant poursuivie, il se précipita hors de la voiture.

— Qu'est-ce qu'il se passe ?

Elle le bouscula pour monter dans la voiture.

Voyant que personne ne lui courait après, il se réinstalla derrière le volant. Sarah était trempée. Il monta le chauffage. Elle tenait quelque chose sur ses genoux, mais il y prêta moins attention qu'au sang qui lui coulait sur le dos de la main.

— Qu'est-ce que tu t'es fait à la main ?

Elle tressaillit, puis haussa les épaules.

— Rien. Je me suis juste éraflé le bras.

— Tu saignes. Je vais t'emmener chez un médecin.

— Ce n'est pas la peine. Ramène-moi chez toi.

— Je croyais que tu voulais aller voir le shérif ?

— Pas aujourd'hui. Une autre fois. Ramène-moi chez toi, répéta-t-elle en repliant ses doigts sur la petite boîte carrée.

Comme il ne démarrait pas, elle leva vers lui un regard suppliant.

— S'il te plaît…

En maugréant entre ses dents, il remit le contact et prit la direction du lac.

*
* *

Quand Tony se gara devant chez lui, Sarah grelottait. La boîte verte plaquée contre sa poitrine, elle se laissa guider jusqu'à sa chambre. Elle se sentait encore plus faible dans la chaleur de la maison.

— Tu es trempée, remarqua-t-il. Il faut que tu te changes.

— Dans un moment… Tout à l'heure…

Il l'empoigna par les épaules, frémissant de colère.

— Soit tu te changes maintenant, Sarah, soit je m'en charge.

Elle ne lui avait encore jamais vu un tel regard. Il savait être persuasif.

— D'accord, capitula-t-elle avec un soupir, je vais me changer. Laisse-moi.

Il se dirigea vers la salle de bains.

— Qu'est-ce que tu fabriques ? lança-t-elle.

— Je te fais couler un bain.

— Ah. Merci, répondit-elle sur un ton sarcastique qu'il ne releva pas.

Elle l'entendit ouvrir les robinets, consciente que, si elle refusait de prendre ce bain, il serait parfaitement capable de mettre ses menaces à exécution. A la pensée de ses mains sur son corps, elle sentit ses genoux se dérober sous elle. Elle se laissa tomber sur l'un des fauteuils du petit salon, posa la boîte sur la table basse et enleva ses chaussures, puis son manteau. Elle essayait de dégrafer sa ceinture de ses doigts engourdis par le froid, quand Tony reparut dans la chambre.

— Bon sang ! Sarah, bougonna-t-il. Quelle idée ai-je eue de te laisser traîner dehors par ce temps de chien ?

— Tu n'es pas mon ange gardien. Je suis assez grande pour savoir…

— Pour savoir qu'on ne s'attarde pas à l'extérieur quand il fait aussi mauvais, acheva-t-il sèchement.

Ecartant ses mains, il dégrafa lui-même la boucle de sa ceinture. Puis, avant qu'elle ait pu protester, il déboutonna son jean et en sortit son chemisier.

— Ça va aller, maintenant ? Tu peux te débrouiller sans moi ?

Elle attrapa les pans de son chemisier, comme si elle redoutait qu'il aille plus loin.

— Ça va aller, merci.

— Bon, dit-il.

Et il quitta la pièce.

Ce n'est qu'en atteignant le bas de l'escalier qu'il se demanda pourquoi il était aussi furieux. Il n'avait aucune raison d'être en colère contre Sarah. Elle traversait une rude épreuve. Et le fait qu'elle ait des réactions négatives était parfaitement compréhensible.

Il considéra le palier en haut des marches tout en l'imaginant en train de se glisser dans le bain. Et il comprit pourquoi il lui en voulait. Il était venu de Chicago rien que pour elle, et elle refusait son soutien. Elle gardait même une certaine distance envers lui, ce qui le blessait profondément.

Ses épaules s'affaissèrent. Dépité, il se rendit dans la cuisine et ouvrit les placards. Pourquoi se souciait-il tant de gagner sa sympathie ? Après tout, c'était à Franklin Whitman qu'il devait sa réussite, pas à sa fille. Elle pouvait bien penser de lui ce qu'elle voulait… quelle importance ?

En versant de la soupe en conserve dans une casserole, il finit par admettre qu'il se mentait. Ce n'était pas parce qu'il n'était encore jamais tombé amoureux qu'il était définitivement à l'abri. D'autant plus que Sarah Whitman ne le laissait décidément pas indifférent. Il admirait son courage et sa détermination. La femme mûre qu'elle était devenue lui plaisait énormément, et il avait très envie d'apprendre à la connaître. Une envie qui ne semblait pas réciproque.

Il n'y avait pas à chercher plus loin. Voilà ce qui le mettait en rogne.

Sarah resta allongée dans la baignoire jusqu'à ce que l'eau refroidisse et que le bout de ses doigts se fripe. Après avoir enfilé un jean et un pull, elle se recoiffa rapidement et retourna s'asseoir devant la table sur laquelle elle avait laissé la boîte verte. Quand elle la prit, un peu de terre lui resta dans les mains. Elle l'emporta dans la salle de bains, la passa sous le robinet du lavabo et revint s'installer à la table.

Comparé à la découverte du corps de son père, ce coffret était insignifiant, mais il représentait un pan de sa vie. Les mains tremblantes, elle le posa sur ses genoux et souleva le couvercle.

La photo était toujours sur le dessus. Sarah effleura le papier fragilisé, puis le saisit avec précaution.

Son père et elle étaient agenouillés sur la plage, près d'un château de sable en cours de construction. Elle se rappela vaguement le couple qui les avait photographiés, puis le souvenir s'estompa. Seigneur... Elle aurait donné n'importe quoi pour retrouver l'innocence de l'enfance, cette impression naïve de baigner dans un monde rempli d'amour et de sécurité.

Cette photo avait été prise le jour de son sixième anniversaire. Ils devaient aller à la plage en famille, mais sa mère s'était réveillée avec la migraine. Pour ne pas décevoir Sarah, son père l'avait quand même emmenée au bord de la mer. Ils avaient joué dans les vagues, ramassé des coquillages et bâti des châteaux que la marée était venue inonder. En fin d'après-midi, ils étaient allés manger des beignets enveloppés dans du papier journal, puis ils avaient repris la route. Elle se rappelait avoir dormi tout le long du trajet, recroquevillée sur son siège, la main de son père sur son épaule.

Elle reposa la photo et regarda dans la boîte, d'où elle sortit un petit coquillage torsadé, souvenir du même jour, qu'elle plaça auprès de la photo. Puis elle inclina le coffret vers la lumière. L'œuf de merle bleu qu'elle avait trouvé avec sa mère peu de temps avant la disparition de son père était tombé en miettes, ainsi que son trèfle à quatre feuilles porte-bonheur. La boîte contenait encore la clé d'un journal intime dans lequel elle n'avait jamais rien écrit, une gourmette portant son prénom et un petit bloc de pyrite qu'un ami de son père lui avait donné. Il lui avait expliqué que les paillettes ressemblaient à de l'or mais qu'elles n'avaient aucune valeur. Elle avait quand même conservé le morceau de roche parce qu'avec ses cristaux aux reflets dorés, il ressemblait à une pierre précieuse.

Un à un, elle sortit tous ses trésors de la boîte. Puis elle les observa, sans satisfaction ni amertume.

Après un long moment, elle retourna dans la salle de bains pour achever de se préparer. Tony devait l'attendre. Elle enfilait ses chaussettes quand il frappa à la porte.

— Sarah ?

— Entre, répondit-elle en se chaussant.

Il poussa le battant.

— J'ai fait chauffer de la soupe, annonça-t-il depuis le seuil.

— C'est une bonne idée. J'arrive.

Son regard tomba sur le coffret et son étrange contenu, étalé sur la table.

— Tu as trouvé ce que tu cherchais ?

— J'ai retrouvé ma boîte, oui, mais ce que je cherchais n'est pas dedans.

Devant son évidente tristesse, il enfonça les mains dans les poches de son pantalon.

— Est-ce que je peux faire quelque chose pour toi ?

— Merci, mais non.

— Tu es sûre ?

— Oui, personne ne peut m'aider.

Il la scruta, tentant de lire dans ses pensées.

— Que cherches-tu, Sarah ?

— Ça va te paraître idiot.

— Pas si ça a de l'importance pour toi.

Avec un soupir, elle s'approcha de la table et caressa le coquillage.

— Sarah… ?

Délaissant le coquillage, elle suivit le contour du visage de son père sur la photo. Lorsqu'elle releva la tête, des larmes coulaient le long de ses joues.

— Ces objets étaient très importants pour moi,

expliqua-t-elle. Quand tante Lorett est venue me chercher, j'ai oublié de les emporter. Maintenant, il est trop tard.

Il s'avança vers elle et lui posa une main dans le dos.

— Tant que nous sommes en vie, il n'est jamais trop tard pour bien faire.

— Ce n'est pas une question de « bien faire », corrigea-t-elle. C'est juste qu'il est trop tard. J'ai attendu trop longtemps pour revenir, et maintenant, c'est foutu.

— Qu'est-ce qui est foutu ? Que cherches-tu ?

— L'amour, répondit-elle dans un souffle. Mais il n'y a plus d'amour et il n'y en aura plus jamais. Ils l'ont tué, comme ils ont tué mes parents.

Sa peine était presque palpable, et contagieuse. Il déglutit péniblement.

— Viens, dit-il en lui tendant les bras.

Elle résista une seconde, puis se laissa aller contre lui. Quand les bras de Tony se refermèrent autour d'elle, elle se mit à pleurer, doucement d'abord, puis à gros sanglots.

Tony avait le cœur brisé, mais il savait qu'elle avait

besoin de se libérer. Il fallait qu'elle se laisse aller au chagrin, elle l'aurait fait tôt ou tard. Personne ne pouvait contenir autant de peine et de colère sans craquer. La serrant plus fort, il posa la joue contre ses cheveux. Voilà le geste qu'il aurait dû faire le jour où l'on avait porté Mme Whitman en terre, mais il n'avait pas osé. Il avait quitté le cimetière en se disant qu'il aurait d'autres occasions de témoigner sa sympathie à la fille de son bienfaiteur. Malheureusement, la petite Sarah avait quitté la région. Pendant vingt ans, il n'avait cessé de se reprocher sa lâcheté, et s'il avait enfin aujourd'hui l'occasion de se racheter, il se sentait aussi impuissant qu'à l'époque. Certes, il tenait Sarah entre ses bras, il la berçait doucement comme on berce un enfant. Mais comment la consoler ? Comment adoucir sa peine ?

Au bout d'un moment, elle se dégagea de son étreinte. Il lui tendit son mouchoir.

— Je… Je suis désolée, balbutia-t-elle en s'essuyant les yeux.

— Ne t'excuse pas, Sarah. Ce n'est pas la peine.

Elle le considéra attentivement et l'ombre d'un sourire apparut sur ses lèvres.

— Anthony James DeMarco…

— Oui ?

— Excuse-moi de ne pas t'avoir remercié plus tôt. Tu as abandonné tes affaires et ta vie privée pour venir t'occuper de moi. Tu me consacres ton temps, tu m'offres le gîte et le couvert, et je t'en remercie.

Elle marqua une légère pause avant d'ajouter :

— Plus que tout, je te suis reconnaissante de l'estime que tu portais à mon père. Tu ne peux pas savoir à quel point.

Du dos de la main, il lui effleura le visage, puis laissa retomber son bras le long de son corps.

— Il n'y a pas de quoi. C'est normal.

— Bon… Et cette soupe ?

— Cette soupe, oui, répéta-t-il en souriant. Toi qui tiens un restaurant, tu me diras ce que tu en penses. Je suis très doué pour réchauffer les conserves.

— Je suis sûre que tu es très doué pour plein d'autres choses.

Avant qu'il ait eu le temps de lui demander de

s'expliquer, elle franchit le seuil de la chambre et s'engagea dans l'escalier, où flottait une bonne odeur de soupe à la tomate et de sandwichs au fromage grillés.

6.

Dans la soirée, la pluie qui était tombée toute la journée sans discontinuer se transforma en neige. Debout devant la fenêtre, Sarah contemplait avec émerveillement les gros flocons tourbillonnants. Prenant sa fascination pour de l'inquiétude, Tony vint se poster derrière elle.

— Ne t'inquiète pas, la rassura-t-il. Ça ne va pas tenir.

— Oh, je ne m'inquiète pas. Au contraire, c'est magnifique. Il y a des années que je n'ai pas vu la neige.

— Vraiment ?

— Oui, ma tante ne veut pas quitter La Nouvelle-Orléans, et moi, je n'aime pas partir sans elle.

Elle haussa les épaules avant d'ajouter :

— J'ai besoin d'elle pour me sentir en sécurité.

Elle est ma seule famille. Bien que nous ne soyons pas parentes.

Elle se tut brusquement. Et Tony s'aperçut que, depuis qu'ils étaient ensemble, elle n'avait pas une seule fois fait allusion à un mari ou à un compagnon. Si elle n'en avait pas, cela lui laissait une chance de la conquérir…

Il s'approcha d'elle et lui prit la main gauche.

— Je vois que tu ne portes pas d'alliance…

— On a voulu me passer la bague au doigt, mais c'était une belle erreur.

— Tu as été mariée ?

— J'ai failli.

— Failli ?

— J'ai trouvé mon fiancé au lit avec une femme que je pensais être mon amie.

— Aïe. Qu'est-ce que tu as fait ?

— Eh bien, je ne l'ai pas tué, ni elle. Mais il ne m'a plus jamais revue. Et finalement, ce n'est pas plus mal comme ça. Je me sens libre, et je peux consacrer toute mon énergie à Ma Chère — mon restaurant. C'est un peu à cet incident que je dois ma réussite.

— Et tu n'as rencontré personne d'autre, depuis ?

Elle secoua la tête et détourna le regard, en s'efforçant d'ignorer les sous-entendus qu'elle croyait percevoir dans ses questions. Non, elle n'avait jamais été attirée par aucun autre homme. Jusqu'à présent.

Tony n'était pas très fier de lui, mais ces révélations lui faisaient sacrément plaisir. Il changea néanmoins de sujet, désireux de ne pas embarrasser Sarah en insistant lourdement sur ses peines de cœur.

— Heureusement que tu avais ta tante…

— Oh, oui. Elle s'est occupée de moi comme si j'étais sa propre fille.

A son intonation, il devina que les relations entre sa tutrice et elle n'avaient pas toujours été faciles.

— Sauf que ce n'était pas ta mère.

Sarah fronça les sourcils.

— Quand elle est venue me chercher, je savais à peine qui elle était. Oh, bien sûr, elle nous avait rendu visite à plusieurs reprises, mais pas assez pour qu'elle me marque. Peut-être que si je n'avais jamais connu ma vraie mère… Si les circonstances avaient été différentes… Enfin, bref, il m'a fallu des années avant que je me fasse à l'idée que je n'avais plus qu'elle, que personne d'autre ne m'attendrait jamais à la sortie de l'école. Et puis, je me sentais comme une étrangère parmi sa famille et ses amis. (Elle esquissa un petit sourire.) Ce n'était pas facile d'être une petite fille blanche au milieu de Noirs. Ces gens ont subi tant d'injustices ; aujourd'hui encore, ils sont souvent victimes de préjugés. Au début, ils ne voulaient pas de moi et ne faisaient que me tolérer parmi eux, par amour pour Lorett. Ils ont mis du temps à m'accepter.

— Et maintenant, comment ça se passe avec eux ?

— Je suis toujours la petite Blanche que Lorett Boudreaux a élevée, mais ils ont appris à me connaître, et je pense qu'ils m'apprécient autant que je les apprécie. Quand j'ai ouvert mon restaurant, je suis montée d'un cran dans leur estime.

— Pourquoi ?

— Parce que je prépare un excellent gombo, et que mon pain au maïs et au jalapeño est un régal. (Elle sourit.) Et puis, ils savent que s'ils étaient méchants avec moi, Lorett leur jetterait un sort.

Tony éclata de rire — un rire qu'il étouffa devant son air sérieux. Il la considéra d'un air perplexe.

— Tu plaisantes, n'est-ce pas ?

— Pas du tout. Elle a pratiqué le vaudou dans sa jeunesse. Elle jure qu'elle a arrêté, mais elle a toujours le troisième œil.

— Le troisième œil ? Qu'est-ce que c'est que ça ?

— C'est le don de double vue.

Il la dévisagea.

— Tu ne devais rien pouvoir lui cacher, alors ?

— C'était un enfer.

Elle referma les bras sur sa poitrine, soudain parcourue d'un frisson.

— Excuse-moi une minute, tu veux bien ? Je vais chercher un pull dans ma chambre.

— Attends.

Il se précipita vers la penderie du hall et décrocha une veste en laine.

— Tiens, enfile ça. Je vais remettre du bois dans le feu.

Elle passa le vêtement, puis suivit Tony devant la cheminée. Tandis qu'elle s'installait dans un large fauteuil aux coussins rebondis, il écarta le pare-feu et déposa une bûche dans l'âtre. Des étincelles jaillirent, et les braises crépitèrent. Il remit l'écran en place.

— Un chocolat chaud ? offrit-il en se tournant vers Sarah.

— Volontiers, je vais t'aider.

Elle s'apprêtait à se relever quand il secoua la tête.

— Reste ici et réchauffe-toi. J'en ai pour quelques minutes.

Puis il lui tendit la télécommande.

— Si tu as envie de regarder la télé…

Contente de ne pas avoir à bouger, elle prit l'appareil.

— Merci. C'est agréable de se faire servir.

Il lui ébouriffa les cheveux, comme il l'aurait fait à un enfant, en prenant garde à ce qu'elle ne puisse voir dans son geste autre chose qu'une marque d'amitié.

— Profites-en, répliqua-t-il. Je ne serai pas toujours là.

Sur ces mots, il se dirigea vers la cuisine. Elle le suivit des yeux, admirant malgré elle sa démarche racée et son allure sportive. Instinctivement, elle porta une main à sa tête où elle ressentait encore la chaleur de son contact. Puis elle se renversa contre le dossier et ferma les yeux. La veste en laine était imprégnée d'un parfum masculin — de son parfum. Elle s'imagina dans ses bras.

Bon sang, cela devenait une obsession ! Pourquoi diable n'arrêtait-elle pas de penser à *cela* ? Sans doute parce qu'elle était fatiguée, physiquement et moralement. Ce n'était tout de même pas parce que Tony se montrait gentil avec elle qu'elle devait se laisser tourner la tête. Il l'avait dit lui-même, il était venu l'aider parce qu'il se sentait redevable envers son père. Pas pour elle. Il n'y avait donc pas de raison de s'emballer.

En entendant ses pas dans le couloir, elle rouvrit les yeux à contrecœur. Il apportait un plateau sur lequel reposaient deux tasses fumantes et une assiette de biscuits. Malgré son chargement, il avait toujours la même aisance. Elle se demanda s'il avait conscience de son charme. Bien sûr, songea-t-elle aussitôt. Comment aurait-il pu l'ignorer ? Puis elle se demanda s'il vivait avec quelqu'un à Chicago. Elle laissa échapper un demi-sourire. Cette question-là, elle l'éviterait soigneusement. Hors de question de lui faire croire qu'il l'intéressait.

Il posa le plateau sur la table basse.

— J'espère que tu aimes les croquants au gingembre, c'est tout ce que j'ai.

— J'adore !

— Moi aussi. C'est marrant…

Il lui tendit une tasse et deux biscuits sur une serviette. Amical. Il était amical et rien de plus. C'était très bien ainsi.

Ce soir-là, Sarah se coucha avec un sentiment de sécurité. Finalement, elle n'était pas aussi seule à Marmet qu'elle l'aurait imaginé. Si on lui avait dit avant de partir que Tony DeMarco l'accueillerait sous son toit, elle n'y aurait jamais cru. Mais, Seigneur, heureusement qu'il était là.

Elle se tourna sur le côté et remonta la couette sur ses épaules. La maison de Tony était confortable. Elle s'y sentait bien. Dehors, le vent soufflait, il neigeait toujours et, de temps à autre, une branche raclait les carreaux. Mais, malgré ces bruits, elle s'endormit rapidement.

Elle se réveilla juste avant l'aube, en sursaut, le souffle court. Elle avait rêvé qu'elle était sous l'eau et n'arrivait pas à remonter à la surface. Elle commençait à se noyer quand elle s'était réveillée.

— Oh, mon Dieu, murmura-t-elle en repoussant les couvertures.

Le sol était froid sous ses pieds nus. Elle enfila une paire de chaussettes et se rendit dans la salle de bains afin de se passer un peu d'eau sur le visage. Lorsqu'elle en ressortit, elle regarda le lit en frissonnant. Jamais elle n'arriverait à se rendormir après le cauchemar qu'elle venait de faire.

Attrapant son peignoir, elle l'enfila et se dirigea vers la fenêtre, curieuse de savoir si la neige avait tenu. Tony avait vu juste : aucune trace de blanc. Et la neige avait cessé de tomber. Bien qu'il fasse encore sombre, Sarah devinait la présence du lac derrière les arbres. Dire que, pendant vingt ans, les gens étaient venus nager et canoter sur ce lac, sans se douter qu'un homme gisait au fond, prisonnier d'un caisson en métal…

Alors qu'elle se détournait de la fenêtre, un mouvement dans les arbres attira son attention.

Elle colla son front à la vitre et scruta les ténèbres. En vain. Tout était redevenu immobile.

Elle s'habilla, puis sortit de sa chambre. Dans le couloir, elle s'immobilisa, l'oreille tendue. La maison était plongée dans le silence. Tony devait dormir. Si elle trouvait les ingrédients nécessaires, elle lui préparerait un petit déjeuner typique de La Nouvelle-Orléans.

Tony s'étira comme un chat, puis, croisant les mains derrière sa tête, il observa le plafond. La pâle lueur du jour filtrait à travers les rideaux. Il referma les yeux. Ses premières pensées de la journée furent pour la femme qui dormait au fond du couloir.

Sarah Jane Whitman.

Un nom simple et ordinaire, typique de la Nouvelle-Angleterre. Pourtant, elle n'avait rien de simple ni d'ordinaire. Elle était gracieuse et séduisante, avec des yeux à vous faire chavirer. Quand elle marchait, il avait du mal à voir autre chose que le balancement de ses hanches. Et lorsqu'il regardait son visage, adouci par ses épais cheveux bruns, il était tout aussi troublé.

Avec un grognement, il s'extirpa de son lit et alla prendre une douche. En quittant sa chambre, il s'aperçut qu'il n'était pas le premier levé. Des odeurs de cuisine flottaient dans le couloir, accompagnées de bruits de casseroles. Ce matin, le petit déjeuner serait prêt.

Sarah était en train de sortir une plaque de biscuits du four quand elle prit conscience de la présence de Tony. Il était appuyé contre l'encadrement de la porte, les bras croisés sur la poitrine.

— Ça fait longtemps que tu es là ? lança-t-elle, une pointe d'agressivité dans la voix.

Il eut un petit sourire amusé. Sarah Whitman n'aimait pas les surprises.

— Bonjour, fit-il en humant l'air. Ça sent bon, ici.

Elle s'empara d'un torchon et s'essuya les mains.

— Excuse-moi, je ne t'ai même pas dit bonjour… J'ai pris possession de la cuisine, j'espère que ça ne te dérange pas.

Il sourit de plus belle.

— Tu veux rire, répliqua-t-il en se dirigeant vers la cafetière. Je ne connais pas beaucoup d'hommes qui râleraient parce qu'on leur a préparé le petit déjeuner.

Elle s'esclaffa.

— Tu as très faim ? s'enquit-elle en cassant des œufs dans un bol.

C'est de toi que j'ai faim…

— Trois œufs pour moi, s'il te plaît, répondit-il, s'exhortant à garder les idées claires.

Elle hocha la tête et cassa un œuf supplémentaire avant de les battre.

— Tu n'as pas de gruau de maïs ?

— De quoi ?

— De gruau de maïs.

— Non, je n'aime pas ça, déclara-t-il en se versant une tasse de café.

— A La Nouvelle-Orléans, un petit déjeuner sans gruau de maïs n'est pas un vrai petit déjeuner.

— Oui, Dorothée, je comprends, mais tu n'es plus au Kansas, murmura-t-il en la regardant par-dessus le rebord de sa tasse.

Une allusion au film *Le Magicien d'Oz*. Avec un sourire, elle ajouta des rondelles de saucisse cuite et des légumes coupés en dés aux œufs, puis transféra le tout dans une grande poêle.

— Qu'est-ce que tu nous concoctes ?

— Une recette entre l'omelette et la frittata. Ça va te plaire.

— Je n'en doute pas une seconde.

Elle retira la poêle du feu et s'approcha de la table.

— C'est prêt, annonça-t-elle. Comme dirait Lorett, dépêche-toi de manger avant que je donne ta part aux cochons.

Elle était d'une humeur joyeuse et décontractée, et ses yeux pétillaient de plaisir. Dieu, qu'il aimait la voir ainsi…

— Vous aviez des cochons ?

Elle haussa les sourcils.

— Bien sûr que non, répondit-elle en remplissant son assiette. Que des poulets. Lorett s'en servait pour les rituels qu'elle était censée ne plus pratiquer.

Il s'esclaffa, puis se tut en voyant que Sarah ne riait pas.

— Tu es sérieuse ou tu plaisantes ?

— Mange, rétorqua-t-elle en s'installant en face de lui.

La journée s'annonçait claire et ensoleillée, malgré la traînée de nuages moutonneux qui s'étirait encore dans le ciel. Après le petit déjeuner, Tony s'était enfermé dans la bibliothèque pour passer des coups de fil professionnels. Livrée à elle-même, Sarah s'était retirée dans sa chambre. Elle avait d'abord téléphoné au bureau du shérif où on lui avait appris qu'il ne serait pas de retour avant la fin de l'après-midi. Ensuite, elle avait appelé son restaurant. Apparemment, les affaires tournaient sans elle — elle hésitait entre s'en réjouir ou en être vexée. Enfin, elle avait tenté de joindre sa tante, sans succès. Quand arriverait-elle à la convaincre d'acheter un répondeur ?

Seule dans sa chambre, Sarah tournait en rond, d'autant plus qu'elle détestait l'inactivité. Quelle étrange sensation que de n'avoir rien à faire… Elle s'approcha de la fenêtre et écarta les rideaux. De l'autre côté de la vitre, les feuillages avaient l'air moins flamboyants — peut-être parce qu'elle-même était d'une humeur plus sombre. Le lac apparaissait derrière les arbres et, avec le soleil qui se reflétait à sa surface, il semblait moins lugubre. Sarah l'observa longuement, puis alla chercher son manteau.

Dehors, l'air était vif. Elle remonta son col et, les mains dans les poches, traversa le jardin. S'arrêtant près d'un massif de fleurs, elle se baissa de façon à arracher une poignée de mauvaises herbes. Puis elle s'essuya les mains sur son jean et poursuivit sa promenade. Un petit banc de bois encerclait un gros arbre. Elle décida de s'y asseoir en rentrant de sa promenade.

A deux reprises, elle s'arrêta pour observer la maison. Son architecture était harmonieuse et s'inscrivait parfaitement dans l'espace. On aurait presque dit qu'elle faisait partie de la forêt. Sarah songea à Tony et se demanda une fois encore pourquoi il s'était fait construire une résidence secondaire à Marmet. Cet homme avait des côtés bizarres.

Au-dessus d'elle, un oiseau prit son envol. Elle le suivit des yeux en repensant à l'ombre qu'elle avait vue dans la nuit. Un ours, peut-être, ou un orignal. Les yeux baissés vers le sol, elle se remit en marche, dans l'espoir de trouver des traces de l'animal.

Soudain, son cœur fit un bond. Cinq marques de bottes étaient nettement imprimées dans la terre humide. Elle pivota sur elle-même et regarda la maison. De l'endroit où elle se tenait, elle avait une vue parfaite sur les fenêtres de sa chambre. Sentant la peur l'envahir, elle s'éloigna des empreintes comme si elles représentaient une menace. Puis elle inspira profondément et essaya de se raisonner. Ces traces de pas n'avaient probablement rien d'inquiétant. Elles appartenaient sûrement à un chasseur, ou à quelqu'un qui avait l'habitude de passer sur la propriété de Tony, sachant qu'il était rarement là. Autant d'arguments qui ne suffirent pas à la rassurer.

Elle reprit le chemin de la maison en marchant de plus en plus vite. Lorsqu'elle arriva au pied de la terrasse, elle courait presque.

— Sarah… Tout va bien ?

Les doigts de Tony se refermèrent sur son bras, stoppant son élan, et elle faillit pousser un hurlement. Elle posa une main sur son cœur.

— Tu m'as fait peur !

Il la considéra avec étonnement.

— Pourquoi courais-tu ?

Elle jeta un coup d'œil par-dessus son épaule. Devait-elle lui parler des empreintes ? Non. Hors de question de passer pour une trouillarde — ce qu'elle n'avait jamais été.

— Je faisais un peu d'exercice, mentit-elle en gravissant les marches.

Il fronça les sourcils. De la fenêtre, il l'avait vue faire subitement demi-tour. Et quand elle s'était mise à courir, il avait paniqué. Peut-être agissait-elle maintenant comme si de rien n'était, mais il avait lu la peur sur son visage. Que s'était-il passé ?

Intrigué, il se rendit jusqu'à l'endroit d'où elle venait et regarda autour de lui. Sur le coup, les empreintes ne le frappèrent pas. Puis il se rendit compte qu'elles ne pouvaient appartenir à Sarah. Elles étaient beaucoup trop larges et profondes. Il les examina attentivement, en se demandant si c'était là ce qui l'avait effrayée, et se tourna vers la maison. L'emplacement constituait un parfait poste d'observation de la chambre d'amis.

Saisi de chair de poule, il pivota sur lui-même avec la sensation d'être épié. Mais il ne détecta rien d'alarmant. Il leva les yeux vers la cime des arbres, puis se tourna en direction du lac, tout en réfléchissant. Sarah n'était pas revenue à Marmet seulement pour inhumer son père, elle criait haut et fort qu'elle voulait lui rendre justice. Si l'assassin était toujours là, elle courait un sérieux danger…

Il regagna la maison, avec la ferme intention de prévenir la police.

7.

— Sarah !

A l'appel de Tony, elle sursauta. Elle était encore sous le choc de la découverte des empreintes, bien qu'elle n'ait pas de raison de penser que la personne qui les avait laissées lui voulait du mal.

— Pourquoi ne m'as-tu rien dit ? rugit Tony en poussant la porte de sa chambre.

Elle eut un mouvement de recul.

— Je ne savais pas ce que tu…

Il vint se camper juste devant elle.

— Ne me mens pas. Pas à moi ! Bon sang, je ne suis pas ton ennemi !

Elle redressa le menton et le regarda droit dans les yeux.

— Tu m'empêches de respirer, déclara-t-elle froidement. Pousse-toi, s'il te plaît.

Il recula.

— J'attends, dit-il.

— Que veux-tu que je te dise ? répliqua-t-elle en haussant les épaules. Il n'y a probablement pas de quoi s'inquiéter…

— Raconte-moi tout, et j'en jugerai par moi-même.

— Bon… Ce matin, je me suis réveillée de bonne heure. Il ne faisait pas encore jour. Je suis allée regarder par la fenêtre pour voir s'il neigeait, et j'ai vu quelque chose bouger. Sur le moment, je n'y ai pas vraiment fait attention. Mais quand je suis sortie me promener…

Elle lissa le devant de son pull, comme pour en effacer des plis invisibles. Puis elle leva les yeux vers Tony qui semblait toujours aussi furieux.

— En me promenant, continua-t-elle avec un soupir, je me suis dit que c'était peut-être un ours ou un orignal qui était passé près de la maison, et je me suis mise à chercher des traces. Il y a si longtemps que je n'ai pas vu d'animaux sauvages…

Elle le vit se radoucir.

— Sauf que ce n'étaient pas des traces d'animaux, acheva-t-il à sa place.

— Non, mais il n'y a vraiment pas de quoi s'affoler. Ce devait être un chasseur ou un promeneur matinal, tu ne penses pas ?

— Tu crois vraiment qu'il s'agissait d'un chasseur ? demanda-t-il, dubitatif.

Elle hésita un instant avant de répondre.

— Je n'en sais rien.

— Moi non plus. (Il la scruta avec attention.) Bon, c'est tout ?

— Oui.

— Alors, viens avec moi.

— Où ?

— Nous allons prévenir le shérif.

— Il n'est pas là.

— Comment le sais-tu ?

— J'ai téléphoné à son bureau, ce matin. On m'a dit qu'il était sorti et qu'il ne serait pas de retour avant la fin de l'après-midi.

— C'est une urgence. Nous ne pouvons pas attendre.

Il se dirigeait déjà vers la porte. Elle le suivit et le retint par le bras.

— Tony ?

— Quoi ?

— Tu te fais du souci ?

Ne sachant que répondre, il l'attira plus près de lui.

— Je ne sais pas. Mais dans le doute…

— Ce n'est pas ton problème, tu sais, remarqua-t-elle en se raidissant entre ses bras.

Il la libéra de son étreinte avec un soupir.

— Quelqu'un est entré dans ma propriété, et ça, ça me regarde.

— Bon, d'accord, admit-elle. Mais ne te gêne pas pour me le dire si jamais tu veux que je…

— Si jamais je veux quelque chose de toi, tu en seras la première informée.

Sur quoi, il s'engagea dans le couloir.

Elle le regarda s'éloigner à grandes enjambées. Il était furieux, mais il se maîtrisait, sûrement par délicatesse envers elle. Et cette phrase qu'il avait prononcée : « Si jamais je veux quelque chose de toi… » ? Devait-elle en être flattée ou offensée ?

Ron Gallagher arriva dans l'heure suivante.

Sarah était en train de préparer du café quand la sonnette retentit. Sans bouger, elle écouta Tony accueillir le shérif. Quelques minutes plus tard, ils la rejoignaient tous les deux dans la cuisine.

— Sarah, le shérif Gallagher est là, annonça Tony.

Elle se retourna et le salua d'un mouvement de la tête.

— Nous nous connaissons. Vous avez du nouveau à propos de mon père ?

Gallagher secoua la tête, sincèrement désolé de ne pouvoir la satisfaire.

— J'ai cru comprendre que vous aviez eu une petite frayeur ? demanda-t-il.

— Je n'ai pas eu peur, répliqua-t-elle en foudroyant Tony du regard.

Ce dernier se tourna vers le shérif.

— Moi si. Les traces sont par là-bas derrière. Venez, je vais vous les montrer.

Tandis que les deux hommes quittaient la cuisine, Sarah se mordit la lèvre. Non seulement Tony l'avait ridiculisée mais, en plus, il la laissait sur la touche. Curieuse de savoir ce que le shérif allait dire des empreintes, elle prit son manteau et les rejoignit.

Gallagher était accroupi auprès des empreintes et palpait les contours du bout des doigts.

— Quand a-t-il commencé à neiger, ici ?

Tony ne répondit pas tout de suite, tentant de rassembler ses souvenirs.

— En fin de journée, déclara Sarah derrière eux.

Les deux hommes se retournèrent.

Ignorant le sourire pincé de Tony, elle poursuivit à l'attention du shérif :

— Je m'en souviens parce que je regardais par la fenêtre. Il y a des années que je n'ai pas vu la neige. Et il neigeait encore quand je suis allée me coucher, hier soir, vers 23 heures.

Gallagher hocha la tête.

— Tony m'a dit que vous aviez vu quelque chose passer devant la maison, ce matin ?

— Oui, il était très tôt. Il faisait encore nuit. J'étais réveillée et je voulais savoir s'il neigeait encore, ce qui n'était pas le cas. (Un petit sourire se dessina sur ses lèvres.) Pour tout vous dire, j'étais un peu déçue que le paysage ne soit pas tout blanc. Enfin, bref, oui, j'ai vu passer quelque chose entre la maison et les arbres. Il faisait trop sombre pour que je puisse voir de quoi il s'agissait, mais je suis sûre et certaine d'avoir vu quelque chose. Sur le moment, je n'y ai pas prêté attention. Je n'y ai repensé que lorsque je suis sortie prendre l'air et que j'ai découvert les empreintes.

— Bien, bien, dit Gallagher. A mon avis, ces traces ne signifient pas grand-chose, mais je vais quand même aller faire un tour dans les bois, histoire de voir si elles mènent quelque part. Vous pouvez rentrer, si vous voulez. Je viendrai vous dire ce que j'ai trouvé avant de partir.

— Je préfère venir avec vous, déclara Tony.

— Comme vous voulez.

— Moi, je rentre, décréta Sarah qui commençait à trouver qu'on faisait beaucoup trop de cas de cette histoire. Vous avez raison, shérif. Il n'y a sûrement pas lieu de se poser de questions au sujet de ces empreintes.

Les deux hommes se tournèrent vers elle.

— Méfiez-vous quand même, mademoiselle Whitman, conseilla Gallagher en fronçant les sourcils. Un agent du FBI interroge les habitants de la ville. Et vous êtes arrivée à Marmet en criant sur tous les toits que vous voulez retrouver l'assassin de votre père. Comme nous ignorons si cette personne est toujours dans la région, à votre place, je prendrais quelques précautions…

Alors, lui aussi pensait qu'elle courait peut-être un danger ? Elle fut prise d'un léger vertige. Décidément, la situation devenait de plus en plus cauchemardesque. Mais elle ne ferait pas marche arrière.

Elle se redressa de toute sa taille.

— Je ne me fais aucune illusion, shérif. Les gens de Marmet m'ont déjà montré de quoi ils étaient capables.

Sa voix tremblait, mais son regard brûlait de détermination. Elle leur tourna le dos et s'en alla.

Gallagher se tourna vers Tony.

— Elle est très en colère, mais on ne peut pas lui en vouloir…

Tony acquiesça d'un hochement de tête tout en la regardant se diriger vers la maison, les épaules raides et la démarche furibonde.

Gallagher leva les yeux vers le ciel, puis consulta sa montre.

— Bon, si on y allait ? Dans moins de trois heures, on n'y verra plus rien.

Tony attendit que Sarah soit rentrée avant d'emboîter le pas au shérif.

Le téléphone sonnait quand elle regagna la cuisine. Elle se précipita sur le combiné avant de se dire qu'elle n'aurait pas dû décrocher.

— Sarah Jane, il faut que tu reviennes à la maison, déclara Lorett d'une voix pressante à l'autre bout du fil.

Elle sentit son cœur manquer un battement.

— Qu'est-ce qu'il se passe ? Tu es malade ?

— Il ne faut pas que tu restes là-bas. Rentre vite.

Elle fut traversée d'un frisson. Quand sa tante avait cette voix, cela signifiait que la situation était grave.

— Je voudrais bien rentrer, tante Lorett. Si tu savais comme j'aimerais rentrer… Mais si je pars maintenant, je ne saurai jamais ce qui s'est réellement passé.

Lorett poussa un profond soupir. Elle se doutait que Sarah refuserait de lui obéir, mais elle devait la mettre en garde.

— Tu déranges certaines personnes, là-bas, insista-t-elle.

— J'en suis tout à fait consciente.

— Ces gens te veulent du mal.

Sarah sentit son ventre se nouer. Les empreintes n'étaient donc pas anodines. Elle songea à aller prévenir Tony et le shérif qu'elle était réellement en danger, puis renonça. Comment expliquer qu'elle avait été prévenue par une femme dotée d'un sixième sens ?

— Si je pars, ils gagneront encore. Et puis, il faut que je porte papa en terre. C'est pour lui que je suis ici.

— Je t'en prie, ma chérie… Je ne supporterais pas de devoir t'enterrer à côté de ton père.

Sarah avait envie de pleurer. L'angoisse de Lorett était presque palpable et, surtout, communicative.

— Je t'aime, tante Lorett. Je te promets d'être prudente.

De nouveau, sa tante poussa un soupir d'impuissance. Elle ne pouvait s'opposer à sa décision.

— Alors, fais confiance à ton homme, Sarah Jane. Il te protégera.

— Ce n'est pas *mon* homme, et je peux très bien me protéger toute seule.

— Pas cette fois. Que Dieu soit avec toi.

— Je t'aime, déclara Sarah.

Mais Lorett avait déjà raccroché.

Elle reposa le combiné sur son socle et médita l'avertissement de sa tante. Elle se doutait que ce voyage ne serait pas une partie de plaisir, mais jamais elle n'aurait pensé être confrontée à des menaces aussi concrètes. Tant pis. Elle était prête à les affronter. Et grâce à Lorett, au moins, elle était avertie.

Tony et Gallagher étaient penchés au-dessus du sol piétiné. Quelqu'un s'était bel et bien caché là pour surveiller la maison. Les traces qui menaient à ce point avaient été effacées par la pluie et la neige, preuve que la personne était restée longtemps à son poste. En silence, ils suivirent les empreintes jusqu'à l'allée de la maison où elles s'arrêtaient dans le gravier et les aiguilles de pin.

Le shérif semblait préoccupé, mais il ne disait rien.

— Quelqu'un épiait la maison, n'est-ce pas ? avança Tony, n'y pouvant plus tenir.

Gallagher réajusta son arme dans son étui.

— Je crains que oui. Mais ça ne signifie pas pour autant qu'on voulait s'en prendre à Mlle Whitman.

— Que voulez-vous dire ?

— C'était peut-être un voleur qui repérait les lieux en vue d'un cambriolage. Quand il s'est aperçu qu'il y avait quelqu'un dans la maison, il s'est dépêché de foutre le camp.

Tony enfonça ses mains dans les poches de son pantalon. Un profond silence régnait dans la forêt. Il avait toujours préféré le coin en été parce qu'il était plus animé. Les gens venaient faire du bateau sur le lac, s'y baigner, amenant leurs familles. Mais maintenant, chaque fois qu'il regardait cette étendue d'eau sombre, il pensait à ce pauvre Franklin Whitman.

Réprimant un frisson, il se tourna vers le shérif.

— Un voleur, vous croyez ? dit-il.

— Ce n'est pas exclu.

— Vous croyez sincèrement à cette éventualité ?

Gallagher haussa les épaules.

— Pas vraiment, non, admit-il. D'autant qu'il n'y a pas eu de cambriolages dans les environs depuis au moins trois ans. Je pense qu'on s'intéresse effectivement à Mlle Whitman. On ne lui veut pas forcément du mal, mais les gens sont curieux, vous savez. Elle n'était qu'une gamine quand elle est partie, et la voilà de retour, adulte et avec une mission, qui plus est…

Tony observa le ciel. Il ne faisait pas encore nuit, mais l'étoile polaire brillait déjà.

— Je vais rentrer, déclara-t-il en tendant la main à son compagnon. Je préfère ne pas la laisser seule trop longtemps.

— Je viens avec vous. Je vais lui présenter mes respects et puis je m'en irai. Si vous avez d'autres soucis, n'hésitez pas à m'appeler.

— Vous pouvez compter sur moi.

Le dîner fut morose. Sarah ne parlait presque pas, se contentant de répondre par oui ou par non à ses questions. Autant il appréciait sa compagnie, autant il n'aimait pas la voir ainsi. A tout prendre, il la préférait vindicative.

— Tu n'aimes pas ma cuisine ? demanda-t-il soudain, quitte à la provoquer.

Elle le regarda puis baissa les yeux sur son assiette à laquelle elle n'avait presque pas touché.

— Je n'ai pas faim, expliqua-t-elle en posant sa fourchette.

— Tu es fâchée contre moi ?

— Non, bien sûr que non. Pourquoi serais-je fâchée contre toi ? Tu es si gentil.

Gentil ? Il soupira. Ce n'était pas le qualificatif qu'il aurait aimé qu'elle emploie.

— Alors, que se passe-t-il ? Tu as l'air contrariée.

— Lorett m'a téléphoné.

— Elle va bien ?

Sarah hésita un instant. Qu'allait-il penser si elle lui disait la vérité ? Oh, et puis, peu importait.

— Elle m'a dit que je devais partir d'ici, que je n'étais pas en sécurité.

Tony sentit une boule se former dans sa gorge. Un mois plus tôt, il se serait moqué des pouvoirs paranormaux, mais aujourd'hui, il était beaucoup plus dubitatif.

— Que lui as-tu répondu ? s'enquit-il.

— A ton avis ?

— Qu'il était hors de question que tu t'en ailles.

Sarah leva les yeux vers lui.

— Je crois que tu commences à me connaître, commenta-t-elle en souriant.

— Mais tu as peur, n'est-ce pas ?

— Un peu. Les avertissements de ma tante ne sont pas à prendre à la légère. Seulement, je ne ferai pas marche arrière. Je ne peux pas. (Un muscle de sa mâchoire tressaillit.) Tu comprends ?

Il hocha la tête, bien qu'il soit lui-même effrayé par les risques qu'elle était prête à courir.

— Oui, je crois que je comprends.

— D'après ma tante, tant que je reste avec toi, il ne peut rien m'arriver.

— Seigneur, grommela-t-il. Et si je ne me montre pas à la hauteur, qu'est-ce qui va m'arriver, à moi ?

Les yeux de Sarah pétillèrent.

— Oh… rien de bien méchant. Les malédictions

de Lorett ne portent pas sur plus d'une génération. Tu auras peut-être des ennuis, mais ta descendance ne devrait pas en pâtir.

— Tu aimes bien ces histoires, hein ?

— Pour un homme de ta trempe, je te trouve bien crédule.

— Ma grand-mère était sicilienne. Une légende familiale raconte qu'elle aurait jeté un sort à un type qui avait arnaqué son mari. Ce sort aurait touché la virilité du gars, poursuivit-il. Il paraît qu'il n'a plus jamais pu… euh… comment dire ça devant une dame ?

— Dis-le, c'est tout.

— Bon, O.K. Eh bien, il n'a plus jamais pu l'honorer, et son nom s'est éteint avec lui.

— Waouh ! C'est vrai ?

— Je n'en sais rien. Je n'étais pas encore né. Toujours est-il que dans notre quartier, quand j'étais gamin, il n'y avait personne qui portait ce nom.

— Tu parles, ils ont dû déménager, remarqua-t-elle en s'esclaffant. En tout cas, c'est ce que j'aurais fait, moi, si on m'avait ensorcelé le sexe.

Son franc-parler le surprit et le ravit en même

temps. Vraiment, cette femme avait tout pour lui plaire.

— Tu as sans doute raison. Enfin, tout ça pour te dire qu'on m'a appris à respecter les jeteuses de sorts.

Se penchant au-dessus de la table, il recouvrit sa main de la sienne et ajouta :

— Et que je veillerai sur toi. Même si tu affirmes que tu peux te passer de moi. Moi, j'ai besoin d'être à tes côtés.

Elle l'observa longuement. Son visage n'exprimait qu'une profonde sincérité.

— D'accord, acquiesça-t-elle enfin. Je comprends. Tu paies ton dû à mon père et j'apprécie.

Le sourire de Tony s'effaça comme sous un coup d'éponge.

— Il n'y a pas que ton père, et tu le sais. Ou alors, c'est que tu n'es pas aussi intelligente que je le pensais.

Sur ces mots, il se leva et débarrassa la table, laissant Sarah perplexe.

*

— Tu t'es tenu tranquille pendant vingt ans et tu te mets maintenant à faire parler de toi… Maudit sois-tu, Frank Whitman. Tu ne pouvais pas rester mort ?

L'assassin lavait les traces de boue sur le carrelage de sa cuisine tout en pestant contre le mauvais tour que le destin lui jouait. Pour commencer, il avait fallu qu'on repêche le cadavre de Whitman. Et puis voilà que sa fille se pointait en clamant qu'elle ne partirait pas avant d'avoir lavé l'honneur de son père. Sans elle, la nouvelle enquête n'aboutirait pas plus que la première, et le dossier retournerait aux archives. Mais si cette Sarah Whitman venait y mettre son grain de sel, Dieu seul savait ce qu'il risquait d'advenir…

L'assassin se redressa et estima que le sol était propre. Si seulement on pouvait se débarrasser de cette Sarah Whitman aussi facilement que d'une vulgaire trace de boue… Mais on avait beau avoir le cœur endurci, il n'était pas aisé d'envisager les solutions les plus radicales… La fille de Whitman avait encore une chance de sauver sa peau. Qu'elle foute le camp de Marmet après avoir enterré le squelette de son père, et elle s'en tirerait à bon compte. Mais si elle s'avisait de rendre la justice, elle mourrait.

*
* *

Ron Gallagher se regarda de profil dans le miroir, essuya une dernière trace de mousse à raser et se rinça le visage avant de s'asperger d'eau de toilette. Il soignait toujours son apparence, mais ce matin plus que de coutume. Sarah Whitman devait venir à son bureau pour examiner les articles retrouvés avec le corps de son père. Il avait peu d'espoir qu'elle lui apporte des éléments nouveaux, mais telle était la procédure de rigueur. Ce qui devait être fait serait fait.

Il traça une raie bien nette dans ses cheveux, puis se coiffa et mit un peu de gel. Si ses hommes l'avaient vu se pomponner ainsi, il n'aurait pas fini d'entendre leurs quolibets. Peu importait. Il voulait se montrer sous son meilleur jour devant Sarah Whitman. Il avait conscience qu'elle ne voyait en lui qu'un petit bonhomme d'âge moyen qui faisait partie de l'enfer de son passé, seulement, c'était plus fort que lui. Il recherchait sa considération autant que son pardon. Alors, peut-être pourrait-il se pardonner de n'avoir rien fait pour les préserver, sa mère et elle, de la vindicte publique.

Il aplatit une dernière fois ses cheveux clairsemés

sur son crâne, boucla sa ceinture, glissa son arme dans son étui, puis sortit de chez lui, son chapeau et son manteau sous le bras. Il ne faisait pas chaud, mais il était inutile de s'affubler d'un couvre-chef pour recevoir une jeune femme de la classe de Sarah Whitman.

Sarah choisit ses vêtements avec autant de soin que pour un entretien d'embauche. Elle devait être forte. Surtout, ne pas flancher. Pas devant les bons citoyens de Marmet. L'épreuve allait être difficile. Elle allait être confrontée à des objets ayant appartenu à son père, elle allait devoir toucher ce qui lui avait survécu, se rappeler ce qu'elle avait perdu.

Elle s'appliqua une discrète touche de rouge à lèvres, secoua ses cheveux, et s'observa attentivement dans le miroir. Une tenue de circonstance — pantalon noir, col roulé noir et veste écossaise rouge et noire. Elégante et austère. Elle vérifia ses chaussures et se baissa pour estomper une petite éraflure.

Tony frappa à la porte.

— J'arrive ! cria-t-elle en attrapant son sac et son manteau.

Quand elle sortit de la chambre, il émit un petit sifflement admiratif.

— Tu es très chic, déclara-t-il en lui offrant son bras.

— Est-ce que j'ai l'air dure ?

— Oh, oui, répondit-il avec un sourire.

— Très dure ?

— N'exagère pas, répliqua-t-il. Allez, en route. Ne nous mettons pas en retard.

8.

Installée sur le siège du passager, Sarah ruminait de sombres pensées. L'avertissement de sa tante la préoccupait. Prenait-elle des risques inconsidérés en s'entêtant à rester là où elle n'était pas la bienvenue ?

Tony s'arrêta à un feu rouge. Elle releva la tête, s'obligeant à chasser ses craintes de son esprit, et regarda par la vitre. Une dame âgée qui balayait les feuilles mortes devant sa maison leur fit un signe de la main.

— Qui est-ce ? demanda Sarah.

— Mme Sheffield. Elle était bibliothécaire, à l'époque, tu te rappelles ?

Sarah se retourna pour l'observer, essayant de reconnaître en elle la grande rouquine dont elle se souvenait.

— Qu'est-ce qu'elle a vieilli…

— Eh, oui. Le temps ne s'est pas arrêté quand tu es partie. Tout a vingt ans de plus, aujourd'hui. Les choses et les gens… Mme Sheffield a perdu son mari il y a déjà plusieurs années. L'une de ses sœurs est venue s'installer avec elle, parce qu'elle avait peur de vivre seule.

Le feu passa au vert, et Tony redémarra. Elle se cala contre le dossier de son siège.

— Tony ? commença-t-elle quand ils arrivèrent devant les bureaux du shérif.

— Oui ?

— Est-ce que je me bats contre des moulins à vent ?

Il coupa le contact, rangea ses clés dans sa poche et se tourna vers elle. Pour la première fois depuis qu'elle était arrivée, l'abattement se lisait sur son visage.

— Que veux-tu dire par là ?

— Je devrais peut-être m'estimer heureuse qu'on ait retrouvé mon père, me contenter de l'enterrer à côté de ma mère et rentrer chez moi.

— Et renoncer à découvrir la vérité sur sa mort ?

Elle haussa les épaules.

— Trouverai-je seulement une réponse en m'entêtant à rester ici ? Vingt ans se sont écoulés depuis les faits. Les gens ont déménagé. Certains sont morts. Si tant est qu'il y ait eu des preuves, je doute qu'elles soient encore là… Et qui me dit que l'assassin est toujours vivant ?

Elle s'appuya contre la portière et ferma les yeux. Tony se pencha vers elle afin de lui prendre la main.

— Sarah…

Elle s'interdit de rouvrir les paupières, de peur d'éclater en sanglots.

— Sarah… Regarde-moi.

En soupirant, elle releva la tête.

— Pourquoi es-tu venue à Marmet ?

— Pour inhumer mon père.

— Et puis ?

Elle ne répondit pas. Tournée vers la fenêtre, elle suivait les passants des yeux. Certains visages lui étaient familiers. Au bout d'un moment, elle fit enfin face à Tony.

— Ils ont eu tort, tu sais.

— De quoi ?

— Ils n'auraient pas dû nous traiter comme des pestiférées.

— Ça, c'est sûr, acquiesça-t-il.

— A cause d'eux, je me suis sentie coupable, comme si j'avais fait quelque chose de mal…

Elle prit une longue respiration avant de reprendre d'une voix étranglée :

— Je n'ai rien à me reprocher, mais je me suis toujours sentie fautive d'être la fille de Franklin Whitman. Et voilà que, tout d'un coup, je m'aperçois que mon père n'a pas commis le vol dont tout le monde l'accusait. Maintenant, je me sens coupable d'avoir cru qu'il était un escroc. C'est pour ça que je tiens absolument à restaurer son honneur. Pour redevenir quelqu'un de bien.

— Tu *es* quelqu'un de bien.

— D'accord, j'ai toujours eu ma conscience pour moi, mais je veux que ces gens me regardent en face et admettent qu'ils se sont trompés. Je sais que ça ne me rendra pas mes parents, mais c'est la seule chose que je puisse faire pour eux.

— Tu veux prendre ta revanche.

— Non, je veux des réparations.

— Alors, qu'attends-tu ?

Elle le dévisagea. Son regard sombre lui adressait un encouragement muet. Elle vit un muscle de sa mâchoire frémir, signe de son investissement à ses côtés.

— Allons-y.

Ils descendirent de la voiture et pénétrèrent dans le bâtiment. La jeune femme assise derrière le bureau de l'accueil leva la tête à leur entrée.

— Je suis Sarah Whitman, déclara Sarah, la voix un peu sourde. J'ai rendez-vous avec M. Gallagher.

La secrétaire se leva pour les saluer avec un grand sourire.

— Sarah… Ça me fait plaisir de te revoir !

Sarah la considéra d'un air perplexe.

— On se connaît ?

— Oui, je suis… Enfin, j'étais Margaret Thomason. J'étais assise trois rangs devant toi, en classe. Je m'appelle Bishop, maintenant. J'ai épousé Barney Bishop.

— Margaret ! s'exclama Sarah. Mais bien sûr ! Je me souviens très bien de toi. Et de Barney, aussi.

Margaret rigola.

— Il a changé, tu sais. En mieux.

— Il ne canarde plus les filles avec des boulettes de papier ?

— Qu'est-ce qu'il a pu nous embêter… Mais c'était parce qu'il nous aimait bien.

— Ah, ces mecs, tous les mêmes, plaisanta Tony.

Margaret se tourna vers lui. Silk DeMarco, le voyou qui s'était assagi et avait fait fortune, représentait une légende à Marmet, d'autant plus qu'aucune femme n'avait encore réussi à lui passer la bague au doigt. Margaret avait plus d'une amie qui, après l'avoir méprisé, se serait mise à genoux pour sortir avec lui.

— Silk… Ça faisait un moment qu'on ne t'avait pas vu à Marmet, remarqua-t-elle en s'efforçant de ne pas ricaner bêtement.

Maintenant qu'elle était mariée et mère de trois enfants, elle ne pouvait plus se permettre de jouer les charmantes idiotes.

— Le shérif est là ? s'enquit Sarah.

Margaret se reprit aussitôt.

— Oui, excuse-moi. Il t'attend. Suivez-moi.

Elle les entraîna dans le couloir et frappa à une porte avant de l'ouvrir.

— Ron, Sarah Whitman est là, annonça-t-elle.

Gallagher se leva vivement de sa chaise, contourna son bureau et fit entrer ses visiteurs. Margaret posa une main sur le bras de Sarah avec un sourire timide.

— Vraiment, je suis très contente de te revoir.

— Merci, Margaret.

La sincérité qu'elle décelait chez son ancienne camarade de classe la touchait profondément.

— Oh, il n'y a pas de quoi.

— Si, ton accueil me fait chaud au cœur.

Tandis que la secrétaire refermait la porte derrière elle, Sarah prit un siège à côté de Tony et jeta un coup d'œil à son profil, à la ligne sensuelle de ses lèvres, à sa mâchoire volontaire. Avant qu'elle ait pu tourner la tête, il croisa son regard. Honteuse, elle fixa son attention sur le shérif.

Ron tripotait des trombones. L'attitude de la jeune femme envers DeMarco ne lui avait pas échappé. Il réprima un soupir de frustration. Oui, il était beaucoup trop vieux et trop moche pour une femme comme elle.

— Comment allez-vous, mademoiselle Whitman ?

commença-t-il. Vous vous êtes remise de votre frayeur d'hier ?

Elle l'étudia froidement avant de répondre.

— Je vous l'ai déjà dit, je n'ai pas eu peur. Et je vais bien, je vous remercie. Puis-je voir les objets que vous avez découverts avec le corps de mon père, s'il vous plaît ?

Il déverrouilla l'un des tiroirs de son bureau et en sortit une grosse pochette marron. Maladroitement, il retira l'attache de métal qui maintenait l'enveloppe fermée.

— Tout ça n'est pas en très bon état, observa-t-il en étalant son contenu devant elle. Vingt ans sous l'eau, ça fait des dégâts.

Les mâchoires serrées, Sarah attrapa le portefeuille de son père. Elle gardait le silence de peur de prononcer des paroles qu'elle regretterait.

— Attention, la prévint Gallagher. Le cuir est très abîmé. Il ne reste plus que son permis de conduire et deux ou trois cartes plastifiées.

Les doigts tremblants, elle ouvrit le portefeuille.

— Oh, mon Dieu… papa…, murmura-t-elle en effleurant la photo du permis de conduire.

Tony se pencha vers elle et lui passa un bras autour des épaules. Elle se reposa un instant contre lui, puis se redressa, réexamina la photo gondolée et mit le portefeuille de côté.

Ron lui tendit le jeu de clés, avec la désagréable sensation d'être un intrus à une veillée mortuaire.

En voyant le porte-clés, Sarah émit un petit cri. « Le Meilleur des Papas »… C'était le cadeau de fête des pères qu'elle lui avait offert l'année de sa disparition. Elle le prit et le montra à Tony, incapable de prononcer un mot.

— C'est un cadeau que tu as fait à ton père ? demanda-t-il doucement.

Elle hocha la tête.

— Il était si fier de toi. Il me répétait sans arrêt que tu étais une enfant très intelligente.

— Je ne savais pas, répondit-elle d'une petite voix qui exprimait toute la tristesse du monde.

— Chaque fois que je venais tondre sa pelouse, il avait une anecdote à me raconter à ton propos.

Elle inspira lentement, émue d'apprendre qu'elle avait autant compté pour son père.

— Mademoiselle Whitman, intervint le shérif, je me demandais si…

— Je vous en prie, appelez-moi Sarah.

Gallagher sourit.

— Bien, Sarah… Pouvez-vous identifier ces clés ?

Tandis qu'elle les observait une à une, son front se plissa. Elle était très jeune à l'époque, mais peut-être…

— Ça, c'était la clé de la porte d'entrée de chez nous. Oui, j'avais la même, je la portais autour du cou.

Gallagher colla un petit rectangle de ruban adhésif sur la clé et griffonna quelque chose dans le dossier ouvert devant lui.

— Et celles-ci ?

— Des clés de voiture… Ford, lut-elle sur la tête des clés. Nous avions effectivement une Ford. Quant à celle-ci… (Elle tenait entre ses doigts une petite clé.) Ce devait être la clé de la boîte aux lettres. (Elle en observa une autre, plus grosse, celle que Gallagher avait supposé être la clé de la banque.) Là, je ne sais pas du tout.

— Il en reste une, déclara Gallagher en pointant l'index vers la dernière.

Sarah plissa un peu plus le front en suivant les

contours d'une longue clé plate. Elle n'était pas sûre de l'avoir jamais vue.

— On dirait une clé de coffre-fort, non ? suggéra Tony.

Ron le considéra avec intérêt.

— Vous avez peut-être bien raison.

Sarah reposa le trousseau sur le bureau.

— Mes parents ne m'en ont jamais parlé, mais je suis presque sûre qu'ils avaient un coffre, probablement à la banque où papa travaillait.

— J'irai me renseigner, déclara le shérif en ramassant le jeu de clés. Cela dit, il est probable que le coffre ait été ouvert par la police lors de l'enquête initiale.

— Ce n'est pas sûr. Ma mère ne s'est pas vraiment montrée coopérative.

— Avec un mandat de perquisition, vous savez…

— Oui, dit-elle distraitement en prenant une pièce de monnaie sur le bureau.

Il s'agissait d'une pièce de dix cents, poinçonnée en 1973. Elle l'étudia longuement, puis la reposa parmi les autres objets. Brusquement, il lui paraissait indécent d'évoquer la vie de son père devant le shérif.

Après tout, cet homme était en partie responsable de son malheur. Comment pouvait-elle compter sur son aide maintenant ?

— C'est tout ? lâcha-t-elle sèchement.

Il hocha la tête.

— Savez-vous quand on me rendra la dépouille de mon père ? ajouta-t-elle sur le même ton.

— Pas avant une semaine. Le coroner est débordé, en ce moment, et cette affaire…

Ron se mordit la langue, mais il était trop tard. Sarah le toisa, glaciale.

— Et cette affaire n'est pas une priorité, termina-t-elle à sa place. Dans ce cas, si vous n'avez plus besoin de moi, je vous prie de m'excuser.

Déstabilisé par sa brutalité, Gallagher se leva, tout en cherchant des mots susceptibles de réparer sa maladresse. Rien ne lui vint à l'esprit.

Sarah était déjà en train de mettre son manteau. Sans faire de commentaire, Tony se leva et tendit la main au shérif.

— Si vous avez d'autres questions, vous savez où nous joindre, déclara-t-il.

Gallagher hocha la tête.

— De votre côté, mademoiselle Whitman, si nous

pouvons vous aider en quoi que ce soit, n'hésitez pas à faire appel à nous.

Elle redressa le menton.

— Vous voulez m'aider ? Trouvez la personne qui a jeté mon père au fond du lac Flagstaff.

— J'espère que nous la retrouverons…

— Mais ?

Le shérif tapota le dossier ouvert qui reposait sur son bureau.

— Voilà tout ce que j'ai… Et il n'y a pas là-dedans le plus petit élément qui puisse nous mettre sur une piste. Malheureusement, nous tournons en rond autour de votre père. Il est la dernière personne à avoir quitté la banque le week-end où le cambriolage a eu lieu. Le lundi, quand on s'est aperçus que les coffres avaient été vidés, il s'était déjà évanoui dans la nature. Ce matin-là, tous les employés sont venus travailler, sauf lui.

— Pour la simple et bonne raison qu'il était au fond du lac, rétorqua-t-elle.

S'exhortant au calme, elle posa les deux mains à plat sur le bureau et se pencha en avant.

— Mon père ne s'est pas lui-même jeté dans le lac. Vous êtes d'accord avec moi, shérif ?

— Oui, mademoiselle, répondit-il en s'obligeant à la regarder dans les yeux.

— Donc la police a commis une terrible erreur.

— Il semblerait, en effet, grommela-t-il, confus.

— J'aimerais savoir si vous comptez mener l'enquête avec un peu plus de sérieux, cette fois.

Gallagher sentit sa gêne céder la place à l'irritation.

— Ecoutez, mademoiselle Whitman, je mène toutes mes enquêtes avec le plus grand sérieux. Le problème, voyez-vous, c'est que l'on n'obtient pas toujours les résultats que l'on souhaite. Je n'étais qu'un bleu à l'époque de cette affaire, mais je peux vous assurer que nous avons fait de notre mieux pour l'élucider. Tous les soupçons se portaient sur votre père, voilà tout.

— Ah oui ?

— Que voulez-vous que je vous dise de plus ?

— Personne d'autre que mon père n'a jamais été suspecté ?

Gallagher hésita, incapable de mentir.

— Pas à ma connaissance, répondit-il.

— Et maintenant, qu'allez-vous faire ?

— J'ai rouvert l'enquête. Je vous tiendrai au courant.

— Inutile de vous téléphoner, je présume ? railla-t-elle. Si vous avez du nouveau, vous me ferez signe, n'est-ce pas ?

Elle ne faisait plus rien pour dissimuler son mépris. Tony posa une main sur son bras.

— Sarah...

— Quoi ? aboya-t-elle.

— Ron fait ce qu'il peut, répondit-il en lui caressant les cheveux.

Elle tressaillit à son contact et baissa le regard. Lorsqu'elle releva la tête, ses yeux brillaient de larmes contenues.

— Je sais.

Puis elle se tourna vers le shérif :

— Excusez-moi. Je suis à bout de nerfs.

— Ne vous excusez pas, répliqua Gallagher en s'approchant. C'est moi qui vous dois des excuses. Laissez-moi le temps, Sarah. Il en faudra peut-être, mais, croyez-moi, je mènerai cette enquête avec la plus grande rigueur, quitte à me mettre à dos tous les habitants de la ville.

Elle sourit.

— Je vous remercie. Bien. Je crois qu'il est temps que nous vous laissions travailler.

— Je vais me mettre au boulot sur-le-champ, déclara-t-il en les accompagnant à la porte.

A l'accueil, Margaret était au téléphone. Sarah lui faisait un petit signe de la main quand elle entendit Tony jurer entre ses dents.

— Qu'est-ce qu'il y a ?

Il pointa l'index vers la porte.

— Regarde. Les journalistes reviennent à l'attaque.

Furieuse, elle chercha des yeux une autre sortie. Il n'y en avait pas.

— Tant pis, marmonna-t-elle. Je suis prête à les affronter.

— Tu en es sûre ? Sinon, je vais chercher Gallagher et nous les ferons déguerpir.

— Non, j'ai quelques mots à leur dire. Après ça, peut-être qu'ils me ficheront la paix.

Tony n'eut pas l'air d'accord, mais il ne discuta pas.

A peine eurent-ils franchi le seuil du bâtiment que les journalistes s'agglutinèrent autour d'eux.

Trois caméras se braquèrent sur Sarah et des micros surgirent devant elle.

— Mademoiselle Whitman ! Mademoiselle Whitman ! Qu'avez-vous à dire au sujet de votre père ? Pensez-vous qu'il a été éliminé par ses complices ? En voulez-vous à…

Tony s'interposa entre elle et la meute.

— Reculez ! gronda-t-il d'un air menaçant. Mlle Whitman ne répondra à aucune question, mais elle a une déclaration à vous faire.

— Qui êtes-vous ? Son avocat ?

Il se tourna vers l'homme qui l'avait interpellé.

— Pas du tout. Voulez-vous entendre Mlle Whitman ou dois-je aller chercher le shérif ?

Les journalistes s'écartèrent. Sarah s'avança de quelques pas.

— A l'heure actuelle, les restes de mon père sont encore entre les mains du coroner, mais les autorités m'ont certifié que l'enquête avait été rouverte. Pour moi, il ne fait pas l'ombre d'un doute que mon père a été assassiné par le véritable auteur du cambriolage de la banque. Mon père est une victime, et le coupable, qui a non seulement commis un vol mais aussi un meurtre, est toujours en liberté.

Elle marqua une pause, le regard sur l'objectif, et reprit :

— Quoi qu'il arrive, je me battrai jusqu'au bout pour que justice soit rendue à mon père et que son meurtrier soit arrêté. Il y a vingt ans, les gens de cette ville nous ont clouées au pilori, ma mère et moi. Quand la vérité éclatera au grand jour, j'espère qu'ils me présenteront leurs excuses.

De nouveau, les questions fusèrent.

— C'est tout, intervint Tony. Laissez-nous passer, maintenant.

Sur ces mots, il prit Sarah par le bras et l'entraîna vers sa voiture.

— Monte vite, lui ordonna-t-il en ouvrant la portière.

Elle s'immobilisa et leva les yeux vers lui.

— Non, Tony, je ne suis pas en fuite.

— Comme tu veux. Tant que nous sommes en ville, as-tu autre chose à y faire ?

— Oui, j'aimerais aller au supermarché. J'ai deux ou trois choses à acheter.

— A vos ordres, chef.

En souriant, elle s'installa sur le siège du passager

tandis que Tony contournait la voiture pour prendre le volant.

Moins d'une heure plus tard, ils ressortaient de l'unique supérette de Marmet, chargés de provisions. Tony était en train de ranger les sacs dans le coffre quand une silhouette s'approcha d'eux. Persuadée qu'il s'agissait encore d'un journaliste, Sarah pivota sur ses talons, prête à lui dire sa façon de penser. Mais à peine eut-elle posé les yeux sur l'homme d'un certain âge qui se tenait derrière elle, un carton sous le bras, que sa colère s'évanouit.

— Sarah Jane ? dit-il.

— Monsieur Weatherly ?

Son visage ridé s'épanouit en un large sourire.

— Tu m'as reconnu ! Il y a si longtemps... J'avais peur que tu ne te souviennes pas de moi. Comment vas-tu ?

— Ça va. Comment aurais-je pu vous oublier, monsieur Weatherly ? Vous étiez le meilleur caissier de la banque, papa ne cessait de le répéter.

Le sourire du vieil homme se déforma.

— J'admirais beaucoup ton père... C'était

un homme très juste — une qualité rare, de nos jours.

— Merci. Vous me faites énormément plaisir en me disant cela.

Harmon Weatherly jeta un coup d'œil à Tony.

— Je vous connais, monsieur, il me semble…

— Anthony DeMarco, déclara Tony en lui tendant la main.

Les sourcils du vieil homme s'élevèrent au-dessus de la monture de ses lunettes.

— Mais bien sûr ! Le fils de Sylvester DeMarco, c'est ça ?

Tony eut un petit mouvement agacé. Il n'aimait pas qu'on évoque son passé.

— C'est ça, oui.

— Je le connaissais bien. J'ai appris qu'ils étaient décédés. Toutes mes condoléances.

Tony s'efforça de masquer sa surprise. Ce devait être la première fois qu'on lui parlait de ses parents sans se montrer désobligeant. Il eut presque envie de sauter au cou du bonhomme.

— Où habitez-vous, maintenant ? l'interrogea M. Weatherly.

— A Chicago.

— J'y suis allé une fois. Je n'ai pas aimé la région. Trop plate.

— Comparée au Maine, c'est vrai.

— Oui, oui, oui. Je suis content de te revoir.

Puis le vieil homme se tourna vers Sarah et lui tendit son carton.

— Je voulais donner ça à ta mère quand ton père a disparu, mais elle n'a jamais voulu m'ouvrir sa porte. Alors, voilà, c'est pour toi.

— Qu'est-ce que c'est ? s'enquit-elle en prenant le colis.

Les sourcils blancs et broussailleux du vieil homme se rejoignirent au-dessus de l'arête de son nez.

— Quelques jours après la disparition de ton père, le gestionnaire de crédit, Sonny Romfield, s'est tué dans un accident de la route. Une tragédie. Il avait une femme et deux enfants en bas âge. On m'a demandé de débarrasser son bureau, ainsi que celui de ton père. J'ai remis les affaires de Romfield à son épouse, et je voulais faire de même pour celles de ton père, mais ta mère a refusé de me recevoir. Je pensais que j'aurais l'occasion de les lui donner plus tard, une fois le choc passé, mais elle… elle nous a quittés, elle aussi. J'ai donc gardé le carton. Quand j'ai appris que tu étais à Marmet, cela m'est revenu à la mémoire. Je ne me rappelle plus vraiment ce qu'il y a dedans. Je l'ai fermé le jour où j'ai fait le ménage et je n'y ai pas touché depuis. Il est à toi, maintenant.

Les mains tremblantes, Sarah serra le paquet contre elle.

— Merci, monsieur Weatherly.

— Il n'y a pas de quoi, mon petit, déclara-t-il en se frottant les mains sur son pardessus. Bon… Il faut que j'y aille. Sois confiante, la vérité remonte toujours à la surface, comme la crème. Allez, au revoir, les enfants.

Tony se tourna vers Sarah. De nouveau, elle semblait au bord des larmes.

— Dure journée, hein ? dit-il.

— Meilleure que ce que j'attendais, murmura-t-elle. On rentre ?

— Allons-y.

Quelques minutes plus tard, ils roulaient en direction du lac. Figée sur son siège, Sarah tenait le carton sur ses genoux comme elle aurait tenu une bombe.

9.

— Rentre, je m'occupe des courses, proposa Tony en ouvrant la porte.

Reconnaissante, Sarah monta directement dans sa chambre et déposa le carton sur le lit. Quels fantômes allaient surgir de cette boîte enveloppée de papier brun et ficelée avec une corde poussiéreuse ? Quels fragments de sa vie son père conservait-il au bureau ?

Elle enleva son manteau, le suspendit à un cintre et se rendit dans la salle de bains. Elle s'y affaira cinq bonnes minutes, retardant inconsciemment le moment d'ouvrir le carton. Puis elle revint se planter devant le lit.

Le paquet était petit. Il ne pouvait rien contenir de réellement important. Pourtant, elle hésitait. Et plus elle attendait, plus son appréhension grandissait. Les événements commençaient à avoir raison de la carapace qu'elle s'était forgée tout au long de sa vie.

Elle envisageait d'appeler sa tante quand Tony apparut dans l'embrasure de la porte. Elle se tourna vers lui.

En la voyant si désemparée, il en oublia ce qu'il était venu lui dire. Depuis plusieurs jours, il la voyait souffrir en silence, conscient qu'elle ne voulait pas de sa compassion. Mais cette fois, il ne pouvait plus garder sa réserve.

Il s'avança vers elle, et elle se jeta dans ses bras. Il déposa un léger baiser sur sa joue. En la sentant se raidir, il lui prit le visage entre ses mains et l'obligea à le regarder.

— Ne lutte pas, Sarah. Je t'en supplie, ne lutte pas contre moi.

Elle vit sa bouche s'approcher, sentit son souffle tiède la caresser. Et elle s'abandonna.

Il posa ses lèvres sur les siennes doucement, puis avec insistance, et referma ses bras autour d'elle. Leurs corps se plaquèrent l'un contre l'autre. Sarah songea un instant à le repousser, mais ç'aurait été aller contre ses impulsions. Elle noua les bras autour de sa taille et s'agrippa à son sweat-shirt.

Rompant leur étreinte, il la souleva de terre et la porta jusque sur le lit. Elle poussa un petit cri qui se perdit dans le bruissement de leur corps à corps.

Tony sentait son cœur battre à cent à l'heure. Il brûlait, électrisé par le contact de son corps contre le sien. Mais il s'interdit de profiter de sa vulnérabilité. Il l'embrassa dans le cou puis se souleva sur un coude pour la contempler.

Elle avait les joues rouges. Du bout de l'index, il suivit le contour de ses lèvres. Quand elle ouvrit la bouche et prit son doigt entre ses dents, il la regarda en plissant les yeux.

— Sarah… Je ne suis pas de bois. Si tu veux qu'on s'arrête là, dis-le-moi tout de suite.

Elle frissonna, consciente que s'il faisait un mouvement de plus, il l'emmènerait au septième ciel.

— Silk…

Il frotta son nez contre sa joue.

— Quoi, ma belle ? Tes désirs sont des ordres.

— J'aimerais bien, mais… j'ai peur.

— Peur de moi ?

Comment lui expliquer ?

— Non, pas de toi, mais de ce qui arrivera ensuite. Si je m'égare, je risque de ne pas avoir la force d'aller au bout de ma mission.

Il se figea. Il était déçu, bien sûr, mais il comprenait.

— Comme tu veux, articula-t-il. Ce n'est pas grave. Nous sommes allés un peu trop vite.

Puis il enfouit son visage dans le creux de son épaule. Délibérément ou non, elle avait prononcé le mot qu'il fallait. Il ne voulait pas lui faire peur. Jamais. Prenant son courage à deux mains, il roula jusqu'au bord du lit et quitta la pièce sans un regard en arrière.

Restée seule, Sarah se rembrunit. Elle s'en voulait, même si elle avait elle-même décidé du dénouement. Elle se tourna et s'allongea sur le ventre, le menton sur ses mains. Le carton de Harmon Weatherly avait glissé vers la tête du lit, presque sous les oreillers. Furieuse contre elle-même, elle le prit et le posa sur la table de chevet. Hier encore, elle ignorait l'existence de cette boîte. Il n'y avait donc pas d'urgence à l'ouvrir. Dans l'immédiat, elle devait mettre les choses au clair avec Tony, avant qu'il ne soit trop tard.

Se précipitant dans le couloir, elle courut jusqu'à sa chambre. La porte était fermée, et le son de l'eau qui coulait lui parvenait à travers le battant. Il devait être en train de prendre une douche — froide.

Sarah tourna les talons. Non, elle ne pouvait quand même pas le rejoindre sous la douche.

— Très bien, maugréa-t-elle en s'engageant dans l'escalier.

Annabeth Harold plaça un napperon sous la coupelle de fruits secs et le lissa soigneusement. Ce soir, c'était à son tour de recevoir ses amies pour leur partie de poker hebdomadaire. Ce napperon crocheté à la main faisait partie du trousseau que sa grand-mère lui avait donné à l'occasion de ses seize ans. Il avait un peu jauni, mais était d'une grande finesse. Tiny Bartlett ne manquait jamais de remarquer ces petits détails. Et Annabeth était fière de pouvoir les exposer.

Elle épousseta le devant de sa robe et examina ses ongles parfaitement manucurés. Puis, allant se camper devant le miroir, elle vérifia sa mise en plis impeccable et aplatit le col de son corsage. Ses invitées allaient arriver d'une minute à l'autre. La maîtresse de maison et son intérieur devaient être irréprochables. Et surtout, personne ne devait se douter qu'elle s'était agitée toute la journée pour que tout soit en ordre.

Elle était sur le seuil de la cuisine quand le timbre de la sonnette retentit. Se retournant, elle se plaqua un sourire sur les lèvres et alla ouvrir la porte.

— Marcia, entre vite. Ne reste pas dans ce froid de canard.

Marcia Farrell était très élégante, comme d'habitude. Elle ôta son manteau, l'accrocha au portemanteau du couloir — ainsi qu'elle avait coutume de le faire depuis de nombreuses années —, et huma l'air avec une moue appréciative.

— Mmm… Ça sent délicieusement bon. J'espère que tu nous as préparé tes fameuses bouchées au fromage et à la saucisse. Je les adore.

Annabeth se rengorgea.

— Mais oui, bien sûr. J'allais juste les sortir du four.

— Je te laisse faire, je t'en prie, déclara Marcia en la poussant gaiement vers la cuisine. Je vais m'installer. Ne t'inquiète pas pour moi.

— La télé est allumée. Mais ne me demande pas ce qui passe, je serais incapable de te répondre. Assieds-toi près du feu, je reviens dans deux secondes.

Annabeth, qui s'apprêtait à rejoindre la cuisine, se retourna pour lui lancer :

— Si les autres arrivent pendant que je suis dans la cuisine, tu peux leur ouvrir, s'il te plaît ?

— Evidemment.

Marcia se dirigea vers le salon d'un petit pas pressé et prit place dans le meilleur fauteuil à côté de la cheminée.

Tiny Bartlett et Moira Blake ne tardèrent pas à la rejoindre. Quand Annabeth entra dans le salon avec un plateau chargé d'amuse-gueules, ses trois amies poussaient des hauts cris.

— Annabeth ! Annabeth ! Viens voir !

Elle se hâta de poser son plateau sur le buffet.

— Qu'est-ce qu'il se passe ?

Tiny lui indiqua le poste de télévision.

— Regarde ! C'est la fille Whitman… Oh ! Et

là, regardez ! Francis Dewey qui passe en voiture ! Ça alors, il s'est payé une Cadillac !

— Enfin, Tiny, la semonça Marcia. On s'en fiche de la nouvelle voiture de Dewey…

— Chut, fit Moira. Ecoutons Sarah Whitman.

— Elle n'a sûrement pas grand-chose d'intéressant à dire, déclara Annabeth. Elle est très amère, tu sais.

— Elle a de quoi, la pauvre, murmura Moira avec un regard attristé.

En frissonnant, Marcia se renversa contre le dossier de son fauteuil. Elle n'aimait pas qu'on évoque la mort.

Toutes les quatre écoutèrent en silence la déclaration de Sarah. Quand cette dernière annonça que, quoi qu'il arrive, elle se battrait pour que le meurtrier de son père soit arrêté, un souffle s'éleva du cercle d'amies et toutes se regardèrent, bouche bée.

— Vous avez entendu ? s'écria Marcia, outrée. Pour qui se prend-elle ? Pour une justicière ? Comment peut-on passer de telles inepties à la télé ? A la croire, on dirait qu'un assassin rôde parmi nous. C'est scandaleux !

Moira ne réagit pas tout de suite. Elle se remémorait Franklin Whitman, un collègue de travail adorable, tellement attaché à sa famille. Finalement, elle se sentit obligée de prendre sa défense.

— Franchement, commença-t-elle, vous conviendrez que ce n'est pas lui qui s'est enfermé dans cette malle pour se jeter au fond du lac.

Un silence gêné s'installa dans la pièce.

— Je ne vois pas le rapport ! explosa enfin Annabeth, les joues en feu.

— Moi, si, marmonna Moira.

Annabeth tendit un doigt rageur vers la télé.

— Je n'aime pas ça ! lança-t-elle comme si elle s'adressait à Sarah. Je n'aime pas ça du tout ! On était bien tranquilles, et il va de nouveau y avoir tout un tas d'histoires.

— Eh oui, ça va recommencer, lâcha Tiny en soupirant. J'espère que Sarah Whitman n'est pas aussi folle que sa mère. Où donc cette femme avait-elle la tête pour se suicider ? Elle aurait pu penser à sa fille, tout de même !

Annabeth plissa le nez d'un air méprisant.

— Elle n'a jamais été très stable, tu sais. Quand sa fille est née, elle est restée au lit pendant un mois.

— Je te rappelle qu'elle a eu un accouchement très difficile, intervint Marcia dont la tante avait été sage-femme. Elle a eu des contractions pendant vingt-quatre heures et, finalement, on lui a fait une césarienne… C'est pour ça qu'elle a mis si longtemps à se remettre.

Annabeth fronça les sourcils, vexée qu'on la contredise.

— Peut-être, mais toujours est-il que cette femme était bizarre. Dieu sait où Franklin l'avait dénichée… Elle était originaire de Louisiane. Vous vous rappelez la Noire qui est venue chercher la fille ? Seigneur… Vous auriez donné vos enfants à une Noire, vous ?

— Personne d'autre n'a proposé d'adopter la petite, fit remarquer Moira sans se détourner du poste de télévision.

— Ce sont tes fameuses bouchées au fromage et à la saucisse qui sentent si bon ? s'écria soudain Tiny.

Fièrement, Annabeth alla chercher le plateau sur le buffet.

— Entre autres, répondit-elle. Tenez, servez-vous.

— Miam, fit Tiny. Je meurs de faim.

— Emportez vos assiettes à table. Nous mangerons en jouant.

Quelques minutes plus tard, les quatre amies disputaient une partie de poker tout en comparant les qualités culinaires du cheddar affiné et du cheddar doux.

Bien que leur quotidien paisible fût menacé par l'arrivée de Sarah Whitman, elles rirent autant qu'à l'accoutumée. En tant que piliers autoproclamés de la bonne société de Marmet, elles se sentaient investies de la mission de préserver l'ordre qui faisait le charme de leur petite communauté. Mais pas ce soir. Ce soir était réservé à l'amitié, aux bouchées au fromage et à la saucisse, et au plaisir de gagner une partie de poker.

Devant sa cheminée, Paul Sorenson écoutait d'une oreille distraite le journal du soir, tout en parcourant son courrier. Sa journée avait été plus remplie que d'ordinaire et il se réjouissait qu'elle soit enfin terminée. Le mardi était jour de réunion du conseil d'administration de la banque. Satisfait qu'aucun problème particulier n'ait été soulevé, il était rentré chez lui de bonne humeur. Il avait bien dîné, puis s'était confortablement installé auprès du feu.

Soudain, la déclaration télévisée de Sarah Whitman lui fit dresser l'oreille. A peine la jeune femme eut-elle disparu de l'écran qu'il s'extirpa péniblement de son fauteuil, maudissant ses rhumatismes, et se dirigea en boitant vers le téléphone. En temps normal, il ne se mêlait pas des affaires publiques. Son rayon se limitait à l'argent, il ne faisait pas de politique. Mais dans le cas présent, il n'avait pas le choix. Il allait rappeler à Gallagher que les élections approchaient et que s'il souhaitait être réélu au poste de shérif, il devait mériter le vote des citoyens.

Ron Gallagher était toujours dans son bureau quand la secrétaire lui cria de l'autre bout du couloir :

— Shérif, un appel pour vous sur la ligne numéro un !

— Merci !

Il décrocha le combiné.

— Ron ? Paul Sorenson à l'appareil. Vous avez vu les informations à la télé ?

— Non, il y a eu un accident sur la route des scieries. Je viens juste d'arriver. Pourquoi ?

— La fille Whitman est en train de faire des vagues. Vous envisagez quelque chose ?

Ron fronça les sourcils.

— Comment ça ?

— Elle prétend qu'elle veut faire arrêter l'assassin de son père, expliqua Sorenson d'une voix furieuse. A l'entendre, on croirait que nous cachons des criminels. Je veux qu'on la fasse taire.

Ron faillit lui dire de se mêler de ses affaires, mais il s'obligea à rester calme.

— Ecoutez, Paul, dans notre pays, Dieu merci, chacun a le droit de dire ce qu'il veut. Tant que Mlle Whitman ne calomnie personne, libre à elle d'exprimer ses opinions. Quant à l'assassin de son père, j'espère moi aussi qu'on finira par le pincer.

Après vingt ans, je crois qu'il est grand temps de rendre justice à la famille Whitman.

Sorenson sentit une bouffée de chaleur monter en lui.

— Vous prenez cette histoire beaucoup trop à cœur, shérif. Vous risquez d'avoir du mal à être réélu.

Cette fois, Ron ne fit rien pour masquer son indignation.

— C'est une menace ?

— Pas du tout, répliqua violemment Sorenson. Pourquoi vous menacerais-je, shérif ?

— C'est bien ce que je me demandais… Par ailleurs, puisque je vous ai au bout du fil, je préfère vous prévenir que j'ai l'intention d'interroger toutes les personnes dont la condition sociale s'est notablement améliorée au cours des vingt dernières années.

Sorenson crut que son cœur s'arrêtait de battre.

— Qu'insinuez-vous par là ?

— Il me semble avoir été clair, répondit Ron sèchement. Attendu qu'il est maintenant évident que le million de dollars dérobé à la banque n'a pas été dépensé par Franklin Whitman, je cherche à savoir à qui il a pu profiter.

— Vous ne m'accusez pas, tout de même ?

— Je n'accuse personne… pour l'instant.

Sur ces mots, Ron raccrocha sans plus de manière. Désarçonné, Paul Sorenson raccrocha et parcourut son bureau des yeux. Oui, sa maison était luxueuse, richement meublée, mais il avait toujours été honnête. Ce qu'il possédait, il l'avait acquis à la sueur de son front.

La colère déforma son visage, lui donnant une apparence porcine. Non, cette femme ne ruinerait pas sa vie. Mais elle savait des choses sur lui que personne d'autre ne savait. Il fallait l'empêcher de remuer le passé.

Tony prit une bûche et la plaça sur le billot. Le bois avait séché depuis l'automne précédent, mais il n'avait pas eu le temps de le débiter. Aujourd'hui, il était content de pouvoir se défouler dessus.

Les vibrations du coup de hache se répercutèrent dans tout son corps. Il y avait des mois qu'il n'avait pas fourni d'efforts physiques aussi violents, mais il n'était pas sûr que cela suffirait à lui changer les idées. Sarah avait dit non. Il devait la chasser de son esprit.

Au fur et à mesure qu'il maniait la hache, les quartiers de rondins s'entassaient à son côté, dégageant une bonne odeur de bois fraîchement coupé. Quand il aurait fini, il allumerait la cheminée et se déboucherait une bonne bouteille de vin, qu'il dégusterait avec du fromage et des crackers… Il se surprit à s'imaginer au coin du feu en compagnie de Sarah. Et merde ! Pourquoi revenait-elle sans cesse dans ses pensées ? Il n'allait quand même pas être obligé de reprendre une douche froide…

Il abattit la hache sur un dernier bout de bois, puis alla la ranger dans la cabane de jardin. En ressortant, il se rendit compte qu'il était fatigué. Une bonne fatigue, accompagnée de la satisfaction de savoir qu'il venait d'accomplir quelque chose d'utile. Sa résidence secondaire était pourvue du chauffage central, mais il éprouvait une sorte de contentement primitif à l'idée de faire du feu.

Il retourna devant le tas de bois, chargea une pile de bûches sur ses bras et se dirigea vers la maison.

A sa grande surprise, Sarah l'attendait à la porte de derrière, lui tenant le battant ouvert.

— Merci, déclara-t-il en passant devant elle de profil, de façon à ne pas la heurter avec son fardeau. Je savais que j'avais bien fait de t'inviter…

Elle n'espérait pas le trouver d'humeur badine. Elle referma la porte derrière lui et le regarda s'éloigner vers le salon. Les muscles de son dos saillaient sous son sweat-shirt. Malgré le poids qu'il portait, il avait toujours cette démarche sportive et sexy. Si elle n'avait pas été aussi lâche, il aurait pu lui faire passer un bon moment. Un pur moment de plaisir physique, rien de plus. Elle ne pouvait pas se permettre de tomber amoureuse de lui. Ç'aurait été commettre un suicide émotionnel. Silk DeMarco devait être un amant merveilleux, elle n'en doutait pas le moins du monde. Mais après ? A l'heure actuelle, sa vie était bien trop compliquée pour qu'elle s'expose en plus à une peine de cœur.

Le choc du bois contre les briques de la cheminée l'arrachant à ses réflexions, elle retourna devant la cuisinière et remua le gombo qui mijotait sur le feu. L'odeur des crevettes, des saucisses et des okras lui donnait la nostalgie de La Nouvelle-Orléans. Elle réduisit la flamme sous la casserole et commença à mettre la table.

Tony revint dans la cuisine. Debout sur le seuil, il resta un moment à l'observer. Si elle mettait autant de passion à faire l'amour que la cuisine…

— Et merde, bougonna-t-il.

Sarah se retourna.

— Pardon ? Tu m'as dit quelque chose ?

— Non, non, je parlais tout seul.

Il se força à sourire avant d'ajouter :

— Ça sent drôlement bon. Merci d'avoir préparé le repas.

Elle haussa les épaules.

— J'aime bien cuisiner. Ça me calme.

Il s'avança vers elle et tira gentiment sur une mèche de cheveux qui lui retombait sur le front.

— J'ai le temps de prendre une douche ? demanda-t-il.

— Encore ?

Elle se mordit la lèvre.

— Euh… je voulais dire…

— Laisse tomber. J'en ai pour cinq minutes. Tiens ça au chaud.

Il sortit de la pièce avec un clin d'œil.

Elle étouffa un grognement. Laisser tomber ? Hors de question. Tenir ça au chaud ? Si elle ne faisait pas attention, elle allait s'enflammer.

En proie à un sentiment de frustration, elle finit de mettre la table, puis glissa une miche de pain dans le four. Quand Tony redescendrait, le dîner serait prêt. Ils mangeraient en bavardant de la pluie et du beau temps, en faisant comme s'il ne s'était rien passé entre eux. Pendant ce court laps de temps, elle tenterait de se persuader qu'elle avait l'esprit tout à fait reposé, qu'elle n'était pas en train de perdre la tête à cause du meurtre de son père et de l'homme qui l'hébergeait. Puis elle irait déballer le paquet de Harmon Weatherly, dans l'espoir d'y trouver une certaine sérénité.

10.

— Tony, tu as un canif ? demanda Sarah, assise en tailleur sur le lit, le carton sur les genoux.

Plongeant la main dans la poche de son pantalon, il en sortit un couteau à cran d'arrêt et prit place au bord du lit.

— Attention ! lança-t-il en faisant jaillir la lame de son manche.

Elle le regarda trancher la ficelle poussiéreuse d'un seul coup de lame.

— Impressionnant, fit-elle. Mais je croyais que les crans d'arrêt étaient interdits ?

— Petit souvenir de ma jeunesse, répondit-il avec un sourire. Je te rassure, je ne prends jamais l'avion avec.

— Tu me rassures, en effet, marmonna-t-elle en se concentrant sur le carton.

— Sarah ?

— Oui ?

— N'aie pas peur, ce n'est qu'un moment difficile à passer.

Elle soupira.

— Tu dois me prendre pour une lâche…

— Au contraire, répliqua-t-il doucement. Tu es l'une des femmes les plus courageuses que j'aie jamais connues. Maintenant, déballe vite ce paquet. Qui sait ? Il nous livrera peut-être un indice quant à ce qui est arrivé à ton père.

Elle inclina la tête sur le côté.

— Je n'avais pas pensé à ça. Mais je n'y crois pas trop. Les flics ont sûrement mis leur nez là-dedans, à l'époque où ils recherchaient mon père.

— Ils cherchaient une chose, nous en cherchons une autre.

— C'est vrai, admit-elle en déchirant le papier brun.

Le carton était rempli de bric-à-brac, principalement des stylos et diverses fournitures de bureau. Un cadre reposait sur le dessus. Le verre était si sale qu'il était difficile de distinguer la photo qu'il protégeait.

— Fais voir, proposa Tony.

Sarah lui passa le cadre. Il l'essuya avec son mouchoir avant de le lui rendre.

— Voilà, on le nettoiera mieux tout à l'heure. Au moins, tu peux voir la photo, maintenant.

Elle l'examina, une boule dans la gorge, en se retenant de pleurer.

— C'est un portrait de famille. Nous l'avions fait faire pour Noël, l'année avant le drame. Mes parents aimaient bien envoyer des photos avec leurs cartes de vœux.

Elle effleura son visage sur le cliché en essayant de se remettre dans la peau d'une fillette de neuf ans.

— J'adorais cette robe verte. C'était la première fois que je portais du velours. Je me sentais grande.

Puis elle posa le cadre à côté d'elle et plongea la main dans le carton.

— Oh non, murmura-t-elle.

— Quoi ?

Elle sortit une soucoupe aux formes irrégulières.

— C'est un cendrier, expliqua-t-elle d'une voix tremblante. Je l'ai fait en colonie de vancances.

Elle posa le cendrier auprès de la photo en ajoutant avec autodérision :

— Papa ne fumait pas. Les enfants ont parfois de drôles d'idées…

Tony lui effleura la joue du revers de la main.

— Tu voulais lui faire plaisir parce que tu l'aimais.

Elle leva vers lui un regard embué par les larmes.

— Bien sûr que je l'aimais. (Sa mâchoire se contracta.) Alors, comment ai-je pu croire qu'il était un voleur ? J'aurais dû savoir que ce n'était pas possible.

— Tu n'étais qu'une enfant, Sarah. Tu ne peux pas t'en vouloir. Tu sais, j'avais six ans de plus que toi et, bien que cela m'ait paru inconcevable, j'ai moi aussi cru à ce que l'on racontait. Il faut dire que les faits n'ont pas joué en faveur de ton père.

— Tu as raison…

— Bien sûr que j'ai raison. Je suis un homme, plaisanta-t-il.

Elle se força à sourire.

— Merci. Heureusement que tu es là pour détendre l'atmosphère.

— Je suis toujours là quand on a besoin de moi.

Là, elle s'esclaffa franchement.

— Tu es impossible !

— Pas du tout, rétorqua-t-il. Il n'y a pas meilleure pâte que moi.

Elle se remit à fouiller dans le carton en pensant à ce qu'il venait de dire. Au fond, elle avait très envie de savoir s'il disait vrai.

Elle trouva une autre photo, dans un cadre en porcelaine, plus petite que la première. Il s'agissait d'une photo de classe.

— J'étais en cours moyen, commenta-t-elle. Ma dernière photo de classe avant que ma vie bascule.

Elle la posa sur la pile d'objets qui s'amoncelaient sur le lit.

C'était à la fois intéressant, touchant et triste de découvrir ce qui comptait le plus pour son père. Il aimait tellement sa famille qu'il avait fait en sorte qu'elle l'entoure même au travail.

Le dernier élément que contenait le carton était un petit calendrier de bureau, avec un feuillet pour chaque jour. Sarah le posa sur ses jambes et tourna les pages en se demandant pourquoi ce document n'avait pas été saisi par la police.

— Regarde, Tony, lâcha-t-elle brusquement. Il y a ici tous les rendez-vous de mon père jusqu'au jour de sa disparition. Tu ne trouves pas bizarre que les flics ne l'aient pas gardé ?

— Ouais… A mon avis, ils étaient tellement sûrs que c'était lui le voleur et tellement occupés à essayer de le coffrer qu'ils ne se sont pas souciés de son emploi du temps. Ils ont dû y jeter un coup d'œil et juger que ça ne les mènerait nulle part.

— N'empêche…

Elle s'interrompit. Tony n'avait pas tort. Il ne servait à rien de critiquer les éventuelles négligences de la police. Seule la découverte de la vérité importait.

Curieuse, elle continua à feuilleter le calendrier, et prit conscience qu'elle ignorait tout de la vie professionnelle de son père. Pour elle, il n'était qu'un papa. Il partait travailler le matin et rentrait le soir. Elle ne s'était jamais demandé ce qu'il faisait quand il n'était pas à la maison. Une constatation qui l'attristait, aujourd'hui. Il lui avait fallu tout ce temps pour s'apercevoir que son père avait une vie en dehors de sa famille.

Parvenue au milieu du calendrier, elle constata qu'une annotation revenait régulièrement. Tous les mercredis, son père avait inscrit : *13 h 00, Moose.* Pensant qu'il s'agissait des réunions du Moose Club dont son père était membre, elle ne se posa pas davantage de questions et continua à feuilleter le calendrier, sans relever quoi que ce soit d'inhabituel. Ce n'est qu'en le rangeant dans le carton qu'elle se souvint que les rencontres au Moose Club avaient toujours lieu en soirée.

Ressortant le calendrier, elle montra les dates à Tony.

— Regarde. On retrouve cette note tous les mercredis : *13 h 00, Moose.* Sur le coup, j'ai cru qu'il s'agissait des réunions du club de mon père. Mais je viens de me rappeler qu'il y allait toujours le soir.

Tony feuilleta le calendrier en haussant les sourcils. Puis il le lui rendit sans répondre.

— Qu'en penses-tu ? insista-t-elle.

— Tu veux vraiment savoir ce que j'en pense ?

— Oui. Mon père avait peut-être des secrets peu reluisants, mais je m'en fous. Quelqu'un l'a jeté au fond du lac et je veux savoir qui lui a fait ça. Tout le reste n'a plus d'importance, maintenant.

— Eh bien, pour commencer, je pense que tu devrais montrer ce truc à Gallagher. Il a l'air de prendre cette nouvelle enquête très au sérieux, et il me semblerait judicieux de lui communiquer tout élément susceptible de l'éclairer.

— Tu as raison. Je lui apporterai le calendrier dès demain matin.

— Et deuxièmement, que dirais-tu de mettre un détective privé sur le coup ?

Elle le dévisagea avec des yeux ronds. Puis l'idée fit son chemin.

— Ce n'est pas une mauvaise idée, reconnut-elle enfin. Mais où trouver un détective de confiance ? Je n'ai jamais fait appel…

— J'en ai un, la coupa-t-il.

— Je croyais que tu tenais une boîte de nuit…

— Je suis bien patron d'une discothèque, il n'y a pas d'erreur.

— Alors, pourquoi as-tu besoin d'un détective privé ?

— Je mène quelques petites affaires en parallèle, répondit-il avec un sourire.

Elle haussa les sourcils.

— Légales ?

Il pouffa et, instinctivement, se pencha en avant pour déposer un baiser sur ses lèvres.

— Bien sûr, Sarah Jane. Je n'ai que des activités parfaitement légales. Je suis prudent, c'est tout.

Elle recula mais pas aussi vite qu'elle l'aurait voulu. Ses lèvres gardaient encore la sensation de sa bouche sur la sienne quand Tony se leva et lui prit la boîte des mains.

— Bon, dit-il. Il n'y avait pas de fantômes trop effrayants là-dedans, n'est-ce pas ?

Encore abasourdie par son baiser, elle hocha la tête sans répondre.

— Alors, allons porter un toast au coucher de soleil, suggéra-t-il. Un verre de vin sur la terrasse, qu'en dis-tu ?

— Le soleil est déjà couché.

— Détail, détail… Ça ne nous empêche pas de boire un verre de vin.

Elle réfléchit un instant, puis sourit.

— S'il ne fait pas trop froid, on peut regarder la lune se lever.

— Mets ton manteau. Il ne fait jamais trop froid pour admirer la lune.

Le cœur beaucoup plus léger, elle enfila son manteau et emboîta le pas à Tony.

Tapi entre les arbres, l'assassin observait la maison de Tony DeMarco. La lumière s'éteignit dans la chambre d'amis, puis la cuisine s'éclaira. Sarah Whitman et DeMarco débouchaient une bouteille de vin. Sa longue attente dans le froid allait bientôt prendre fin. Grâce au viseur à infrarouge de son fusil, il pouvait voir dans le noir. Et même tirer. Mais patience. Ne pas se précipiter. La patience comptait parmi ses qualités. Vingt ans d'attente vous forgeaient une patience à toute épreuve.

La porte de la cuisine s'ouvrit, et les silhouettes de la fille Whitman et de DeMarco se profilèrent sur la terrasse. L'assassin saisit son arme, l'éleva à la hauteur de son visage et cadra le couple dans la lunette de vision nocturne.

DeMarco dévorait la jeune femme du regard. Retranchée derrière une chaise longue, elle buvait son vin nerveusement. L'assassin éprouva un pincement au cœur. Ces deux-là auraient formé un beau couple. Sauf que son rôle n'était pas de jouer les cupidons, mais de préserver des secrets.

Sarah Whitman se déplaça, offrant son dos au viseur. L'assassin approcha son doigt de la détente et inspira profondément. Patience, patience...

Tony leva son verre de vin et désigna le ciel.

— Pas de lune. A quoi allons-nous trinquer ?

Dans la pénombre, Sarah devinait la lueur malicieuse de son regard plus qu'elle ne la voyait. Elle regarda le ciel à son tour. Les étoiles étaient rares. Se tournant vers Tony, elle leva son verre.

— Aux nuages, à l'amitié... et aux dénouements heureux.

Il fit tinter son verre en cristal contre le sien.

— Aux nuages, répéta-t-il à mi-voix en portant son verre à ses lèvres. A l'amitié, ajouta-t-il en buvant une autre gorgée. Et surtout, aux dénouements heureux.

De nouveau, il trinqua avec Sarah. Elle soupira.

Qu'est-ce qu'il est beau…

Bien que la lumière fût faible, Tony distinguait nettement le désir dans ses yeux brillants. Au lieu de vider son verre, il le posa et s'approcha d'elle.

Elle se pencha en avant.

Et une détonation retentit. La balle siffla au-dessus de sa tête et alla se loger dans la façade de la maison.

L'espace d'une seconde, ils demeurèrent pétrifiés, puis Sarah poussa un cri tandis que Tony la propulsait à terre. Après l'avoir plaquée contre le plancher de la terrasse, il la tira en rampant jusqu'à l'alcôve formée par le bar extérieur attenant à la cuisine.

A l'abri, il lui palpa le crâne en priant pour qu'elle ne saigne pas.

— Tu n'es pas blessée, j'espère ? chuchota-t-il. Je t'en supplie, dis-moi que tu n'as rien.

— Ça va, répondit-elle en réprimant un frisson. On nous a tiré dessus ?

— On a essayé de te tuer. Ne bouge pas.

Il fouilla dans ses poches à la recherche de son

téléphone. Sarah se mit à trembler de tous ses membres.

— Oh, mon Dieu…

Tony composa le numéro du bureau du shérif et relata brièvement au standardiste ce qui venait de se passer, précisant qu'il n'était pas nécessaire d'envoyer une ambulance. Puis il aida Sarah à se relever. Elle pleurait.

Quelques minutes plus tard, ils entendaient le hurlement des sirènes qui se rapprochaient de la maison.

Sarah tremblait toujours quand un agent fit son entrée, bientôt suivi par Gallagher en personne. Tony l'avait enveloppée dans une couverture et installée auprès du feu. Le shérif s'assit à côté d'elle et commença à lui poser toutes sortes de questions.

A la fin de l'interrogatoire, deux agents entrèrent dans la maison par la porte de la cuisine.

— Il n'y a plus personne dans les parages, chef, déclara l'un d'eux. Mais nous avons trouvé des empreintes fraîches juste derrière les arbres.

Il lui tendit deux petits sacs en plastique, l'un

contenant une douille vide, l'autre la balle qui s'était fichée dans la façade.

— Et ça. Nous avons aussi trouvé ça, ajouta-t-il.

Le shérif leva les sachets vers la lumière.

— Calibre 30-30, à vue de nez. Probablement un fusil de chasse.

Sarah observait tour à tour Tony et le shérif, guettant leurs réactions.

— Vous pensez qu'il s'agit d'un accident ? demanda-t-elle. Il est un peu tard pour chasser, non ? Et qui chasserait si près d'une habitation ? Tout le monde sait que le gibier ne s'approche pas des lieux occupés par les hommes, n'est-ce pas ?

— Les hommes, répéta Gallagher avec un soupir. C'est bien ça, le problème. Les animaux ont toujours été là. Ce sont les hommes qui ont envahi leur territoire. Il y a des bêtes qui vont boire au lac, la nuit. Il n'est pas impossible que cette cartouche ait été tirée par quelqu'un qui visait un chevreuil ou un orignal… Bien que la saison de la chasse soit fermée, et qu'en principe, les chasseurs ne tirent pas en direction des maisons.

— Ce n'était pas un accident, intervint Tony.

Si Sarah n'avait pas bougé à ce moment-là, la balle l'aurait touchée.

Gallagher hocha la tête.

— Je suis d'accord avec vous.

Puis il se tourna vers elle. Le visage livide, elle tremblait nerveusement.

— Qu'allez-vous faire ? s'enquit-elle.

Il repoussa son chapeau sur son crâne et se gratta la tempe.

— Je vous avoue que je ne peux pas faire grand-chose, répondit-il au bout d'un moment. Nous reviendrons demain matin afin de voir si les traces mènent quelque part. Mais s'il s'agit du même individu que la dernière fois, je doute que nous ayons plus de chance. Notre gars se sera encore arrangé pour qu'on ne puisse pas le pister.

— Et moi, que dois-je faire ? demanda Sarah en tentant de retrouver une certaine assurance.

Le shérif détestait l'angoisse qu'il percevait dans sa voix. Il aurait aimé lui assurer qu'il la protégerait. Malheureusement, il se sentait totalement impuissant.

— N'allez nulle part toute seule, lui conseilla-t-il. Et tant que nous n'en savons pas plus, je vous recommande même d'éviter de sortir.

Il marqua une pause avant d'ajouter :

— Je pense que vous disposerez du corps de votre père d'ici deux ou trois jours.

Elle fronça les sourcils.

— Insinuez-vous qu'il faut que je m'en aille ?

— Je n'insinue rien, mademoiselle Whitman. J'essaie juste de vous faire comprendre que tant que j'ignore qui je cherche, je ne suis pas en mesure de garantir votre sécurité.

— On ne me chassera pas d'ici une nouvelle fois, décréta-t-elle en évitant le regard désapprobateur de Tony. Je partirai quand j'en aurai envie et pas avant. On a souillé le nom de ma famille, et je suis bien déterminée à restaurer notre honneur. Celui qui a tué mon père est aussi responsable de la mort de ma mère. Il a volé la banque, il m'a volé ma famille et il a failli me détruire. Transmettez ce message autour de vous. Plus vite les gens comprendront, moins j'aurai d'explications à leur fournir.

Tony l'écoutait avec attention. Il admirait son courage tout en étant terriblement inquiet. Il ne désirait rien tant que de la garder auprès de lui, mais au fond, il aurait préféré qu'elle retourne à La Nouvelle-Orléans. Toutefois, il respectait sa volonté et était prêt à faire tout ce qui était en son pouvoir pour la protéger.

— Ron, j'aime autant vous informer que dès demain, ma propriété sera surveillée par des vigiles armés. Et tant que l'on n'aura pas mis la main sur la personne qui a tiré, deux gardes du corps veilleront en permanence sur Mlle Whitman.

Elle écarquilla les yeux.

— Tony, tu ne peux pas…

Il l'interrompit d'un regard glacial.

— Je peux, et je le ferai. Que ça te plaise ou non.

Gallagher marqua son approbation d'un signe de tête. Sarah se renversa contre le dossier de son fauteuil avec lassitude. Elle se sentait dépassée par les événements. La situation échappait à son contrôle, et elle n'aimait pas cela du tout. Brusquement, le calendrier de son père lui revint à la mémoire.

— Shérif, commença-t-elle, je voulais vous apporter quelque chose demain, mais puisque vous êtes là, autant que je vous le donne tout de suite.

— Tu parles du calendrier ? demanda Tony.

Elle acquiesça d'un signe de tête.

— Ne bouge pas, je vais le chercher.

Elle s'apprêtait à protester, mais se ravisa, consciente que ses jambes ne la porteraient peut-être pas jusqu'à l'étage.

— De quoi s'agit-il ? s'enquit Gallagher quand Tony eut quitté la pièce.

— Tout à l'heure, Harmon Weatherly m'a remis un carton contenant les affaires que mon père avait laissées dans son bureau. Il a essayé de les rendre à ma mère, mais elle n'a jamais voulu le recevoir. Bref, en fouillant dans le carton, j'y ai trouvé un calendrier sur lequel figurent des annotations qui me paraissent bizarres. J'ai pensé que ça pourrait vous servir.

— En effet, murmura-t-il, l'air intrigué.

De retour dans le salon, Tony tendit le calendrier à Sarah. Elle tourna rapidement les pages et montra un feuillet au shérif.

— Regardez. Sur le coup, je me suis dit qu'il s'agissait des réunions au Moose Club. Et puis, je me suis souvenue que papa y allait toujours en soirée. Ces rendez-vous reviennent tous les mercredis, à 13 heures.

— Je vais tâcher d'éclaircir ça, déclara Gallagher. On ne sait jamais…

— J'aimerais que vous me rendiez le calendrier, quand vous n'en aurez plus besoin.

— Pas de problème. Je ferai des photocopies des pages qui m'intéressent et j'enverrai un de mes hommes vous rapporter l'original demain matin. Ça vous convient ?

Elle acquiesça avec un sourire.

— Très bien, je vous remercie.

Puis elle regarda tour à tour Tony, le shérif et les deux agents, et ajouta :

— Je vous remercie tous, plus que je ne peux l'exprimer. Maintenant, excusez-moi, mais je vais me retirer. J'ai eu assez d'émotions pour la journée.

Tout le monde se leva tandis qu'elle se dirigeait vers la porte.

— Je vous raccompagne, déclara Tony aux policiers tout en la suivant des yeux.

Gallagher aussi la regarda s'éloigner dans le couloir. Il était furieux de ne pas être en mesure de la rassurer.

— Je vais demander à l'une de mes patrouilles

de passer par ici toutes les heures jusqu'à demain matin.

Tony lui serra la main.

— Merci, Ron. J'apprécie tout ce que vous faites pour nous. Et je comprends que cette affaire soit frustrante pour la police.

Gallagher hocha la tête.

— Ça, c'est vrai. Pas facile d'élucider un crime commis il y a vingt ans.

Les deux agents étaient déjà au volant de leurs voitures respectives quand Tony retint le shérif sur le pas de la porte.

— Il faut aussi que vous sachiez que je vais faire appel à un détective privé. Non que je vous juge incompétent, mais je préfère mettre toutes les chances de notre côté. Je voulais juste vous prévenir avant que les mauvaises langues ne s'en chargent.

— Plus nous serons nombreux, mieux ce sera, répliqua Gallagher. Je vous demande seulement de me communiquer ce que votre gars trouvera. Je vous tiendrai moi aussi au courant de l'avancement de l'enquête. Entre nous… le FBI nous prend pour des crétins, ils ne nous disent pas tout. Franchement, je ne compte pas sur eux.

Il eut une grimace attristée.

— Toute cette histoire, quelle honte… Mlle Whitman en a déjà vu de toutes les couleurs, et je n'aimerais pas qu'il lui tombe encore une tuile sur le coin de la figure.

— Quoi qu'il arrive, ce ne sera pas votre faute. Le coupable a peur, et les gens effrayés sont dangereux. Je suis sûr qu'il ne s'attendait pas à ce qu'on repêche le cadavre de Whitman. Et après ce qui s'est passé aujourd'hui, je parierais également qu'il est prêt à tout pour protéger son identité et son secret.

— Vous croyez que vous pourrez la convaincre de rentrer chez elle ?

Tony secoua la tête.

— Pour paraphraser ses propres paroles, les habitants de cette ville ont détruit sa famille et se sont débarrassés d'elle. On ne la fera pas fuir aussi facilement, cette fois. Non, elle n'est pas du genre à se laisser intimider.

— C'est bien ce que je craignais, commenta Gallagher avec un soupir.

— Trouvez la personne qui lui a tiré dessus. Vous avez une balle et une douille, maintenant. Ça devrait vous faciliter la tâche.

Le shérif sourit sombrement.

— Vous savez comme moi que ça ne va pas être du gâteau, dans une ville où tout le monde, ou presque, possède un fusil de chasse pour se protéger des ours et faire peur aux élans.

Tony regarda la forêt qui entourait sa maison. Pour la première fois, le fait d'être isolé ne lui apparaissait pas comme un avantage.

— Il a peur, Ron. La panique va le pousser à commettre un faux pas, et cette erreur lui sera fatale.

Le shérif hocha la tête.

— Appelez-moi si vous avez besoin de quoi que ce soit.

— Bon retour, déclara Tony. Et tenez-nous au courant.

— Je n'y manquerai pas.

Sur quoi, Gallagher se dirigea vers sa voiture.

Tandis que la lueur de ses feux arrière disparaissait à l'horizon, Tony verrouilla la porte et monta rejoindre Sarah à l'étage.

11.

Sarah était sous la douche quand elle entendit frapper à la porte de la salle de bains.

— Oui ? répondit-elle en passant la tête derrière le rideau.

— Je voulais juste te dire que je suis là. Le shérif est parti, répondit Tony.

En entendant sa voix, elle se détendit.

— D'accord... J'en ai pour deux minutes.

Elle se rinça rapidement, ferma les robinets et se sécha avec une épaisse serviette, dont elle s'enveloppa ensuite en guise de sortie de bain.

Lorsqu'elle poussa la porte de la salle de bains, Tony se trouvait juste derrière. Il lui tendit sa chemise de nuit en tournant la tête.

— C'est bon, tu peux regarder, déclara-t-elle après l'avoir enfilée.

Il posa son regard sur son menton égratigné.

S'il n'avait pas cherché à l'embrasser, elle serait peut-être morte…

— Je sais que tu as peur.

Elle baissa la tête.

— Si ça peut te faire plaisir, moi aussi, ajouta-t-il.

— Je suis égoïste de m'entêter à rester là. Ma seule présence sous ton toit te fait courir des risques. Je crois que je ferais mieux…

— Non, la coupa-t-il en la prenant dans ses bras. Arrête de te torturer. Bon sang, tu aurais pu mourir ! Je ne me suis pas encore remis du choc.

Elle appuya sa joue contre son torse. Son pull en laine était doux, et elle entendait les battements de son cœur.

— Tony ?

— Oui ?

— Tu m'as sauvé la vie.

Il ne répondit pas, mais la serra plus fort contre lui en humant l'odeur de ses cheveux. Après un moment, il lâcha un petit rire.

— Donc tu es à moi, maintenant. Je peux faire de toi ce que je veux.

— J'ai été élevée en Louisiane, riposta-t-elle. Pas en Orient.

— Dommage.

— Mais je t'accorde un vœu. Un seul, pas plus. Mes pouvoirs magiques sont limités.

Il l'écarta de lui et la considéra d'un air incrédule.

— N'importe quel vœu ?

— Pas vraiment.

Il feignit d'être désappointé.

— Je savais que c'était trop beau pour être vrai.

— Chut, dit-elle. Voilà ce que je te propose : je vais te préparer l'un des trois desserts les plus divins que tu aies jamais goûtés. Un fondant au chocolat nappé de coulis de framboise, une tarte à la noix de pécan avec un ingrédient secret, ou un délice d'ange, une meringue ultralégère servie avec des fraises fraîches et de la crème fouettée. Choisis.

— Seigneur, bougonna-t-il. Tu es sérieuse ?

— Parfaitement.

— Je suis un grand amateur de chocolat, mais comme je ne connais pas le délice d'ange, c'est ce que je vais prendre. A défaut de pouvoir t'avoir, toi.

Elle lui sourit gentiment.

— Un délice d'ange, très bien. Comme ça, j'aurai de quoi m'occuper demain. Ça m'évitera de broyer du noir.

Il secoua la tête, ébahi par sa capacité à rebondir aussi facilement.

— Tu sais quoi ? Tu es géniale.

— En quoi ?

— Quoi qu'il t'arrive, tu retombes toujours sur tes pieds.

— Quand on n'attend rien de la vie, on n'a jamais de mauvaise surprise, murmura-t-elle.

Il fronça les sourcils.

— La vie a toujours quelque chose à nous apporter. Ce n'est pas bien de penser le contraire.

— Par exemple ?

— Je préfère me taire, répondit-il, une étincelle malicieuse dans les yeux. Si tu savais ce que j'ai envie de t'offrir, je risquerais de recevoir une gifle.

— Pas si sûr…

— Je suppose que je n'ai pas le droit de t'embrasser pour te souhaiter une bonne nuit ?

— Tu oses me demander la permission ? Alors que c'est grâce à toi que je suis encore en vie ?

Il resta un instant immobile, n'en croyant pas ses yeux. La tête légèrement en arrière, Sarah lui offrait ses lèvres avec un demi-sourire.

Quand leurs lèvres entrèrent en contact, la réalité autour d'elle devint floue. Elle le sentit la presser contre lui, et ses pieds se soulevèrent de terre. C'était tellement bon, ce corps contre le sien, cette bouche sur la sienne… Un feu d'artifice explosa en elle.

Enfin, il la relâcha, le souffle court. Sentir le corps de Sarah sous sa chemise de nuit le rendait fou.

— Bon, fit-il. Restons sages. J'ai quelques coups de fil à passer. Tu as besoin de quelque chose avant d'aller te coucher ?

— Il n'est même pas 21 heures, protesta-t-elle. Je ne vais pas me mettre au lit aussi tôt.

Il enfonça les mains dans ses poches, afin d'être sûr qu'elles ne commettraient pas des gestes indépendants de sa volonté.

— Alors, fais-moi plaisir, s'il te plaît. Enfile quelque chose par-dessus ta chemise de nuit. Je suis fort, mais je ne sais pas si je pourrai résister encore bien longtemps à la tentation…

— Ma tante dit qu'on ne doit jamais allumer plus de feux que l'on ne peut en éteindre.

Il plissa les yeux.

— Ta tante dit un peu trop de choses à mon goût, bougonna-t-il. Si tu as besoin de moi, je serai dans la bibliothèque.

Le téléphone sonna alors qu'il franchissait le seuil. Il se retourna, regarda le poste du petit salon de la chambre d'amis et revint décrocher.

— DeMarco, j'écoute.

— Qu'est-il arrivé à ma fille ?

Il prit une longue inspiration.

— Lorett Boudreaux ?

Il y eut un silence puis un reniflement peu sympathique à l'autre bout de la ligne.

— Vous êtes médium ? lança la voix à l'accent créole.

Tony sourit.

— Non, madame, je n'ai pas cette chance. Mais je ne suis pas non plus idiot. Je me doute que vous êtes la tante de Sarah.

Lorett éclata de rire, puis poussa un soupir.

— Qu'est-il arrivé à ma fille ? répéta-t-elle.

— Je vous la passe, elle vous expliquera. Mais je peux vous assurer qu'elle est en pleine forme.

— Passez-la-moi, que j'en juge par moi-même.

Il tendit le combiné à Sarah.

— C'est ta tante, chuchota-t-il. Dis-lui que je suis un homme bien. Je crois qu'elle m'a déjà catalogué.

Sur ces mots, il lui fit un clin d'œil et quitta la pièce.

— Ma chérie, raconte-moi ce qui s'est passé, la pressa Lorett dans le téléphone.

Sarah tressaillit, les larmes aux yeux. Toute la soirée, elle s'était efforcée de se montrer dure, mais l'inquiétude qui perçait dans la voix de sa mère adoptive faisait tomber toutes ses défenses.

— On m'a tiré dessus, tout à l'heure, raconta-t-elle. Sans Tony, je serais peut-être morte. (Sa voix s'étrangla.) Oh, tante Lorett, je n'en peux plus… J'ai besoin de toi.

— Je serai là demain avant que le soleil soit couché. Comment te trouverai-je ?

— En arrivant à Marmet, présente-toi au bureau

du shérif. On t'indiquera comment te rendre chez Tony. Ou mieux encore, passe-nous un coup de fil, et nous viendrons te chercher.

— Non, c'est moi qui viendrai à toi. Dors bien, *ma chère*, tante Lorett ne laissera personne te faire du mal.

Après avoir raccroché, Sarah s'assit sur le bord du lit, soulagée de savoir que sa tante serait bientôt à ses côtés. Entre elle et Tony, elle se sentirait en sécurité.

La sonnette de l'entrée retentit alors que Tony préparait du café. Il consulta sa montre et fronça les sourcils. 20 h 45. Il était un peu tard pour une visite impromptue. Bah, sans doute s'agissait-il du shérif ou de l'un de ses agents, songea-t-il en allant ouvrir la porte.

— Moira ! s'exclama-t-il, étonné. Que faites-vous dehors à une heure pareille ?

L'expression tendue et anxieuse, la vieille dame s'avança dans le hall.

— J'ai entendu les sirènes et j'ai vu les gyrophares devant chez vous depuis ma véranda. Je sais que j'aurais dû vous appeler, mais je m'inquiétais tellement… Que se passe-t-il ? C'est une ambulance qui est venue ?

Il lui prit son manteau, l'accrocha au portemanteau, puis escorta sa visiteuse dans le salon.

— Venez vous asseoir devant la cheminée. Il fait trop froid pour rester sur le pas de la porte.

— Sarah est malade ? s'enquit Moira en s'asseyant dans un fauteuil devant lui. Je devais vous téléphoner pour vous inviter à dîner, mais comme je sais qu'elle est bouleversée, j'ai préféré attendre un peu.

— Je vais très bien, je vous remercie.

Ils se retournèrent d'un même mouvement. Sarah se tenait dans l'encadrement de la porte. Tony se releva et se précipita vers elle.

— Assieds-toi près du feu et raconte à Moira ce qui s'est passé, proposa-t-il. Je vais préparer du café.

En souriant, Sarah s'installa dans un fauteuil. Moira se pencha en avant et lui prit la main.

— Que vous est-il arrivé, ma belle ? En voyant les gyrophares, j'ai cru qu'il s'agissait d'une ambulance.

— Non, non, c'était le shérif.

— Le shérif ? Mais pourquoi ?

— On a tenté de me tuer.

Moira retint un petit cri.

— Oh, mon Dieu ! C'était un rôdeur ? Un cambrioleur ?

— J'espère, répondit Sarah.

Puis elle lui raconta l'incident. La vieille dame l'écouta avec stupeur, sans toucher à la tasse de café que Tony lui avait apportée.

— Ce n'est pas possible, dit-elle quand Sarah eut terminé son récit. Vraiment, je suis confuse.

— Ne vous excusez pas. Vous n'y êtes pour rien.

— Tout de même, je ne comprends pas, poursuivit Moira en se tournant vers Tony. Qui pourrait lui en vouloir ?

Il haussa les épaules.

— Allez savoir… En tout cas, ce n'est pas en s'en prenant à elle qu'on empêchera la police de retrouver l'assassin de son père.

— Tout à fait, répliqua la vieille dame. C'est bien pour cette raison que je ne vois vraiment pas qui a pu faire ça.

— Ma présence à Marmet doit déranger certaines personnes, avança Sarah. Mais si vous voulez mon avis, celui qui a tué mon père n'est pas très futé.

— Que voulez-vous dire ?

— S'il était un peu plus malin, il garderait un profil bas. Au lieu de se faire remarquer, il ferait semblant d'être choqué par la découverte du corps de mon père, comme tout le monde. La police ignore si le réel auteur du cambriolage de la banque est toujours en vie, s'il habite encore dans la région. La personne qui s'en est prise à moi s'est en quelque sorte trahie.

Moira hocha la tête d'un air pensif.

— Vous avez raison. Espérons qu'il va reprendre ses esprits et vous laisser tranquille, maintenant.

— Espérons…

— En tout cas, reprit-elle en regardant tour à tour Tony et Sarah, je suis contente de vous savoir indemnes, tous les deux. Pour fêter ça, que diriez-vous de venir dîner chez moi demain soir ? Vers 20 heures ? J'ai invité quelques amis qui ont pour vous autant de sympathie que moi. Je vous promets que vous ne vous sentirez pas mal à l'aise.

— Je ne sais pas…

Sarah jeta un coup d'œil à Tony qu'elle n'avait pas encore prévenu de l'arrivée de Lorett.

— Comme tu veux, déclara-t-il en réponse à sa question muette. C'est toi qui décides. Les gardes du corps seront là demain. Ils pourront nous accompagner.

— Des gardes du corps ? s'écria Moira.

— Et ma propriété sera surveillée jour et nuit par des vigiles.

— Je vous comprends. Et franchement, je suis peut-être égoïste, mais je vous avoue que je me sentirai plus rassurée, moi aussi. C'est que je n'habite pas si loin de chez vous. Et je vis seule… Enfin, viendrez-vous demain soir ?

Sarah semblait encore hésiter.

— Tony, tante Lorett doit arriver demain dans la journée.

— Parfait, commenta-t-il. J'ai hâte de faire sa connaissance.

Soulagée, elle se tourna vers Moira.

— Je viendrai avec plaisir, mais seulement si ça ne vous ennuie pas d'avoir une personne de plus à votre table.

— Ça ne m'ennuie pas le moins du monde. Votre tante sera la bienvenue.

— Alors, nous serons des vôtres demain soir, conclut Tony. En cas d'empêchement, nous vous passerons un coup de fil.

— Entendu, approuva la vieille dame.

Puis elle termina rapidement sa tasse de café et prit congé.

Restée seule avec Tony, Sarah plissa le front.

— Tu ne m'en veux pas d'avoir invité ma tante sans te prévenir ? demanda-t-elle.

— Pas du tout. Je ne t'en voudrai que si tu prends des risques inconsidérés.

— Je n'en ai pas l'intention.

— Tant mieux, parce que tu comptes beaucoup pour moi.

Elle hocha la tête, trop fatiguée pour poser des questions qui auraient pu l'entraîner sur un terrain où elle n'avait aucune envie de s'aventurer.

— Finalement, je crois que je vais aller me coucher, lâcha-t-elle au bout d'un moment.

— Tu veux que je vienne te border ?

— Ce que je veux et la réalité sont deux choses

bien distinctes, murmura-t-elle. Encore merci de m'avoir sauvé la vie, Tony.

— Pas de quoi. Bonne nuit.

Ce n'est que lorsqu'elle eut disparu qu'il mesura le sens de ses paroles. Elle n'avait pas dit qu'elle ne voulait pas de lui, mais qu'elle n'était pas prête à céder à ses propres désirs. Il y avait donc de l'espoir.

Joyeusement, il jeta une bûche dans le feu, puis s'installa dans un fauteuil et ouvrit le livre qu'il avait commencé deux jours plus tôt — un ouvrage sur la pensée positive. Il avait tout à apprendre dans ce domaine, songea-t-il. Si ses pensées avaient un quelconque pouvoir, il serait en train de faire l'amour avec Sarah.

L'assassin faisait les cent pas en se maudissant d'avoir aussi mal visé. Si DeMarco n'avait pas cherché à embrasser la fille Whitman, elle serait morte et tout serait réglé. Maintenant, la police allait lui tourner autour. Il serait impossible de l'approcher.

Tant pis. Ce n'était que partie remise. Pour l'instant, il n'y avait pas d'urgence. L'enquête n'avançait pas d'un poil et, avec un peu de chance, la police ne trouverait pas plus d'indices que la première fois. Après tout, depuis vingt ans, le destin avait toujours été clément malgré les coups durs…

Sarah sombra rapidement dans un demi-sommeil rempli de détonations, de balles et de hurlements. En se tournant et se retournant entre les draps, elle sentait la balle lui frôler la tête, entendait son cri de terreur, s'écrasait à terre, entraînée par Tony, dans un cauchemar qui semblait ne jamais vouloir prendre fin.

Alors qu'elle revivait la scène une nouvelle fois, elle se redressa dans son lit en hurlant. Presque aussitôt, Tony surgit dans sa chambre, torse nu, son cran d'arrêt brandi devant lui. Il ressemblait à un grand adolescent prêt à la bagarre.

Elle se précipita vers lui.

— Ce n'est rien ! Ce n'est rien ! Excuse-moi. J'ai juste fait un cauchemar.

— Seigneur, lâcha-t-il en s'affaissant contre la porte. Tu m'as fichu une de ces trouilles…

Elle réprima un sourire. Il avait les cheveux en bataille, un bas de jogging enfilé à l'envers et le devant derrière.

— Je suis sincèrement désolée, articula-t-elle péniblement en essayant de se retenir de pouffer.

Il la regarda avec des yeux étonnés.

— Mais… tu rigoles ?

Elle secoua la tête tout en se mordant la joue.

— Puis-je savoir ce qu'il y a de si drôle ? maugréa-t-il.

— Ta tête… Et tu as mis ton pantalon à l'envers.

Il baissa les yeux. Effectivement, l'étiquette de son survêtement se trouvait devant lui.

— C'est ta faute, bougonna-t-il.

— Je sais.

Elle se laissa retomber sur le lit en riant. Son angoisse s'évapora comme par enchantement, et elle roula sur le côté, secouée par un fou rire irrépressible. Incapable de se calmer, elle finit par se cacher le visage derrière un oreiller.

— Sarah…

Le son de sa voix lui parvint à travers la ouate, mais ne fit rien pour calmer son hilarité.

— Tu te fous de ma poire, ou quoi ?

Elle passa la tête sur le côté de l'oreiller pour le regarder. Tony ne savait s'il devait rire à son tour ou prendre la mouche.

— Alors, comme ça, tu trouves ça drôle ? railla-t-il en glissant les pouces sous l'élastique de son jogging.

Calmée, elle jeta l'oreiller à côté d'elle et s'assit dans le lit.

— Ne t'énerve pas.

— Oh, je ne m'énerve pas. Au contraire, je te suis reconnaissant de m'avoir fait remarquer que j'étais habillé comme l'as de pique.

Sur ces mots, il baissa son pantalon, révélant le haut de son pubis. Sarah écarquilla les yeux.

— Tu ne vas pas faire ça ?

— Ça, quoi ?

— Te déshabiller devant moi.

— Et pourquoi pas ? Tu veux me donner un coup de main ?

Elle le dévisagea un moment, bouche bée. Puis elle songea qu'après avoir frôlé la mort, il était vraiment ridicule de lutter contre le désir.

— Silk, murmura-t-elle en se levant.

Tony sentit son cœur manquer un battement.

— Oui ?

— Eteins la lumière.

Il appuya sur l'interrupteur. Pendant quelques secondes, ils demeurèrent immobiles dans l'obscurité. Puis Tony enleva son pantalon. Frissonnante à l'idée de ce qui allait se passer, Sarah se glissa dans le lit.

— Montre-moi pourquoi on t'appelle Silk, chuchota-t-elle.

— Je croyais que je n'en aurais jamais l'occasion.

En sentant Tony s'allonger à ses côtés, elle retint son souffle. Ses mains puissantes remontèrent le long de son corps et firent passer sa chemise de nuit par-dessus sa tête.

— Je…

— Ne dis rien. Ferme les yeux et laisse-moi t'aimer.

Anthony DeMarco méritait bien son surnom, songea-t-elle, le souffle coupé. Il l'effleurait avec une douceur mêlée de passion, sans qu'elle parvienne à deviner s'il s'agissait de ses lèvres, de sa langue ou de ses doigts, et elle se sentit perdre la raison à une vitesse fulgurante.

Les minutes qui suivirent ne furent que fougue et passion. Elle avait l'impression que son corps s'était transformé en un instrument de plaisir, un instrument dont il savait jouer à la perfection. A plusieurs reprises, elle crut qu'elle allait jouir, mais chaque fois, il fit retomber la pression avant de la conduire enfin vers un orgasme partagé.

Chacun de ses muscles frémissait encore quand il s'écarta d'elle. Elle laissa échapper un soupir à mi-chemin entre le bonheur et la déception. Pourquoi fallait-il que ce moment soit déjà terminé ? Elle noua ses jambes autour de lui et l'attira de nouveau à elle. Elle ne pouvait s'arrêter là. Non, pas avec lui…

Tony l'enlaça et la pressa contre lui. Leurs corps étaient couverts de sueur, ondulant en parfaite harmonie. Il replongea dans sa chaleur. Jamais plus il ne pourrait se passer d'elle, songea-t-il dans un éclair de lucidité.

Le souffle haletant, Sarah gémissait, au bord de l'extase. Soudain, elle se cambra et poussa un cri rauque. Enfouissant son visage dans le creux de son cou, il céda lui aussi au déferlement de plaisir.

Après quelques minutes, son souffle recouvra un rythme normal. Il se blottit contre elle, les yeux grands ouverts dans l'obscurité. Faire l'amour avec Sarah Whitman avait été une révélation : il était amoureux d'elle.

Il la serra contre lui, terrifié à l'idée que, pour la première fois de sa vie, il aimait une femme qui refuserait peut-être de lui rendre son amour.

12.

Blottie contre Tony, Sarah écoutait le rythme régulier de sa respiration tout en réfléchissant à la situation. Quelques années plus tôt, elle s'était juré de ne plus jamais avoir d'aventures, et pourtant, elle venait juste d'y succomber. Où diable avait-elle la tête ?

Elle soupira. C'était bien là le problème. Elle avait momentanément perdu la tête et cédé à ses pulsions. Mais elle ne regrettait rien. Silk DeMarco s'était révélé un amant fabuleux, tendre et viril à la fois, et elle avait vécu un moment de bonheur intense avec lui, qu'elle était prête à renouveler.

— Ah, Silk, murmura-t-elle. Qu'ai-je fait ?

Il ne l'entendit pas.

Quand le jour se leva, elle se glissa hors de ses bras et alla prendre une douche. L'eau chaude la ramena à une réalité moins romantique. Elle n'était pas venue à Marmet pour vivre une histoire d'amour, elle avait une mission à accomplir.

Lorsque Tony se réveilla, il était seul dans le lit. Cette nuit, il avait partagé avec Sarah un instant de pure magie que, visiblement, elle n'était pas prête à affronter en plein jour. Elle fuyait l'intimité. Ce n'était pas grave, songea-t-il. Leur relation ne faisait que commencer.

Il sauta du lit et traversa le couloir pour aller se doucher dans sa propre salle de bains. La journée s'annonçait mouvementée. Le détective privé devait arriver aux environs de 14 heures ; les vigiles et les gardes du corps seraient là en fin d'après-midi, de même que Lorett ; et ils étaient attendus chez Moira Blake pour le dîner. Tony aurait bien gardé Sarah pour lui tout seul, mais il avait conscience que côtoyer des gens simples et gentils lui ferait du bien. Peut-être cesserait-elle enfin de voir un ennemi en chaque habitant de la ville.

La sonnette de la porte d'entrée carillonna alors

qu'il descendait l'escalier. Il accéléra le pas, mais Sarah le devança.

Un agent de police apparut sur le seuil. Il ôta son chapeau de sa tête.

— Mademoiselle Whitman, le shérif Gallagher m'a chargé de vous rendre ceci, déclara-t-il en lui tendant le calendrier.

— Merci, répondit-elle. Je vous offre un café ?

Il hésita avant de répondre.

— Avec plaisir, mais à emporter, si ça ne vous embête pas. J'ai un gobelet dans la voiture.

— Pas de problème. Allez le chercher et apportez-le-moi dans la cuisine. Vous étiez là hier, vous connaissez le chemin.

L'agent retourna à son véhicule. Sarah poussa la porte derrière lui pour éviter le courant d'air et, lorsqu'elle se retourna, découvrit Tony au pied de l'escalier.

— Désormais, commença-t-il avec gravité, c'est moi qui ouvrirai la porte.

Elle le dévisagea d'abord sans comprendre, puis sentit un frisson remonter le long de sa colonne vertébrale. Il faisait allusion au tireur, à la personne qui avait failli la tuer la veille. Pas une minute elle n'avait pensé au danger.

Elle se redressa, affichant une assurance qu'elle ne ressentait pas.

— Comme tu veux, déclara-t-elle. Il va revenir. Tu l'accompagneras dans la cuisine ? Il faut que je sorte mes muffins du four.

— Bien sûr. Mais à condition que tu me fasses mon câlin du matin.

Il lui tendit les bras. Après une légère hésitation, elle le laissa la prendre contre lui, sans lui rendre son étreinte.

— Tu te comportes comme un glaçon, aujourd'hui, remarqua-t-il. Mais je sais que tu as le cœur chaud.

— Je ne veux pas que mes muffins brûlent, c'est tout, rétorqua-t-elle.

— A d'autres, Sarah. Je ne te crois pas.

Avant qu'elle ait pu répondre, il la fit pivoter et la poussa en direction de la cuisine.

— Va vite t'occuper de tes muffins. De toute façon, ils ne seront jamais aussi bons que toi.

Les joues brusquement rouges, elle se précipita dans la cuisine en maugréant entre ses dents.

*
* *

Tout en secouant la main de façon à faire sécher son vernis à ongles, Tiny Bartlett composa un numéro de téléphone. Moira donnait un dîner, ce soir, et elle avait hâte d'y être, surtout depuis qu'elle savait que Tony DeMarco et Sarah Whitman étaient invités et seraient accompagnés d'une mamma noire.

Annabeth Harold était en train de taper un courrier sur son ordinateur quand le téléphone sonna. Elle sauvegarda son fichier et décrocha.

— Cabinet Dewey, Dewey et Cline.

— Annabeth, c'est moi, Tiny. Tu es occupée ?

Annabeth sourit. Son amie n'avait pas la moindre idée de ce qu'était la vie active.

— Je suis toujours occupée quand je suis au travail, mais j'ai quand même un moment pour te parler. Que se passe-t-il ?

— Comment vas-tu t'habiller pour aller dîner chez Moira, ce soir ?

Annabeth haussa les épaules.

— Je ne sais pas encore. Pourquoi ?

— Il faut que nous soyons chic. Silk DeMarco sera là.

— Tiny, j'ai au moins quinze ans de plus que lui. Au bas mot. Je ne cherche pas à l'impressionner.

— N'empêche, il faut que nous nous fassions belles, insista Tiny en soupirant. Si tu mettais ton tailleur-pantalon bordeaux ? Tu sais, celui que tu avais quand nous sommes allées au restaurant à Portland.

Annabeth fronça les sourcils en essayant de se rappeler si le tailleur en question était propre.

— Peut-être… Si je ne l'ai pas donné au pressing.

— J'espère que non. Tu as parlé à Marcia ?

— Non, je n'étais pas chez moi, hier soir.

— Ah bon ? Où étais-tu ?

— Nulle part. J'avais des courses à faire.

— Tu fais tes courses la nuit, maintenant ?

— Je ne vois pas comment je pourrais faire autrement, répliqua Annabeth sèchement. Je travaille jusqu'à 17 heures, et en cette période de l'année, il fait nuit quand je sors du bureau.

Elle lâcha un petit rire en ajoutant :

— Franchement, Tiny, tu n'as aucune notion de la façon dont vivent les gens ordinaires.

Tiny pinça les lèvres. Elle détestait qu'on lui

rappelle son statut privilégié, elle qui aspirait tant à ressembler à ses amies.

— Excuse-moi. Je n'avais pas pris conscience que tu finissais aussi tard. Vivement le printemps, n'est-ce pas ?

— Il nous reste l'hiver à passer, mais oui, vivement les beaux jours. Bon, allez, il faut que je me remette au boulot. A ce soir.

— A ce soir.

Tiny raccrocha et courut jusqu'à la bibliothèque, où son mari Charles était en train de pianoter sur son ordinateur.

— Charlie, tu n'oublies pas que nous allons dîner chez Moira, ce soir.

— Non, non, bougonna-t-il sans lever les yeux.

Elle l'observa un moment, essayant de retrouver en lui le garçon audacieux qu'elle avait épousé. Il avait bien changé…

Il se tourna vers elle et sourit devant son air mélancolique.

Elle lui rendit son sourire avec un soupir. Il ne s'intéressait pas beaucoup à elle. En voulant défier son père, elle n'avait fait que reproduire le schéma familial.

— Je vais chez le coiffeur, annonça-t-elle.

Il la regarda.

— Mais tu es déjà très bien coiffée !

Elle alla lui jeter ses bras autour du cou.

— Je t'aime, Charlie Bartlett.

Il la prit sur ses genoux, se rappelant soudain qu'il n'y avait pas que le travail dans la vie. Elle l'embrassa, puis se releva et le laissa à ses occupations.

Tout en la regardant quitter la pièce, Charles se renfrogna. En vérité, il n'avait aucune envie d'aller chez Moira Blake, mais il ne pouvait pas refuser d'accompagner sa femme chez sa meilleure amie. La perspective de passer la soirée avec Silk DeMarco le rebutait au plus haut point. Tous deux avaient grandi dans le même quartier, tous deux avaient réussi. Mais Charles Bartlett n'aimait pas ce qui lui rappelait son passé. En épousant une fille de bonne famille, il en avait fait table rase.

*
* *

Il était 14 h 02 quand on sonna à la porte. Tony avait vu la vieille guimbarde remonter l'allée, aussi ouvrit-il la porte sans attendre.

— Quelle ponctualité, Maury !

Il serra la main du détective privé, un petit homme râblé au cou rentré dans les épaules.

— J'ai roulé toute la nuit, déclara Maury en promenant un regard circulaire autour de lui. Chouette bicoque que tu as là, Silk.

La silhouette de Sarah se profila dans le couloir.

— Chouette nana, aussi.

— Pas touche, Maury, répliqua Tony. Elle n'est pas pour toi.

Sarah réprima une moue de mépris. Ce type ne correspondait pas du tout à l'image qu'elle s'en était faite. Il était grossier, et son apparence presque repoussante.

En voyant son expression dégoûtée, Tony devina ce qu'elle pensait. Maury Overstreet lui avait fait la même impression la première fois qu'il l'avait vu mais, depuis, le bonhomme lui avait prouvé à maintes reprises qu'il était un as de sa profession.

Maury adressa un sourire en coin à Sarah, puis haussa les épaules.

— Faut pas m'en vouloir, poupée. Je tentais le coup.

Elle lui jeta un regard glacial, puis se tourna vers Tony.

— Poupée ? Il se croit où, ce type ?

Avec un éclat de rire tonitruant, Maury se tapa sur la cuisse.

— Eh ben, dis donc, Silk, elle va t'en faire baver, celle-là !

— Arrête, rétorqua Tony d'un ton sec. Et épargne-lui ton humour déplacé. Elle a de graves ennuis.

L'air lubrique du bonhomme disparut aussitôt.

— Je suis désolé, mademoiselle, s'excusa-t-il. Je ne voulais pas vous manquer de respect.

— Il n'y a pas de mal, répondit Sarah. Je viens de préparer du café. Vous en voulez ?

Tony répondit à la place de son ami.

— Volontiers. Et apporte-nous aussi quelques-uns de ces muffins à la pomme et à la cannelle que tu as préparés ce matin. Maury est un grand gourmand.

Le détective la regarda partir en plissant les yeux. Quand elle eut disparu, il lança un clin d'œil à Tony.

— Elle te fait la popote et tout ? Sacré veinard, va.

Tony pointa un index devant lui.

— Ne recommence pas, O.K. ? Accroche ton imper au portemanteau et viens avec moi, que je te mette au parfum.

Maury s'exécuta, ajusta le col de son costume en polyester froissé, puis suivit Tony dans la bibliothèque.

Quand Sarah leur apporta un plateau chargé de trois tasses de café et d'une assiette de muffins, il était en bras de chemise et prenait des notes avec la rapidité d'une sténo-dactylo.

— Assieds-toi, Sarah, lui proposa Tony. Maury aimerait te poser quelques questions.

Elle prit une tasse de café et s'installa dans un fauteuil.

— Je sais que vous étiez gamine au moment où ces événements ont eu lieu, commença Maury.

Mais je pense que les gosses en savent souvent plus qu'ils ne le soupçonnent eux-mêmes. Vous n'êtes pas d'accord ?

— Si.

— Tout d'abord, je voudrais savoir si vous n'auriez pas emmené la peste de La Nouvelle-Orléans.

Bouche bée, elle le considéra en se demandant s'il n'était pas dérangé.

— Pardon ? lâcha-t-elle enfin.

Tony se retint de rire.

— Maury essaie de se faire une image du tableau, lui expliqua-t-il. Ce qu'il te demande, c'est si tu as déjà eu des ennuis à La Nouvelle-Orléans.

— Jamais, répondit-elle, indignée. Je suis une personne respectable, monsieur Overstreet. Je tiens un restaurant qui marche très bien. Je paie mes impôts et je vais à la messe tous les dimanches.

— Mouais, grommela Maury. Ce qui ne me garantit pas que vous êtes une sainte.

Elle réprima un sourire. Elle commençait à comprendre ce que Tony appréciait chez ce type. Même si ses manières laissaient à désirer, il semblait consciencieux et méticuleux.

— Allez-y, je vous écoute. Et je répondrai à vos questions aussi honnêtement que possible.

Tout en prenant des notes, le détective croqua dans un muffin. Il releva la tête vers elle.

— Vous cuisinez comme un chef, mademoiselle. Donc, vous tenez un restaurant ?

— Oui.

Il se tourna vers Tony.

— Ne la laisse pas filer, Silk. Même si elle devient grosse et moche, tu auras toujours ses bons petits plats pour te consoler.

Sarah jeta un coup d'œil offusqué en direction de Tony, qui semblait hésiter entre éclater de rire et coller son poing dans la figure de son ami.

— C'est vrai, Silk, acquiesça-t-elle, ironique. Même si je ressemble à une mémère, je te nourrirai bien.

Il s'empourpra.

— Bon, ça suffit, tous les deux, marmonna-t-il.

Elle sourit, ravie de l'avoir embarrassé. Maury croqua de nouveau dans son muffin et grogna de plaisir.

— Alors, tu les poses, tes questions ? lui lança Tony.

Le détective essuya le sucre qu'il avait sur les doigts et s'empara de son stylo.

— Ouais… Donc… euh… Donc les ennuis ont commencé quand on a repêché la carcasse de votre vieux au fond du lac ?

Elle cligna des paupières. Sa façon de parler commençait à sérieusement l'agacer.

— Oui, répondit-elle en s'exhortant au calme. Très exactement, tout a commencé quand j'ai déclaré que je ferais tout pour qu'on arrête l'assassin de mon père.

Il leva vers elle un regard admirateur, puis se tourna vers Tony.

— Alors, là, tu as tiré le gros lot, Silk. Elle te correspond encore plus que…

— Maury, bon sang, un peu de sérieux, s'il te plaît !

Il hocha la tête, termina son muffin et avala quelques gorgées de café. Puis il parcourut ses notes.

— Vous aviez dix ans quand la banque a été dévalisée.

Sarah hocha la tête.

— Votre mère… Comment vous a-t-elle expliqué ? Comment a-t-elle réagi quand votre vieux n'est pas rentré au bercail ?

Elle se raidit. Ce type lui était de plus en plus désagréable.

— Elle m'a dit que papa était innocent. Et environ deux mois plus tard, elle s'est ouvert les veines.

Tony frissonna tandis que Maury la considérait en silence. Lui aussi semblait affecté par les épreuves qu'elle avait vécues. Sans faire de commentaire, il griffonna quelques mots dans son calepin et passa à un autre sujet.

— Ce calendrier… Qu'est-ce que vous pouvez me dire des activités de votre paternel ?

— Pas grand-chose. J'avais dix ans, à l'époque. Tous les matins, mon père partait travailler à la banque, et tous les soirs, il rentrait à la maison. Je n'ai pas la moindre idée de ce qu'il faisait pendant la journée. Tout ce que je sais, c'est que les réunions au Moose Club avaient toujours lieu le soir. C'est pour ça que je ne vois pas à quoi correspondent ces rendez-vous à 13 heures au Moose.

— Vous faites pas de souci, répliqua Maury. Je vais éclaircir ça.

Elle le considéra avec étonnement.

— Vous croyez vraiment que vous allez y parvenir ? Vingt ans ont passé…

— C'est mon métier.

— On peut lui faire confiance, intervint Tony.

Maury lorgnait le dernier muffin.

— Personne ne le veut ? demanda-t-il.

— Vas-y, sers-toi.

L'interrogatoire se poursuivit sur le même ton pendant une bonne heure. Puis, à court de questions, Maury prit congé, non sans avoir refait du gringue à Sarah.

— Bon sang ! Tony, où as-tu déniché ce type ? s'exclama-t-elle quand sa voiture eut disparu au bout de l'allée.

— En tôle.

Elle le considéra, bouche bée.

— Tu voulais savoir, eh bien, voilà, tu sais.

— La prochaine fois que je te pose des questions pareilles, rappelle-moi que la curiosité est un vilain défaut.

— Et quand je le ferai, souviens-toi que tu l'auras voulu.

Elle lui donna un petit coup de poing dans le bras. La plaquant contre lui, il l'embrassa affectueusement avant de la relâcher.

— Je sais que tu traverses une période très difficile, déclara-t-il. Mais laisse-moi t'aider. Ne dresse pas de barrières entre nous.

Elle parut chercher ses mots.

— Nous sommes allés un peu vite, je crois, admit-elle.

— Tu regrettes ?

Elle eut une légère hésitation avant de répondre.

— Non. Comment pourrais-je regretter la plus belle nuit de ma vie ?

— Ce n'était pas que physique. En tout cas, pas pour moi.

— Je t'en prie. On ne tombe pas amoureux en moins d'une semaine.

— Ah oui ? Et pourquoi pas ? riposta-t-il. De toute façon, je crois que j'ai toujours été amoureux de toi. Tu étais très mignonne à dix ans, tu sais.

— Sûrement… J'avais des gros yeux ronds et les cheveux aussi raides que des spaghettis.

— J'ai toujours aimé les chouettes.

Elle éclata de rire et noua ses bras autour de son cou.

— Seigneur… Comment résister à un aussi beau parleur ?

— Ne résiste pas, répliqua-t-il, envoûtant. Et ne pense pas à ce qu'il y a derrière nous. Pense plutôt aux nombreuses années que nous allons passer ensemble.

Elle secoua la tête.

— Disons que je n'ai pas entendu cette grosse bêtise. Quand je rentrerai chez moi, tu auras vite fait de m'oublier.

— Certainement pas, murmura-t-il.

La sonnerie du téléphone retentit avant que Sarah ait pu répondre. Du dos de la main, Tony lui caressa la joue, puis s'éloigna pour aller décrocher.

— Sarah, c'est ta tante, annonça-t-il.

Elle se rua vers le téléphone.

— Tante Lorett ! Où es-tu ? Tu es déjà arrivée ?

— Non, *ma chère.* Je ne pourrai pas venir avant demain.

Sarah s'efforça de masquer son dépit.

— Tout va bien ? demanda-t-elle, une pointe de déception dans la voix.

— Non. Michelle a eu un accident de voiture. Il y a eu plus de peur que de mal mais elle est très secouée. Je reste avec elle jusqu'au retour de François.

— Oh, je suis désolée… J'espère qu'elle se rétablira vite. Embrasse-la de ma part.

— Je le ferai. Et toi, comment vas-tu ?

— Ça va. Ne t'inquiète pas pour moi. Tony a engagé des gardes du corps, des vigiles et un détective privé. Tu sais, tu n'es pas obligée de venir, finalement. Reste plutôt avec ta fille, elle a besoin de toi.

— Toi aussi, tu es ma fille, Sarah Jane. Je serai là demain.

Sarah sentit ses yeux se brouiller.

— Merci, tante Lorett. Tu es un ange. Je ne te dirai jamais assez combien tu m'es précieuse.

— Aussi précieuse que le beau gosse qui est planté à côté de toi ?

Elle battit des paupières. Bien qu'elle soit habituée au don de double vue de sa tante, cette dernière parvenait encore à la surprendre.

— Comment sais-tu qu'il est beau ?

Lorett éclata de rire.

— Je l'ai vu sur Internet. Un magazine en ligne a publié un article sur sa discothèque. Et encore, je soupçonne que la photo n'est pas à son avantage.

A son tour, Sarah se mit à rire.

— Tu es une vraie sorcière !

— Venant de toi, je le prends bien. Ecoute-moi, reste près de cet homme, et surtout, ne va nulle part sans lui.

— Bien, madame.

— Ne te moque pas de moi, Sarah Jane.

Elle sourit.

— Je ne me moquerai jamais de toi, tante Lorett. Je n'ai pas envie d'être transformée en grenouille.

Le rire chaleureux et clair de Lorett résonna à l'autre bout de la ligne, puis elle raccrocha.

— Un problème ? s'enquit Tony.

— La plus jeune de ses filles a eu un accident. Elle n'a pas été blessée, mais elle est assez choquée.

Tante Lorett reste avec elle jusqu'à ce que son mari revienne.

— Où est-il ?

— Probablement dans un avion quelque part entre New York et Los Angeles. Il est footballeur professionnel dans l'équipe des New Orleans Saints. Ma tante partira dès qu'il sera revenu.

— Tu es déçue ?

Elle inclina la tête sur le côté, surprise par sa perspicacité.

— Un peu, mais elle a bien fait de retarder son départ. Elle a de bonnes raisons. Et puis, elle m'a dit de ne pas m'éloigner de toi.

Elle perçut une lueur de curiosité dans son regard.

— Que t'a-t-elle dit d'autre à propos de moi ?

— Que tu étais beau gosse.

Il sentit le rouge lui monter aux joues.

— Elle sait à quoi ressemblent les gens rien qu'en entendant leur voix ?

— Non, elle a mené sa petite enquête, et elle t'a vu sur Internet.

— Ça alors ! J'ignorais qu'il y avait mon portrait sur le Net.

— Un article au sujet de ta boîte de nuit, je crois.

Il sourit.

— En tout cas, ta tante Lorett m'a l'air d'être une sacrée bonne femme. Jeteuse de sorts et fan d'Internet…

— Tu n'imagines même pas. Attends de la rencontrer…

— Elle va me faire peur ?

Elle observa son visage qui lui était de plus en plus cher.

— A ton avis ? répliqua-t-elle.

Il lui effleura les joues, puis les cheveux.

— Tant qu'elle ne met pas son grain de sel dans notre relation, je crois que je vais bien m'entendre avec elle.

Sarah se hissa sur la pointe des pieds et l'embrassa. Tout en se reprochant de s'attacher un peu trop vite à cet homme à qui elle était incapable de dire non.

13.

Les gardes du corps et les vigiles arrivèrent aux alentours de 16 heures. Tony donna quelques consignes aux vigiles puis présenta Sarah aux deux hommes chargés de l'escorter, deux armoires à glace aux pectoraux gonflés et au cou épais, répondant aux noms de Farley et Dunn. Contrairement à Maury Overstreet, ils ne manifestèrent que la plus grande indifférence à son égard. Sans doute ne représentait-elle à leurs yeux qu'un job semblable à tant d'autres.

Tony les accompagna ensuite jusqu'à la chambre qui serait la leur le temps de leur mission. Située au rez-de-chaussée, la pièce comportait deux lits ainsi qu'un petit salon avec une télévision. Ils s'installèrent sans prendre la peine de regarder autour d'eux, en précisant qu'ils n'auraient pas le loisir d'utiliser la télévision.

Sarah les observa en songeant qu'ils exerçaient un drôle de métier. Ils lui avaient dit qu'elle devait faire comme s'ils étaient invisibles, mais leur stature imposante n'allait pas lui faciliter la tâche. Tant pis, elle essaierait quand même.

Tout en se dirigeant vers la maison de Moira Blake, elle ne put s'empêcher de pouffer en pensant à la tête que feraient les autres invités lorsqu'ils les verraient arriver encadrés de deux molosses.

Tony la laissa plaisanter. Après tout, il valait mieux qu'elle prenne la situation avec humour.

— Je me demande ce qu'elle va dire, déclara Sarah tandis que Tony se garait devant la maison de Moira.

— Rien du tout, certainement. C'est une femme bien élevée. En revanche, ce que j'aimerais bien savoir, c'est ce qu'elle va en penser.

Sarah sourit.

— Qu'elle aurait préféré les avoir en photo qu'à table…

— Ils ne vont pas manger. Ils sont en service.

— Les pauvres…

— Ils ont l'habitude. Et ils ne toucheraient probablement pas à ce qu'elle va nous servir.

— Pourquoi ?

— Parce qu'ils ne doivent consommer que des stéroïdes et des produits diététiques.

La conversation fut interrompue par Dunn qui vint ouvrir la portière de Sarah. Posté sur le côté de la voiture, Farley scrutait la forêt qui s'étendait derrière la propriété.

Moira apparut sur le seuil de sa porte. Après un léger mouvement de surprise en voyant les deux gardes du corps, elle les salua poliment, sans faire de commentaire, ainsi que Tony l'avait prédit.

— Je suis désolée que votre tante ait dû reporter son voyage, déclara-t-elle à Sarah. Mais vous êtes là, tous les deux, c'est le principal. Comme vous pouvez le constater d'après la file de voitures stationnées devant chez moi, tout le monde est arrivé. Nous vous attendions avec impatience.

— Ces messieurs ne dîneront pas avec nous, précisa Tony.

Et il réprima un sourire en voyant le soulagement se peindre sur les traits de la vieille dame.

— Nous ne sommes pas en retard, j'espère ?

demanda Sarah. On avait dit 20 heures, c'est bien ça ?

Dunn et Farley s'écartèrent discrètement de quelques pas.

Moira passa un bras autour des épaules de Sarah et l'entraîna vers le salon, où les invités buvaient des cocktails.

— Vous êtes pile à l'heure, assura-t-elle. Les autres sont tous des habitués de mes petites réceptions. Je les soupçonne de préférer mes amuse-gueules à mes repas.

— J'ai hâte de les goûter.

— Sarah tient un restaurant, intervint Tony. Vous allez être jugée par une pro, ce soir.

— Tony, je t'en prie, le sermonna-t-elle.

Puis elle se tourna vers Moira :

— Je lui ai promis de lui préparer un dessert d'exception, mais s'il n'est pas sage, ça lui filera sous le nez.

— D'accord… Je vais me tenir à carreau.

Moira se tourna vers elle.

— Vous devez être un vrai cordon-bleu. Tony évolue dans la haute société, à Chicago, et fréquente les meilleurs établissements. S'il affirme que vous cuisinez bien, c'est que vous devez égaler les plus grands chefs.

— Elle est extraordinaire, renchérit-il. Quant à la vie que je mène à Chicago, je ne sais pas si elle est vraiment raffinée, mais c'est sûr qu'il n'y a pas de comparaison avec celle que j'ai eue quand j'étais enfant.

— Vous êtes trop modeste. Je vous ai connu quand vous étiez encore gamin, vous savez.

— Moi aussi, ajouta Sarah en souriant à Tony, qui lui adressa un clin d'œil.

Moira étouffa un soupir. Qu'ils avaient de la chance d'être jeunes, songea-t-elle avec une pointe d'envie. Puis elle passa aux présentations.

— Tony, je crois que vous connaissez tout le monde. Tout le monde, voici notre petite Sarah Whitman, qui a bien grandi. Sarah… Tony… je vous présente mes meilleurs amis. Tiny Bartlett et son mari Charles, expert-comptable de renom. Sur le canapé, Marcia Farrell, notre rouquine préférée, qui œuvre dans toutes sortes d'associations caritatives, une bénédiction pour notre petite communauté. A côté d'elle, Paul Sorenson, président de la Marmet National Bank. Près de la cheminée, Annabeth Harold, secrétaire dans un cabinet d'avocats. Et à sa gauche, Harmon Weatherly, retraité de la banque.

Sarah posa son regard sur le vieil homme, à qui elle sourit chaleureusement.

— M. Weatherly et moi nous sommes déjà rencontrés, déclara-t-elle.

— Vraiment ? s'étonna Moira.

— Oui, nous nous sommes croisés hier devant le supermarché, déclara-t-il.

— Nous nous sommes un peu plus que croisés, précisa Sarah. En fait, il voulait me rendre des affaires ayant appartenu à mon père, ce dont je lui suis infiniment reconnaissante.

Son attention fut attirée par un cadre accroché au mur.

— Il y avait d'ailleurs exactement la même photo dans les affaires de papa, ajouta-t-elle.

Moira hocha la tête tristement.

— Tous ceux qui sont sur cette photo en ont reçu un exemplaire. Elle a été prise à l'occasion du soixante-quinzième anniversaire de la banque. C'est moi qui avais été désignée pour servir du punch aux clients, ce jour-là. Je me souviens que le caniche nain d'Emma Teller a sauté de ses bras et qu'il est tombé dans la jarre de punch.

Tout le monde éclata de rire quand elle ajouta qu'il avait fallu des mois pour que le pelage du chien retrouve sa couleur naturelle.

Marcia Farrell s'approcha de la photo et pointa l'index sur le jeune homme blond qui se tenait à côté de Harmon Weatherly, alors jeune et fringant.

— Regardez, c'est ce pauvre Sonny Romfield. Je l'avais presque oublié.

— Que lui est-il arrivé ? s'enquit Sarah.

— Il s'est tué dans un accident de la route quelques jours seulement après… euh… la disparition de votre père.

— Une bien triste période, commenta M. Weatherly.

— Il avait deux jeunes enfants, ajouta Tiny. Quant à savoir ce qu'ils sont devenus…

— Ils ont déménagé avec leur mère juste après l'enterrement, répondit Moira.

— Ils n'ont pas traîné, remarqua Annabeth.

— Sonny et sa femme étaient sur le point de divorcer.

— Ah oui ? s'écria Tiny. Je l'ignorais. Tu ne nous l'avais jamais dit !

Moira fronça les sourcils, puis elle haussa les épaules.

— C'est si vieux, tout ça. Les Romfield m'étaient complètement sortis de l'esprit.

Sarah écoutait attentivement. Seul Paul Sorenson ne participait pas à la conversation. Elle se tourna vers lui.

— Et vous, vous êtes aussi sur la photo ?

— Oui, répondit-il en tendant le doigt. Juste à côté de votre père.

— Tu avais encore tes cheveux, observa Annabeth en tapotant amicalement sa calvitie.

Les rires fusèrent. Sorenson eut l'air contrarié.

— Devenir chauve n'est pas un drame, observa Sarah. Il y a de plus grands malheurs dans la vie.

Ses paroles cinglèrent comme un coup de fouet, et les rires se muèrent en toussotements gênés.

Sorenson sentait son cœur tambouriner contre ses côtes. Dès que Sarah le regardait, il redoutait qu'elle n'évente son secret. Il avait entendu dire qu'elle en voulait à la ville entière, et la peur le tenaillait qu'elle ne déverse son venin sur lui, l'homosexuel non assumé qui n'avait pourtant rien à voir avec la mort de Whitman.

Tony tendit un toast à Sarah. Elle le prit, puis se surprenant elle-même, lui passa un bras autour de la taille — un geste qui ne passa pas inaperçu.

— Monsieur Weatherly, déclara-t-elle, je suis vraiment heureuse que vous ayez gardé les affaires de mon père pendant tout ce temps.

— Oh, ce n'est rien, répondit le vieil homme en rougissant de plaisir.

Le silence retomba. Tiny Bartlett remua dans son fauteuil, puis se sentit obligée de meubler le silence.

— Oui, vous devez être contente d'avoir quelques souvenirs de votre père.

Tony jeta un coup d'œil à Sarah. Vu son expression, elle ne tenait pas à s'appesantir sur le sujet. Il prit un autre toast sur un plateau et le lui donna sur une serviette.

— Sarah, je vous offre un verre de vin ? proposa Moira.

— Volontiers.

Tandis que la maîtresse de maison la servait, Sarah parcourut l'assemblée des yeux, détaillant chaque visage. Son regard s'arrêta sur Annabeth Harold. Elle se souvenait d'elle, à présent. C'était Annabeth qui avait obligé sa mère à renoncer à la présidence de la Foire d'Automne.

— Je me souviens de vous…

La femme lui sourit mielleusement.

— … C'est vous qui avez évincé ma mère du comité d'organisation de la Foire d'Automne, ajouta Sarah.

Puis elle se tourna vers Moira.

— Ce canapé est délicieux. Qu'est-ce que c'est ?

Tony réprima un sourire. Elle n'avait décidément pas la langue dans sa poche.

— Euh… Je crois que celui-ci est au saumon fumé, à la crème et à l'aneth.

— Excellent, déclara Sarah. Je crois que nous allons nous régaler, ce soir.

— Sarah tient un restaurant à La Nouvelle-Orléans, annonça Moira à la ronde, dans l'espoir de relancer la discussion.

— Ah oui ? dit Paul Sorenson.

— Oui, confirma Sarah en le fixant par-dessus le rebord de son verre.

Il devint écarlate. Elle se souvenait, il en était sûr. Sinon, pourquoi le dévisagerait-elle ainsi ? L'espace d'un instant, il songea à prendre congé, prétextant une migraine. Mais il se ravisa. Si elle parlait de lui en son absence, ce serait encore pire.

Il se torturait l'esprit pour savoir quelle attitude adopter quand on sonna à la porte.

— Ah, voilà la dernière ! s'exclama Moira. Excusez-moi, s'il vous plaît.

— Qui d'autre attendons-nous ? s'enquit Marcia. Je croyais que nous étions tous là. Zut, alors, nous allons être un nombre impair.

— Il n'y aura qu'à demander à Dunn ou à Farley de se joindre à nous, suggéra Sarah en riant.

Des regards horrifiés se posèrent sur elle.

— Ce que les femmes peuvent être curieuses, bougonna Sorenson.

Quelques secondes plus tard, Moira reparut dans le salon. Une femme grande et élancée l'accompagnait, vêtue d'une élégante robe de soie noire. Une rivière de diamants scintillait dans son décolleté.

Avec ses cheveux teints en noir, il était difficile de lui donner un âge.

— Voici Laura, annonça Moira.

Puis elle se tourna vers Tony et Sarah.

— Vous devez vous rappeler Laura King, Sarah. C'est aujourd'hui Mme Hilliard.

Ignorant Sarah, la femme tendit une main manucurée à Tony avec un sourire séducteur.

— Silk… Il y a longtemps que nous ne nous sommes pas vus.

Il lui rendit son sourire.

— J'ignorais que tu étais revenue à Marmet.

— Oui, j'ai une maison juste en face de chez toi, de l'autre côté du lac. Tu as dû la remarquer. Je vois la tienne de la fenêtre de ma chambre.

— La maison au toit rouge, commenta Sarah en la fixant.

Laura se tourna lentement vers elle, puis lui sourit en hochant la tête.

— La maison au toit rouge, tout à fait. Vous êtes observatrice.

— Très. Mais excusez-moi, je ne vous remets pas…

— Ce n'est pas surprenant, répliqua la femme

d'une voix traînante. Je travaillais à l'extérieur de la ville.

Tony lui proposa un verre de vin. Quelqu'un dans la pièce chuchota le mot *pute*, mais si doucement que Sarah ne put savoir d'où il venait. Elle sourit intérieurement. A l'évidence, Moira avait convié une assemblée plutôt éclectique à sa petite soirée.

— Qui a amené les deux malabars qui montent la garde dehors ? s'enquit Laura.

— C'est moi, répondit Tony.

Elle le dévisagea avec curiosité, puis son regard glissa en direction de Sarah.

— Je vois, dit-elle en trempant les lèvres dans son verre.

Puis elle le leva vers Sarah.

— J'ai appris pour votre père. Je vous présente toutes mes condoléances.

Sarah la fixa froidement. La sympathie de cette femme ne lui paraissait pas sincère. Elle ne répondit pas, n'étant pas d'humeur à faire semblant.

— Le dîner est prêt, annonça Moira. Si vous voulez bien me suivre. Sarah, je vous ai placée entre Paul et Tiny.

Tony passa son bras sous celui de Sarah.

— Non, nous voulons rester côte à côte. Paul ne verra pas d'inconvénient à me laisser sa place, j'en suis sûr. De toute façon, si je ne peux pas être près de Sarah, les malabars devront s'asseoir à table avec nous.

— Eh bien ! s'exclama Laura en regardant Sarah. Tu as l'air d'y tenir comme à la prunelle de tes yeux.

— On a essayé de la tuer, rétorqua-t-il. Je ne prends pas de risques avec les personnes qui me sont chères.

Un murmura s'éleva de l'assemblée, puis chacun y alla de son petit commentaire. Quand le brouhaha retomba, un silence pesant s'installa dans le salon, que Moira rompit par un gloussement nerveux.

— Asseyez-vous à côté de Sarah, si vous voulez. L'important, c'est que vous vous sentiez à l'aise.

Puis elle posa une main sur le bras de la jeune femme.

— Après tout, vous êtes notre invitée d'honneur. Venez, par ici.

Le groupe la suivit dans la salle à manger, où flottaient des odeurs alléchantes.

Après le fromage, Moira disparut dans la cuisine

afin de chercher le dessert. Charles Bartlett, que l'on n'avait jusque-là guère entendu, parut se réveiller.

— Dis-moi, Silk... Il paraît que tu vas ouvrir une nouvelle discothèque. Où en sont les travaux ?

Tony se tourna vers lui.

— Presque terminés. La boîte ouvrira avant Noël, mais la grande soirée d'inauguration est prévue pour le réveillon du nouvel an.

Bartlett émit un petit sifflement.

— Tu aimes le pognon, toi, hein ? Quand en auras-tu assez ?

Autour de la table, les conversations se turent, et des regards gênés se portèrent sur Charles et Tony. Sarah répondit à sa place.

— Seriez-vous jaloux, Charles ? Vous avez une épouse charmante, et j'ai cru comprendre que vous bénéficiiez également d'une bonne situation. Vous aussi avez fait du chemin, en vingt ans. N'êtes-vous pas satisfait de votre vie ?

Il leva son verre dans sa direction, puis avec un sourire désabusé, il couvrit la main de sa femme de la sienne.

— Oh, si. Je suis un homme comblé. Ma Tiny est une femme merveilleuse, en effet.

— C'est bien ce qu'il me semblait, commenta Sarah en levant son verre pour porter un toast impromptu à Tiny. Aux mariages heureux, ajouta-t-elle.

— Aux mariages heureux, répéta la tablée à l'unisson.

— J'ai raté quelque chose ? demanda Moira en revenant dans la salle à manger avec un énorme gâteau au chocolat dégoulinant de coulis à la framboise.

— Un toast, seulement, répondit Annabeth avec une pointe d'amertume.

Elle n'avait pas vraiment choisi de rester vieille fille.

— Qui veut du dessert ?

Toutes les mains se dressèrent, à l'exception de celle de Laura.

— Je ne mange jamais de sucreries, expliqua-t-elle en passant les mains le long de son corps svelte.

Décidément, cette femme ne lui plaisait pas, songea Sarah. Il était évident qu'elle avait eu une liaison avec Tony et qu'elle cherchait à le récupérer. Elle-même ne se sentait pas menacée, mais elle ne supportait pas ses remarques perfides.

Elle adressa un sourire enjôleur à Tony.

— Moi, j'adore les desserts, et je ne m'en prive jamais, déclara-t-elle en regardant le gâteau avec une concupiscence exagérée.

Les yeux de Laura étincelèrent de colère, mais elle se maîtrisa.

— Vous le payerez, un jour, ma chère, riposta-t-elle.

Se rappelant les plaisanteries de Maury Overstreet, Sarah eut un petit rire.

— Oh… j'ai déjà été prévenue. Mais je ne m'inquiète pas. J'ai des atouts dans mon jeu.

— Ah oui ? s'enquit Laura. Et quels sont-ils, si ce n'est pas indiscret ?

Tony passa un bras autour des épaules de Sarah et l'attira contre lui.

— Un connaisseur en matière de femmes lui a récemment dit que, même si elle devenait grosse et moche, elle ne perdrait jamais son homme. C'est à ça que tu faisais allusion, n'est-ce pas ?

Elle hocha la tête en souriant.

— Et pourquoi donc ? insista Laura.

— Parce que c'est une cuisinière hors pair, répondit-il. Un homme ne se lasse jamais d'une bonne cuisinière.

Elle eut un sourire affecté.

— A moins qu'il n'ait assez d'argent pour se payer les meilleurs restaurants.

Sarah se pencha en avant, les yeux étincelants.

— Vous soulevez une question intéressante.

Tony retint sa respiration. Bartlett avait déjà évoqué le sujet de l'argent sans qu'elle réagisse. Mais cette fois, il se doutait qu'elle n'allait pas passer à côté. Surtout avec Laura.

— Quelle question ? demanda cette dernière.

— Vous m'avez dit tout à l'heure que vous aviez commencé à travailler très jeune.

— J'ai dit que je travaillais à l'extérieur de la ville, précisa-t-elle, les joues empourprées sous cette insulte non déguisée.

Sarah grimaça un sourire.

— Ah oui, excusez-moi. En tout cas, vous me semblez à l'abri du besoin. Puis-je savoir comment vous gagnez votre vie ?

Un murmure outré circula autour de la table. Dans la bonne société, il n'était pas convenable d'aborder ce sujet.

— Cela ne vous regarde pas, répliqua Laura.

Sarah parcourut l'assemblée du regard.

— Un million de dollars a disparu des coffres de la Marmet National Bank, et il est clair à présent que cet argent n'a pas profité à mon père. Voilà pourquoi je suis aussi curieuse de savoir comment certains se sont subitement enrichis.

Tiny émit une petite exclamation courroucée.

— Vous suspectez l'un d'entre nous ?

— Tant que le shérif Gallagher n'aura pas mis la main sur l'individu qui a causé la perte de ma famille, tout le monde est suspect à mes yeux.

— Vous voulez prendre votre revanche, bougonna Paul Sorenson.

— Il n'est pas question de revanche, monsieur Sorenson, mais de justice.

Puis elle leva la tête vers Moira, qui venait de déposer une part de gâteau dans son assiette.

— Mmm, ce gâteau a l'air excellent.

La vieille dame se força à sourire tout en étouffant un soupir. Avait-elle vraiment eu une bonne idée en invitant Sarah, ce soir ?

— La soirée ne s'est pas trop mal passée, commenta Sarah dans la voiture.

Tony faillit en rater son virage.

— Personnellement, je ne peux pas dire que je me sois beaucoup amusé.

— J'espère que je n'ai pas été désagréable avec toi. Si c'est le cas, pardonne-moi. Aucune de mes piques ne t'était destinée.

Il éclata de rire.

— Mieux vaut ne pas compter parmi tes ennemis, Sarah.

— Pourquoi ? demanda-t-elle d'un air candide.

— Ne fais pas l'innocente.

Elle se déplaça sur son siège pour mieux le voir.

— Je ne suis pas innocente, répliqua-t-elle. Il y a longtemps que j'ai perdu mon innocence.

— Est-ce une invitation ? lança-t-il d'une voix taquine.

— Prends-le comme tu veux.

— Oh, j'ai bien l'intention de prendre tout ce que tu m'offres, tu peux me faire confiance.

Elle frissonna à la perspective de se retrouver enfin seule avec lui.

— Dès que mes deux chiens de garde seront endormis, rejoins-moi dans ma chambre, chuchota-t-elle.

— Ils ne vont pas dormir.

— Ce sont des vampires ?

Il secoua la tête.

— Je plaisantais, ajouta-t-elle en souriant. Qu'ils fassent ce qu'ils veulent, mais qu'ils ne montent pas à l'étage.

— Pourquoi ?

— Parce que.

— D'accord, je leur dirai.

Et il s'engagea dans l'allée qui menait à sa maison.

14.

Bien qu'exténuée de plaisir, Sarah ne parvenait pas à trouver le sommeil. La soirée chez Moira lui trottait encore dans l'esprit et l'empêchait de se détendre. A contrecœur, elle se glissa hors de la chaleur des bras de Tony pour aller regarder par la fenêtre.

Dehors, les veilleuses de sécurité dispensaient un faible halo. Au-delà régnait une obscurité totale. Sachant que les vigiles montaient la garde tout autour de la propriété, Sarah n'en éprouvait aucune crainte.

Elle tourna la tête et contempla Tony étendu sur le lit. Si seulement elle pouvait dormir. Dormir et tout oublier, ne serait-ce que pour la nuit…

Le vent balaya le nuage qui masquait la lune. Entre les arbres, elle entrevit les eaux scintillantes du lac. Plus jamais elle ne pourrait le voir autrement que comme la tombe de son père. Dieu merci, elle ne vivait plus à Marmet. Cette ville recelait trop de secrets. Elle en avait pris conscience avec acuité chez Moira Blake. Tout le monde semblait avoir quelque chose à cacher. Le décorum ne masquait pas les jalousies et les mesquineries.

Charles Bartlett avait une attitude étrange. Il avait réussi, et pourtant, il était évident qu'il enviait Tony. Quant à Paul Sorenson, elle devinait qu'il ne l'aimait pas. Pour quelle raison ? Elle n'en avait pas la moindre idée, mais son animosité envers elle était évidente. Heureusement, Harmon Weatherly sauvait le lot des hommes. Dès leur première rencontre, Sarah l'avait trouvé sympathique. Et aujourd'hui, du début jusqu'à la fin de la soirée, il avait fait tout son possible pour détendre l'atmosphère.

Un courant d'air s'infiltra sous la fenêtre. Elle frissonna. Elle avait hâte de retrouver la luminosité et la douceur de La Nouvelle-Orléans. Ici, le froid vous transperçait et l'humidité vous collait à la peau.

Les femmes présentes chez Moira étaient bizarres, elles aussi, c'était le moins qu'on puisse dire. Tiny Bartlett était charmante, mais trop maniérée. A aucun moment de la soirée elle n'avait été naturelle. Tony avait mentionné que Charles Bartlett et lui avaient grandi dans le même quartier, ce qui signifiait que Tiny avait épousé un homme d'un rang nettement inférieur au sien. Cela dit, son mari semblait s'être parfaitement adapté à son nouveau milieu. Il avait sûrement le sens des affaires. Et il se donnait beaucoup de mal pour donner de lui une image respectable. Ses ongles étaient manucurés, sa coupe de cheveux impeccable ; il portait un costume et des chaussures de prix. Toutefois, derrière son apparence soignée, on devinait encore un rien de vulgarité.

Annabeth Harold ne collait pas dans le tableau. Elle travaillait, n'avait jamais été mariée et était beaucoup moins riche que les autres. A maintes reprises, Sarah avait surpris une lueur d'envie dans son regard. Elle comprenait ce que la vieille demoiselle ressentait, mais ces gens étaient ses amis. Ils l'acceptaient telle qu'elle était. Pourquoi n'assumait-elle pas sa condition ?

Quant à Marcia Farrell, elle était veuve et issue d'une famille modeste — du moins d'après ce que Sarah avait compris en prêtant une oreille indiscrète aux conversations en aparté de Tiny et d'Annabeth. Elle avait quitté Marmet dans sa jeunesse afin de suivre des cours de secrétariat et était revenue quelques années plus tard, veuve et mère d'un jeune enfant. Puis elle avait touché un gros héritage, qui lui avait permis de cesser de travailler. Au cours du repas, Tiny avait dit que Marcia n'aimait pas parler de l'homme avec qui elle avait brièvement partagé sa vie. Ses amies respectaient sa volonté.

Et puis, il y avait cette Laura Hilliard. Outre le fait qu'elle avait tenté de séduire Tony toute la soirée, Sarah la détestait cordialement. Elle la trouvait trop froide, trop guindée, trop sûre d'elle. Selon Tony, elle était immensément riche. D'où tenait-elle sa fortune ? Personne ne le savait.

Quant à Moira, elle lui avait presque fait de la peine. La pauvre qui s'était évertuée à ce que son dîner se déroule sans heurt… Sarah soupira. Elle était en partie responsable de l'atmosphère pesante qui avait plané sur la petite réception. Mais elle ne pouvait pas supporter l'hypocrisie, et toutes les personnes présentes ce soir étaient d'horribles faux jetons. Tout ce que Sarah savait de Moira, c'était le peu que Tony lui avait raconté. Moira était veuve depuis quelques années, retraitée de la banque, et elle habitait la même maison depuis des lustres. Une femme ordinaire. Qui préparait un excellent gâteau au chocolat.

Tony remua dans le lit. Se détournant de la fenêtre, Sarah le contempla longuement. Lui aussi avait eu un parcours étonnant. Grâce à son oncle, il avait creusé son trou et s'était fait une place au soleil. Grâce à son oncle... C'était ce qu'il affirmait, mais rien ne prouvait qu'il disait la vérité. La sagesse aurait voulu qu'elle vérifie qu'il s'était effectivement enrichi de façon honnête, comme elle avait l'intention de le faire pour les autres, mais elle se fiait à son instinct. D'abord, Tony était trop jeune à l'époque pour dévaliser une banque et commettre un meurtre de sang-froid. Ensuite, elle ne serait jamais tombée amoureuse de l'homme qui avait cadenassé son père dans une malle avant de le jeter au fond du lac Flagstaff. Non, ce n'était pas possible. Jamais son cœur ne l'aurait poussée dans les bras d'un assassin.

Tombée amoureuse. Quelle expression venait-elle d'employer ? Ebranlée par cette révélation, elle s'appuya au rebord de la fenêtre. Etait-ce ce qui lui arrivait ? Ce sentiment qui vous faisait battre le cœur et vous laissait les genoux flageolants dès que l'être aimé vous souriait ?

— Bravo, murmura-t-elle.

Elle qui s'était retenue de tomber amoureuse pendant de longues années, avait finalement succombé au coup de foudre. Le moment ne pouvait être plus mal choisi. En réprimant un frisson, elle regarda de nouveau par la fenêtre. Quelque chose semblait flotter sur le lac, une forme vague, qui disparut bientôt. Un oiseau aquatique, songea-t-elle, ou tout bêtement une branche tombée d'un arbre.

Dans son sommeil, Tony marmonna des paroles inaudibles. Soudain lasse, elle retourna se glisser dans le lit et se lova contre lui. Quelques minutes plus tard, elle dormait profondément.

L'orage éclata vers 3 heures du matin. Un coup de tonnerre retentissant fit trembler les murs de la chambre, réveillant Sarah en sursaut. A la lueur d'un éclair, elle s'aperçut que Tony n'était plus à son côté. Elle alluma la lampe de chevet et se précipita dans le couloir. De la lumière brillait au rez-de-chaussée. Les gardes du corps, se souvint-elle. Tony était peut-être avec eux.

Elle enfila son peignoir et descendit l'escalier en l'appelant. Elle arrivait au bas des marches quand une coupure de courant plongea la maison dans le noir.

— Tony ! cria-t-elle. J'espère que tu as une lampe de poche ou des bougies.

Aucune réponse.

Elle fronça les sourcils.

Tandis qu'elle descendait les dernières marches à tâtons, une bourrasque de vent mêlée de pluie s'engouffra dans l'entrée. Sarah s'élança vers la porte et la referma. Puis elle courut jusqu'aux grandes baies vitrées qui donnaient sur le devant de la propriété tout en se demandant pourquoi Tony et les gardes étaient sortis. Le nez collé contre la vitre, elle essaya de percer l'obscurité. Dans la clarté intermittente des éclairs, elle ne voyait que des feuilles tourbillonnant et la pluie qui tombait à verse.

En percevant un son étouffé, elle pivota sur ses talons.

— Tony ? C'est toi ?

Pas de réponse.

L'inquiétude commençait à la gagner. Où diable étaient donc ces fichus gardes du corps censés veiller sur elle ? Pourquoi ne venaient-ils pas voir ce qui se passait ?

— Dunn ? Farley ? Où êtes-vous ?

Le plancher de l'étage craqua. Elle retint sa respiration. Il y avait quelqu'un en haut. Et ce quelqu'un n'était ni Tony ni l'un des gardes. Ils auraient répondu à ses appels.

Une seconde planche craqua, puis une troisième. Les pas se déplaçaient dans le couloir.

— Oh, mon Dieu, gémit Sarah, maintenant terrorisée.

Sans réfléchir, elle courut vers le placard situé sous l'escalier. Il était exigu, certes, mais assez large pour s'y cacher. Dans le fracas de la tempête, ses pieds nus ne faisaient aucun bruit sur le plancher. Attrapant la poignée, elle la descendit avec précaution et tira le battant à elle. Dieu merci, les charnières ne grincèrent pas. Après s'être engouffrée dans le placard, elle referma vivement la porte sur elle.

Les pas descendaient l'escalier. Accélérèrent.

Agrippant la poignée du placard à deux mains, Sarah retint son souffle de peur que sa respiration la trahisse. Elle sentait de la sueur froide ruisseler le long de sa colonne vertébrale. Instinctivement, elle se mit à prier.

Les pas se firent entendre juste devant sa cachette, s'éloignèrent dans le couloir, puis s'arrêtèrent.

Seigneur, protégez-moi.

Elle tremblait de tous ses membres. Ses jambes ne la portaient plus.

Lentement, les pas revinrent vers le placard. Sarah sentait une présence de l'autre côté du battant.

Mon Dieu, je vous en supplie… Je ne veux pas mourir.

La poignée de la porte bougea légèrement entre ses mains. Désespérée, elle la serra de toutes ses forces. C'est alors que l'électricité revint, fin rai de lumière filtrant sous le battant. Aussitôt, la pression sur la poignée se relâcha.

Sarah entendit un juron étouffé, des pas précipités, puis le silence retomba. Elle attendit un instant, prit une profonde inspiration et entrebâilla la porte.

Le couloir était vide. Des empreintes mouillées se

dessinaient sur le plancher verni. Prudemment, elle sortit du placard, puis se retourna afin de refermer la porte. Un cri lui échappa lorsqu'elle découvrit une forme humaine affalée au fond du réduit. Et elle poussa un autre hurlement en s'apercevant qu'il s'agissait de Tony, inconscient, la tête en sang.

Elle se rua vers la porte d'entrée en appelant à l'aide. Quelques minutes plus tard, les vigiles accouraient. L'un d'eux l'empoigna par le bras et la tira à l'intérieur de la maison.

La suite, elle la vécut comme dans un brouillard. Dunn et Farley inanimés dans leur chambre. Les gyrophares des ambulances. Des infirmiers chargeant les gardes du corps ainsi que Tony sur des brancards... Elle cria qu'elle voulait l'accompagner, mais le chef des vigiles s'y opposa fermement. Elle sanglotait, proche de l'hystérie, quand les silhouettes familières du shérif et de deux de ses hommes lui apportèrent un peu de réconfort.

— Racontez-moi ce qui s'est passé, demanda gentiment Gallagher en la conduisant jusqu'au salon.

Elle prit une profonde respiration pour se calmer, mais son souffle était encore haché.

— L'orage m'a réveillée. Tony n'était pas là, les gardes du corps non plus. Et puis, il y a eu une panne de courant. J'ai appelé, mais personne ne répondait. Il y avait quelqu'un qui marchait en haut. Je savais que ce n'était pas Tony ni les gardes ; ils m'auraient répondu.

Gallagher hocha la tête. Sarah ne lui apprenait rien de plus que ce que les vigiles lui avaient déjà rapporté, mais il la laissa parler. Elle en avait besoin.

— Qu'avez-vous fait ? s'enquit-il.

— Je me suis cachée dans le placard sous l'escalier.

Elle se mit à trembler, et ses yeux s'emplirent de larmes.

— Tony était dans le placard, mais je ne l'ai pas vu, poursuivit-elle. Comme papa... Depuis vingt ans, les gens se baignent et font du bateau sur le lac... Ils se sont bien amusés pendant que papa pourrissait dans son coffre...

— Ne pensez pas à ça, la coupa-t-il doucement.

Puis il fit signe à l'un des agents.

— Servez-lui un whisky, sec. Le bar est juste là.

— Je n'ai pas envie de whisky, protesta-t-elle. Je veux voir Tony. Je veux savoir comment il va.

Sur ces mots, elle fondit en larmes.

— C'est… c'est ma faute, bredouilla-t-elle. C'est entièrement ma faute. C'est à cause de moi qu'il s'est fait agresser. S'il ne… S'il…

— Ça va aller, ne vous inquiétez pas, la rassura le shérif.

L'un de ses agents lui tendit un verre de whisky. Gallagher le plaça entre les mains de Sarah.

— Buvez ça.

Elle avala l'alcool comme s'il s'agissait d'un médicament, et frissonna quand le liquide lui brûla l'œsophage.

— C'est bien, déclara-t-il. Maintenant, expliquez-moi ce que vous avez fait après vous être cachée.

Elle ferma brièvement les yeux, revivant sa terreur.

— Il n'y avait toujours pas de courant. J'étais dans le noir complet. Je tenais la poignée de la porte parce qu'elle n'avait pas de verrou. J'ai entendu l'intrus descendre l'escalier et passer devant le placard. Et puis, il s'est arrêté et est revenu sur ses pas. J'étais tétanisée. J'étais sûre qu'il allait me trouver. Ensuite, la lumière est revenue. Il a dû être surpris parce qu'il est parti. Quand je suis sortie du placard, il n'y avait personne dans le couloir. Je me suis retournée et j'ai vu Tony…

Sa voix se brisa, et elle se couvrit le visage de ses mains. Gallagher lui caressa les cheveux, remarquant au passage qu'ils étaient aussi soyeux qu'ils en avaient l'air. Puis il se tourna vers le responsable des vigiles.

— L'un de vos gars a vu quelque chose ?

— Rien. Nous ignorions qu'il y avait un problème dans la maison. Ce sont les cris de Mlle Whitman qui nous ont alertés. Etant assignés à l'extérieur, nous ne pouvions pas deviner que l'équipe de l'intérieur avait été neutralisée.

— Personne ne vous reproche rien, le rassura Sarah. Au contraire, heureusement que vous étiez là.

L'homme réfléchit un instant.

— Mon équipe va se répartir entre la maison et l'extérieur. Personne n'entrera ici sans notre permission.

Sur ces mots, il disparut dans le couloir. Sarah et le shérif l'entendirent donner des ordres.

Brusquement, elle se leva en resserrant son peignoir sur elle.

— Où allez-vous ? demanda Gallagher.

— M'habiller. Et rejoindre Tony à l'hôpital.

— Allez vous habiller. Je vous conduirai moi-même à l'hôpital.

— J'ai une voiture. Je peux conduire jusqu'à Marmet.

— Tony a été transporté à Portland, lui apprit-il.

— Oh, non…

— Je vous l'ai dit, je vais vous y conduire. Et un garde nous accompagnera.

— J'espère qu'il sera plus compétent que les deux autres, bougonna-t-elle.

— Il paraît qu'ils ont été drogués.

Elle fronça les sourcils.

— Comment a-t-on pu les droguer ? Tony m'a dit qu'ils ne mangeaient que des aliments diététiques. Ils doivent se préparer leurs repas eux-mêmes.

— Je n'en sais rien. Je vous répète juste ce que m'ont appris les infirmiers. On en saura plus quand les médecins les auront examinés. A présent, si ça ne vous ennuie pas, je vais monter avec vous à l'étage. Il faut que nous vérifiions que rien n'a été volé.

Elle ouvrit des yeux ronds. Elle n'avait pas envisagé cette possibilité.

— Je pensais que c'était moi qu'on cherchait.

— Il y a des chances, admit-il. Mais nous devons quand même nous assurer qu'il n'y a pas eu de cambriolage.

Elle gravit l'escalier, encadrée du shérif et d'un garde armé d'un semi-automatique. En d'autres circonstances, elle aurait trouvé la scène risible. Toute cette histoire ressemblait à un mauvais film de série B. La femme traquée dans une maison isolée, plongée dans le noir, qui découvre son amant ensanglanté. Arrive la police et la pauvre héroïne se voit contrainte de se changer devant des hommes qu'elle ne connaît pas.

— Pitié, murmura-t-elle.

— Vous avez dit quelque chose, mademoiselle ?

— Pardon ? Euh, non…

Mieux valait qu'elle garde ses réflexions pour elle.

Ce n'est qu'en cherchant ses chaussures qu'elle s'aperçut de l'absence du carton contenant les affaires de bureau de son père.

— Le carton ! s'écria-t-elle. Il a disparu !

Gallagher, qui avait déjà inspecté sa chambre, était en train de vérifier que tout était en ordre dans celle de Tony. En entendant Sarah crier, il se précipita dans le couloir et dégaina son revolver, bien qu'un vigile fût posté devant la chambre d'amis.

— Qu'est-ce qu'il y a ? lança-t-il en pénétrant dans la pièce.

Sarah tendit le bras vers la table.

— Je ne m'en suis pas rendu compte plus tôt, mais le carton qui contenait les affaires de mon père a disparu. Il était là, sur cette table.

— Vous ne l'avez pas rangé ailleurs ?

— Non, répondit-elle en se laissant tomber sur le lit. Il était là. On me l'a pris. Pourquoi ? Pourquoi me voler ces souvenirs insignifiants ?

— Peut-être pas aussi insignifiants que ça…

— Le calendrier était la seule chose importante. Heureusement que vous en avez fait des copies.

Il plissa le front.

— Qui sait que vous êtes en possession de ce calendrier ?

— Personne. A part Tony, vous et vos employés. Oh… et Maury Overstreet.

— Maury Overstreet ? Qui est-ce ?

— Le détective privé que Tony a engagé.

— Bon. N'en parlez surtout à personne d'autre.

Elle opina de la tête, puis repartit à la recherche de ses chaussures. Au bout d'un moment, elle se rassit sur le lit.

— Je ne trouve pas mes chaussures, déclara-t-elle.

Gallagher promena un regard circulaire tout autour de la chambre.

— Elles ne sont pas dans la penderie ?

— Ça va vous paraître idiot, mais je ne mets jamais mes chaussures dans le placard. En tout cas, pas celles que je porte.

Il ouvrit la penderie.

— Ce ne sont pas celles-ci ? demanda-t-il en désignant une paire de mocassins noirs.

Elle sentit les poils de ses bras se hérisser.

— Ce n'est pas moi qui les ai mises là, articula-t-elle avec difficulté.

— Tony, peut-être ?

— Elles étaient sous cette chaise quand je suis sortie de la chambre pour le chercher.

— Vous en êtes sûre ?

— Certaine. Je me rappelle les avoir vues quand j'ai allumé la lumière afin d'enfiler mon peignoir.

Gallagher considéra la paire de mocassins en haussant les sourcils.

— Autrement dit, la personne qui s'est introduite ici aurait rangé vos chaussures ?

Elle frémit en imaginant un étranger fouiller dans ses effets personnels. Elle se sentait violée.

— Je ne vois pas d'autre explication…

Le shérif se rua dans le couloir et se pencha par-dessus la rampe de l'escalier.

— Evans ! cria-t-il. Apportez-moi le sac à indices.

Un agent monta en courant et lui tendit un

grand sac en plastique. Gallagher s'agenouilla, souleva les chaussures à l'aide d'un stylo et les déposa dans le sac.

— J'espère que vous en avez une autre paire ? lança-t-il à Sarah.

— Des tennis et des pantoufles.

— Les premières me semblent plus adaptées, commenta-t-il avec un sourire. Vous permettez ? ajouta-t-il en tendant le bras vers une paire de tennis blanches à liseré bleu.

— Je vous en prie.

Il déposa les chaussures devant elle. Elle les enfila rapidement avant de s'emparer de son manteau et de son sac à main.

— Je suis prête.

— Allons-y.

Le jour se levait quand ils arrivèrent à Portland. Le trajet s'était déroulé en silence. A deux ou trois reprises, Sarah avait tenté d'engager la conversation. Entre autres, elle avait prié le shérif de prendre des dispositions pour que quelqu'un attende sa tante et l'accompagne chez Tony. Il lui avait promis de veiller sur elle — il lui aurait d'ailleurs promis n'importe quoi.

Ces derniers jours, il avait eu une révélation à propos de Sarah Whitman. Ce n'était pas de l'attirance physique qu'il éprouvait à son égard, aussi charmante fût-elle. S'il cherchait désespérément à faire bonne impression sur elle, ce n'était pas pour lui plaire. Enfin, pas seulement. Non, ce qu'il attendait d'elle, c'était l'absolution. Car force lui était d'admettre qu'il était en partie responsable de ses malheurs. Cela, il le regretterait toute sa vie. Mais en résolvant le meurtre de son père, il se disculperait.

— Il y aura un agent armé à l'hôpital, déclara-t-il afin de la rassurer. La chambre de Tony est surveillée en permanence, au cas où. Et je vais demander à ce qu'on vous assigne une nouvelle garde rapprochée.

Elle se tourna vers lui et le regarda avec lassitude.

— Quand vais-je enfin retrouver une vie normale ?

— Bientôt, Sarah, je vous en donne ma parole.

Elle lui adressa un petit sourire tandis qu'il s'engageait sur le parking d'un immense centre hospitalier.

— J'espère que je survivrai à cet enfer.

— Vous avez déjà survécu à bien pire, lui rappela-t-il. Ne l'oubliez pas et tout ira bien.

Elle médita ces paroles jusqu'à ce qu'elle pénètre dans l'hôpital. Gallagher l'accompagna dans le bureau de la surveillante générale, puis se présenta au policier qui montait la garde devant la chambre de Tony. Quand il voulut la laisser seule, elle le retint et referma ses bras autour de son cou.

Il eut d'abord un petit mouvement de surprise, puis il lui tapota gentiment le dos, comme il l'aurait fait à un enfant. Lorsqu'elle s'écarta enfin, il s'éclipsa d'un air gêné.

15.

Sarah s'approcha de Tony. Il n'avait qu'un pansement blanc au-dessus de l'œil droit. Allongé sur son lit d'hôpital, il dormait ou il était inconscient, mais le moniteur placé à son chevet affichait un rythme cardiaque régulier. Un signe rassurant.

Elle se pencha au-dessus de lui et lui effleura la joue du bout des lèvres. Sa peau était chaude et souple. Sans bruit, elle transporta une chaise près du lit. Pendant un long moment, elle surveilla son visage. Puis elle entrelaça ses doigts entre les siens, posa la tête sur les couvertures et ferma les yeux, sombrant peu à peu dans un demi-sommeil où résonnaient encore ses appels à l'aide.

Tony battit des paupières et ouvrit les yeux en se demandant pourquoi il se sentait aussi mal.

Avec un gémissement, il porta une main à son crâne et s'aperçut qu'il avait une perfusion fichée au pli du coude.

— Qu'est-ce que…

Et tout lui revint subitement à la mémoire. Sarah.

Seigneur, que…

— Ne bouge pas, mon amour.

Ouf. Elle était là. Sa voix, douce et autoritaire à la fois, tout près de son oreille.

Merci, mon Dieu.

— Sarah ?

Elle lui caressa la joue, puis lui prit la main et ramena son bras sur le lit avant qu'il n'arrache le cathéter.

— Je suis là, murmura-t-elle.

— Il était dans la maison.

— Je sais, mon cœur. Ne t'agite pas, je t'en supplie. Reste calme. Nous en parlerons plus tard.

— Quelle heure est-il ? demanda-t-il.

— Presque midi.

— Je suis là depuis quand ?

— Tu t'es fait attaquer peu après minuit.

Il fronça les sourcils. Comme elle le regardait d'un air interrogateur, il expliqua :

— J'ai entendu du bruit en bas. Au début, j'ai cru que c'était Dunn, puisqu'il avait pris le premier tour de garde. Mais je ne l'ai pas trouvé. Alors, je suis allé voir dans leur chambre. Farley était dans son lit. Dunn était étendu par terre. Je me suis baissé pour lui tâter le pouls, et c'est à ce moment que j'ai reçu un coup par-derrière. J'ai tourné la tête, mais je n'ai vu qu'un pantalon noir et des chaussures noires.

— D'après Gallagher, les deux gardes du corps ont été drogués. Je me suis d'abord demandé comment c'était possible, mais maintenant, je crois que je sais.

— Comment ? Ils sont restés tout le temps avec nous.

— Chez Moira.

— Tu penses que c'est là-bas qu'on leur a fait avaler quelque chose ?

— Je ne vois pas d'autre explication. Ils avaient emporté une Thermos de café. J'ai vu Farley la poser sur la console dans le vestibule, quand Moira nous a invités à entrer.

— Tu l'as dit à Ron ?

Elle hocha la tête.

— Oui, dans la voiture, en venant ici. Mais je ne sais pas qui a pu faire ça. Tout le monde s'est promené un peu partout dans la maison, rappelle-toi. Moira nous a emmenés dans la bibliothèque pour nous montrer les peintures de son mari. Après le dîner, nous sommes retournés dans le salon afin de boire les digestifs. J'ai vu au moins quatre personnes parler aux gardes du corps, à un moment ou à un autre.

— Tu crois que c'était l'un des invités ?

— Pas forcément. Quelqu'un a pu s'introduire dans la maison et mettre quelque chose dans leur Thermos pendant que nous étions tous ailleurs.

— Zut ! s'exclama Tony sombrement. Moi qui m'imaginais que nous avions réduit le cercle des suspects.

Il y eut un silence. Puis Sarah soupira et plongea ses yeux dans les siens.

— Je ne t'attire que des ennuis. Je crois que je vais reprendre l'avion dès qu'on m'aura rendu le corps de mon père.

Il lui saisit la main.

— Non, tu ne peux pas partir, Sarah. Je me ferai trop de souci si tu es loin de moi.

— Je te donnerai de mes nouvelles. Je ne peux pas rester. Regarde ce qui t'est arrivé à cause de moi. Je ne veux pas te faire courir de danger. (Sa voix se brisa.) Quand je t'ai vu… j'ai cru…

Il étouffa un grognement et l'attira à lui.

— Non, ma chérie, ne pleure pas. En voulant t'aider, je savais dès le début dans quoi je mettais les pieds. J'ai commis une petite imprudence, c'est tout.

— Tu ne me dois rien, tu sais, insista-t-elle. Tu estimais peut-être avoir une dette envers mon père, mais tu t'en es acquitté depuis longtemps. Je t'en prie, Tony, j'aurai l'esprit plus tranquille quand je saurai que l'on n'a plus de raison de s'en prendre à toi.

— Non ! tonna-t-il en redressant furieusement le menton.

Elle poussa un profond soupir.

— Tu sais quoi ? Tu es dingue.

— Dingue de toi.

— Ah, Silk… Tu recommences avec tes discours enjôleurs.

— C'est dans ma nature, que veux-tu. Quoi qu'il en soit, je ne peux pas me passer de toi.

Ils se défièrent longuement du regard, jusqu'à ce qu'elle finisse par baisser la tête.

— Je veux rentrer chez moi, déclara-t-il.

Elle eut un sourire ironique.

— Qu'est-ce qui t'amuse ? demanda-t-il, surpris.

— Le médecin est passé te voir, tout à l'heure. Je lui ai dit que j'étais sûre que tu ne voudrais pas rester à l'hôpital.

Certes, il semblait un peu faible et son visage était pâle. Mais ses yeux affichaient une détermination sans faille.

— Pourquoi ? Ils veulent me garder ?

— Tu ne te réveillais pas.

— Je suis réveillé, maintenant. Va chercher le toubib. Je veux partir.

— Il va revenir dans…

— Soit tu vas le chercher, soit c'est moi qui y vais, la coupa-t-il sans plus de façons. Ils n'ont pas besoin de me garder plus longtemps. Une bosse sur le crâne ne nécessite pas une hospitalisation prolongée.

— Bon…

Elle se dirigea vers la porte.

— Attends ! lança Tony.

— Quoi, encore ?

— Il est hors de question que tu te balades toute seule dans cet hôpital. Ce cinglé t'a peut-être suivie.

— Ne t'inquiète pas. Il y a deux flics derrière la porte. Un pour toi et un pour moi.

Tony se détendit.

— O.K., dit-il. Mais dépêche-toi.

Elle posa les mains sur ses hanches et le regarda d'un air faussement exaspéré.

— Ecoute, soit je vais chercher le médecin, soit je n'y vais pas. Mais je ne peux pas te promettre de faire vite alors que je n'ai pas la moindre idée de l'endroit où il se trouve.

— J'aime bien quand tu t'énerves, répliqua Tony en souriant.

— Tu ne m'as encore jamais vue quand je suis réellement en colère.

— Tu crois que je te trouverai sexy ?

— Ça dépend… Si tu aimes les effusions de sang, peut-être…

Sur ces mots, elle quitta la chambre. Tony riait en se tenant la tête.

Le médecin avait formellement déconseillé à Tony un trajet en voiture et lui avait proposé une ambulance. Ce qu'il avait refusé.

Reprenant la situation en main, Tony avait commandé un hélicoptère, qui survolait à présent le lac Flagstaff. Il avait assuré au pilote qu'il y avait assez d'espace pour atterrir derrière la maison, mais en raison de la déclivité du terrain, le pilote avait décidé de se poser plutôt sur le terrain de devant. Il avait fallu passer un coup de téléphone afin que l'on déplace les voitures stationnées dans l'allée. Du haut des airs, Sarah avait compté deux véhicules de police, deux camionnettes appartenant à l'équipe des vigiles, la berline de Dunn et Farley, ainsi qu'une autre qu'elle n'avait jamais vue. Un garde armé sortit de la maison pour la manœuvrer. Tout à coup, Sarah se rappela que sa tante devait arriver aujourd'hui. Sans doute s'agissait-il de sa voiture de location.

Dunn et Farley avaient repris connaissance.

Malheureusement, ils n'avaient pu dire ce qui s'était passé. La substance qu'on leur avait administrée à leur insu avait complètement effacé leur mémoire à court terme. Ils semblaient penauds, d'autant plus que le vol ne leur réussissait pas. Dunn avait vomi dans l'unique sac en papier qui se trouvait à bord, et Farley dans son chapeau. Les deux paquets peu ragoûtants avaient été jetés du haut de l'hélicoptère dans une rivière. Sarah les avait regardés tomber en espérant qu'ils ne s'écraseraient pas sur un malheureux pêcheur.

Bientôt, le devant de la maison fut complètement dégagé. Le pilote fit un signe de tête à Tony et descendit en décrivant des cercles. Dunn eut un haut-le-cœur. L'estomac de Farley gargouilla. Tony se retourna et leur adressa quelques mots, puis le silence retomba.

En quelques minutes, l'hélicoptère se posa sur la terre ferme. Dès que ses portes s'ouvrirent, des hommes armés surgirent de tous côtés, dans un déploiement digne de la garde nationale. Sarah faillit demander si tout ce cinéma était bien nécessaire, mais elle se ravisa. Sans Tony et son influence, elle serait probablement morte à cette heure.

— Attends ! lui cria Tony alors qu'elle s'apprêtait à sortir de l'hélicoptère.

L'air remué par les hélices s'engouffrait dans l'appareil, et elle resta assise sur son siège, le visage fouetté par ses cheveux. Il lui fallut attendre que cinq ou six gardes se soient postés devant l'engin pour être autorisée à sortir. A peine posa-t-elle le pied au sol qu'ils l'encerclèrent. Elle n'eut même pas le temps de regarder où était Tony que deux hommes la prirent par la taille, la soulevèrent et l'emmenèrent en courant jusqu'à la maison. Ebahie, elle leur bredouilla des remerciements. Ils la poussèrent à l'intérieur et refermèrent vivement la porte.

Tony n'était nulle part en vue. Elle allait ressortir quand on l'interpella.

— Quelle entrée, ma fille ! commenta Lorett Boudreaux de sa voix traînante.

— Tante Lorett ! Tu es là !

Sarah se jeta dans ses bras. Enfin, elle était en sécurité. Elle n'avait plus rien à craindre.

— Comment va Michelle ? demanda-t-elle.

Lorett s'écarta d'elle et lui remit les cheveux en ordre.

— Elle va bien, *ma chère,* répondit-elle en souriant. Ne t'inquiète pas pour elle. François est arrivé. Elle n'a plus besoin de sa mamma.

— Moi, j'ai besoin de toi, murmura Sarah, les larmes aux yeux. Oh, tante Lorett, il s'est passé des choses terribles.

— Je suis au courant, ma chérie. Je savais certaines choses avant de venir. Le shérif m'a raconté le reste.

— Je ne sais plus quoi faire. Tony a été blessé à cause de moi.

— Il a fait ses choix.

La porte s'ouvrit pour livrer passage à Tony. Aussitôt, il se sentit transpercé par le regard de Lorett. Apparemment, Sarah n'avait pas exagéré ses pouvoirs, songea-t-il en lui souriant avec chaleur.

Les narines de Lorett frémirent imperceptiblement alors qu'elle observait l'homme qui avait volé le cœur de sa fille. Car si les principaux intéressés l'ignoraient encore, elle savait qu'il en était ainsi. Les vêtements de ce garçon valaient cher, et leur coupe lui allait à merveille. Son teint mat était plaisant à voir, de même que ses épais cheveux bruns et ses yeux sombres. Quant au pansement sur son front, c'était l'emblème de son courage.

— Approchez-vous, ordonna-t-elle.

Tony s'exécuta et lui tendit la main.

— Soyez la bienvenue, madame Boudreaux.

— Lorett, corrigea-t-elle en lui donnant une accolade.

Ce geste le stupéfia autant qu'il le toucha. Car s'il n'avait pas encore annoncé ses intentions à Sarah, pour lui, il était clair que Lorett serait bientôt sa belle-mère. Une bonne chose qu'il ait déjà gagné son affection. Cependant, il n'était pas au bout de ses surprises. Lorett lui posa une main sur le front et lui abaissa les paupières. Aussitôt, il ressentit une vague de chaleur dans tout son corps.

Un peu effrayé, il recula d'un pas. Elle le retint en le saisissant fermement par le bras.

— N'aie pas peur, chuchota Sarah à son oreille. Elle ne te veut que du bien.

Il resta immobile jusqu'à ce que Lorett le libère.

— Vous avez été blessé en protégeant ma fille. Je vous remercie.

Il hocha la tête, embarrassé, et s'empressa de changer de sujet.

— Vous avez trouvé une chambre ? Il y en a une juste à côté de celle de Sarah.

Le regard de Lorett se porta sur sa fille puis sur lui. Ses lèvres tressaillirent en un rire silencieux.

— Je me suis installée dans l'une des chambres du rez-de-chaussée, répondit-elle. Sarah n'a pas besoin d'avoir sa vieille mère toujours sur le dos.

Les joues de Sarah s'empourprèrent. Non, elle ne pouvait vraiment rien cacher à sa tante. Lorett savait que Tony était son amant.

En souriant, il posa une main dans le dos de Lorett et l'embrassa sur la joue.

— Je savais que vous me plairiez.

Elle éclata de rire.

— Cet homme, Sarah Jane… C'est une perle. Ne le laisse pas filer.

Ne sachant que répondre, Sarah regarda Tony.

— Tu devrais aller t'allonger, lui conseilla-t-elle.

Elle vit un sourire diabolique se peindre sur son visage pâlc.

— Voyons, Sarah Jane, tu ne peux même pas attendre qu'il fasse nuit ?

Elle le fusilla du regard.

— Anthony DeMarco ! Tu n'as pas honte ?

Lorett s'esclaffa et posa son bras autour de ses épaules.

— Il n'y a pas à avoir honte de ce qui est naturel. Il aura fallu du temps, mais tu as enfin trouvé l'homme que tu mérites.

— Seigneur, grommela Sarah. Tu es obligée de me dire des choses pareilles en public ?

— Si elle omet de vous raconter certains détails, venez me demander, intervint Tony.

Lorett renversa la tête en arrière en riant.

— Cet homme, il ira très bien dans la famille, tu sais. Il est formidable, Sarah Jane, et c'est pour ça que tu l'aimes. (Elle reprit son sérieux.) J'étais dans la cuisine en train de préparer à manger. Quand vous aurez faim, venez me rejoindre.

Et elle s'éloigna d'un pas majestueux.

Tony se tourna vers Sarah.

— C'est la personne la plus étonnante, la plus stupéfiante, la plus énigmatique, que j'aie jamais rencontrée, déclara-t-il avant d'ajouter : A part toi, bien sûr.

— Tu as raison, tante Lorett est fabuleuse. Et Dieu merci, je suis dans son camp.

Il parut songeur.

— Ouais… Elle doit être un ennemi redoutable.

— Tu as faim ? s'enquit-elle en lui prenant la main.

— Pas vraiment. Je crois que je vais plutôt aller me reposer un moment… Bien que je n'aie plus du tout mal au crâne.

— C'est normal. Lorett t'a fait une imposition des mains.

Il fronça les sourcils en palpant son pansement.

— Tu veux dire… qu'elle m'a guéri juste en me touchant le front ?

— Tu viens toi-même de dire que tu n'avais plus mal. Allez, va te reposer quand même.

— Seulement si tu viens avec moi.

— Juste une minute, alors. Je monte t'embrasser et je redescends voir Lorett.

— Tu me borderas ? Tu me feras un câlin ?

— Arrête ces enfantillages, Tony, ou j'envoie Dunn et Barley te mettre au lit.

— Dunn et Farley.

— Peu importe. Allez, hop ! dit-elle en indiquant le haut de l'escalier.

Tony redescendit peu après 14 heures, douché, les cheveux mouillés et en bataille. Il avait enlevé son pansement. Son front était un peu enflé, bleu et barré de quatre points de suture.

— Je me sens en pleine forme, déclara-t-il en entrant dans la cuisine. Ça sent rudement bon, ici. Qu'est-ce que c'est ?

Sarah leva les yeux du livre de recettes qu'elle était en train de feuilleter. Il avait enfilé un jean, un pull rouge et de grosses chaussettes de laine. Une tenue plus confortable que sexy mais qui lui allait comme un charme.

— Du potage. Tu en veux ?

— Volontiers, répondit-il en la suivant jusqu'à la cuisinière. Qu'est-ce qu'il y a dedans ?

— C'est la soupe-miracle de tante Lorett.

— Et puis-je savoir à quoi elle est ?

— C'est un remède qui soigne tous les maux, même la tristesse.

Tony prit son bol et goûta une cuillerée en s'installant devant la table. Une expression de pure délectation apparut sur son visage.

— Tu sais qu'elle pourrait faire fortune avec ce truc ? Tu ne lui as jamais demandé la recette ?

— Je connais la recette, répondit Sarah. Ce potage figure parfois à la carte de mon restaurant.

— Je savais que tu étais maligne. (Il beurra la tranche de baguette chaude qu'elle venait de poser devant lui.) Tu as mangé, toi ?

— Oui, il y a deux heures. Ne t'inquiète pas pour moi. J'espère que ça ne t'embête pas que je reste assise là. J'ai besoin de te regarder.

Il reprit une cuillerée de potage avant de lui demander pourquoi.

— Hier soir, j'ai cru que je t'avais perdu, répondit-elle, le cœur serré à ce souvenir.

Il délaissa sa cuillère et posa une main sur la sienne tandis qu'elle poursuivait :

— Tu sais à quoi j'ai pensé tout le long du chemin jusqu'à Portland ?

Il secoua la tête.

— Que j'aurais dû te dire la vérité plus tôt.

— Quelle vérité ?

— C'est bête, mais… Je veux dire… nous nous connaissons à peine et…

— Pas du tout. Nous nous connaissons depuis toujours.

Elle esquissa un sourire.

— Je sais. Mais pas en tant qu'adultes. Enfin… Tu vois ce que je veux dire.

Il eut un petit geste désabusé.

— Nous avons plein de choses en commun. Dont notre enfance. Et ça, c'est extraordinaire. Tu m'as connu quand je n'étais rien, et tu ne m'as jamais méprisé, comme certains.

Elle lui sourit timidement.

— J'étais folle de toi quand j'étais gamine, tu sais.

— Tu vois ! s'écria-t-il, radieux. Ton amour d'enfance s'est épanoui !

Elle éclata de rire.

— Amour… amour… C'est un bien grand mot pour une enfant. En tout cas, je me cachais derrière la haie pour te regarder tondre la pelouse et j'attendais avec impatience que tu enlèves ta chemise.

Il lui fit un clin d'œil.

— Je te rendais déjà dingue…

— Attends, laisse-moi finir.

Il la fixa, soudain sérieux.

— Je te dois plus que la vie, reprit-elle. En quelques jours, tu m'as rendu la foi en l'amour, alors qu'il n'y a pas si longtemps, j'aurais juré que l'amour n'existait pas.

— Je n'ai pas beaucoup de mérite. C'est un tel bonheur de t'aimer.

— C'est vrai, Silk ? Sincèrement ?

Il se pencha par-dessus la table pour l'embrasser et riva ses yeux dans les siens.

— Est-ce que je peux te poser une question ?

— Tout ce que tu voudras.

— Fais attention. Je risque de te demander quelque chose que tu n'es pas prête à me donner.

— Ça m'étonnerait.

— Quitterais-tu La Nouvelle-Orléans ?

— Comment ça ?

— Serais-tu prête à vivre ailleurs ?

— Ça dépend où. Et avec qui.

Il l'embrassa de nouveau. Plus tendrement. Plus longuement.

— Souviens-toi de ça, chuchota-t-il près de ses lèvres.

Il s'écarta d'elle et lui souleva le menton, l'obligeant à le regarder dans les yeux.

— De cette promesse, ajouta-t-il.

Elle attendit.

— Promets-moi de ne plus jamais douter de moi, ou de toi.

Elle relâcha son souffle.

— Je m'en souviendrai. Maintenant, mange ta soupe avant de dire quelque chose que tu pourrais regretter.

— Je ne regretterai jamais rien.

Tandis qu'il terminait son potage, elle réfléchit à leur conversation. Si seulement la situation était différente. S'ils pouvaient se concentrer sur leur relation naissante au lieu de craindre constamment pour leur vie… Le dicton favori de sa tante lui revint à la mémoire : « Avec des si, on mettrait Paris en bouteille », et elle poussa un profond soupir.

Tony emportait son bol à l'évier quand la sonnette de l'entrée retentit. Sarah se retourna, prête à aller ouvrir, puis s'immobilisa en se rappelant que cela lui avait été interdit.

Après quelques minutes, Lorett entra dans la cuisine, le regard sombre.

— Il y a une femme à la porte qui désire parler à ton homme.

— Qui est-ce ? demanda Tony.

— Je ne lui ai pas demandé son nom.

Sarah la considéra d'un air surpris.

— Pourquoi ?

— Parce que son cœur est mauvais, répondit Lorett en quittant la pièce.

16.

Laura Hilliard attendait dans le hall d'entrée, à côté d'un garde armé. Quand elle vit la blessure au front de Tony, elle porta une main à sa bouche.

— Oh, mon Dieu ! s'écria-t-elle. C'est donc vrai, ce qu'on raconte !

Le vigile s'interposa aussitôt entre elle et lui.

— C'est bon, dit Tony. Laissez-la passer.

L'air indigné, Laura bouscula le garde et se jeta dans les bras de Tony. Elle s'apitoyait sur ses points de suture quand Sarah apparut dans le couloir. Elle lui jeta un regard par-dessus l'épaule de Tony — un regard plein de haine.

— C'est votre faute ! l'injuria-t-elle. S'il ne s'était pas mêlé de vos…

Immédiatement, Tony la prit par les épaules et la repoussa.

— Surveille tes propos, s'il te plaît, déclara-t-il posément. Ce n'est pas parce que tu es une vieille amie que tu peux te permettre de faire des commentaires désobligeants sur ma vie… Or Sarah fait partie de ma vie.

Une lueur de colère apparut dans le regard de Laura.

— Elle n'est rien, Silk. J'ai de l'argent, moi. Plus d'argent que je ne pourrai jamais en dépenser. Rappelle-toi nos projets…

— J'étais un gamin, Laura. Je n'avais que quinze ans. Et toi, tu n'étais déjà plus toute jeune.

Elle rougit sous son maquillage savamment appliqué.

— Et alors ? Tu as toujours été très mûr pour ton âge. J'étais la première, Silk. Tu m'aimais.

Sarah avait envie de disparaître, mais elle ne voulait pas avoir l'air de fuir. En revenant à Marmet, elle s'était juré de ne pas reculer devant l'adversité.

— J'aimais faire l'amour avec toi, c'est tout, répliqua Tony. Le mot « aimer » n'avait guère de sens pour moi, à l'époque.

Avec un reniflement méprisant, Laura dévisagea

Sarah. La colère accentuait ses rides. En ce moment, elle paraissait réellement son âge.

— Et il en a plus, maintenant ? railla-t-elle méchamment.

Tony se plaça devant Sarah, comme pour la protéger de son fiel.

— Oui. Ecoute, je ne sais pas ce que tu es venue faire ici, mais tu ferais mieux de t'en aller.

Laura redressa le menton. Un sourire mauvais apparut sur ses lèvres tandis qu'elle fixait Sarah.

— Dommage que…

— Taisez-vous ! Vous en avez assez dit.

Tous les visages se tournèrent vers Lorett. Elle toisa Laura de toute sa hauteur, l'obligeant à baisser le regard.

— Ne menacez pas ma fille, gronda-t-elle. Et rentrez chez vous avant de nous révéler toute la laideur de votre cœur.

Malgré elle, Laura recula d'un pas.

— Qui êtes-vous pour me donner des ordres ? articula-t-elle.

— Votre corps vous a rapporté beaucoup d'argent, mais quand il est devenu trop vieux pour satisfaire les hommes, vous avez vendu votre âme au diable.

Laura devint livide. Elle semblait pétrifiée.

— Vous mentez, murmura-t-elle entre ses dents. Vous ne savez pas de quoi vous parlez.

— Les bébés, continua Lorett. Vous avez vendu des bébés.

Laura retint un cri d'exclamation.

— Sorcière ! aboya-t-elle.

Tony suivait leur échange avec stupéfaction, mais la peur qui déformait les traits de son ancienne maîtresse prouvait assez que Lorett avait touché une corde sensible.

— Maintenant, allez-vous-en, ordonna cette dernière. Et ne prononcez plus jamais le nom de ma Sarah. Ne pensez même pas à elle. Si vous osez, je le saurai, et vous le regretterez jusqu'à la fin de vos jours.

Laura émit un son étranglé. Puis elle changea son sac de main et se précipita hors de la maison.

— Seigneur ! s'exclama Tony en regardant Lorett. D'où savez-vous ce que vous avez avancé ?

— Son cœur est transparent.

— Vous voyez vraiment à travers les gens ?

Lorett sourit.

— Elle l'ignore, elle, n'est-ce pas ?

— En tout cas, intervint Sarah, nous pouvons rayer son nom de la liste des suspects.

— Pourquoi ? demanda-t-il.

— Maintenant, nous savons qu'elle ne s'est pas enrichie en dévalisant la banque. Réfléchis, un peu.

— Ah... Oui, tu as raison.

— Quelqu'un d'autre arrive, déclara Lorett.

Tony se tourna vers elle, de plus en plus abasourdi.

— Comment le savez-vous ?

Elle pointa l'index vers la fenêtre.

— Il y a une voiture qui remonte l'allée.

Sarah éclata de rire tandis que Tony, vexé, faisait la moue.

Un instant plus tard, Maury Overstreet apparaissait sur le seuil.

— Silk, tes goûts en matière de femmes me surprendront toujours, déclara-t-il en jetant un regard oblique à Lorett. Celle-là cuisine aussi bien que l'autre ?

— Ferme-la, s'il te plaît. Tu ne sais pas à qui tu as affaire.

— Je n'ai pas ce plaisir, effectivement, répliqua-t-il en tendant la main à Lorett. Maury Overstreet, à votre service.

A la surprise générale, elle lui serra la main avec un sourire amical.

— Lorett Boudreaux, se présenta-t-elle, telle une reine s'adressant à l'un de ses sujets.

Il ne parut pas s'en offusquer. Les yeux plissés, il l'observa avec curiosité, étudiant la régularité de ses traits, son port de tête altier. Son pull vert jade se mariait parfaitement avec le pantalon de soie noire qui couvrait ses longues jambes. Des boucles serrées encadraient son visage et retombaient sur ses épaules, retenues par deux peignes en ivoire.

— Bantoue, à la mode de La Nouvelle-Orléans, lâcha-t-il au bout d'un moment.

Pour la première fois de sa vie, Lorett chercha ses mots, sous l'œil ébahi de Sarah. Finalement, elle hocha la tête.

— Oui, mes ancêtres étaient bantous. Comment l'avez-vous deviné ?

— J'ai fait plusieurs voyages en Afrique dans

ma jeunesse. Vous me rappelez une femme que j'ai connue là-bas. Elle était plus ou moins la chef de sa tribu. Quant à La Nouvelle-Orléans… ça s'entend.

— Vous avez mangé, petit homme ?

— Pas encore.

Puis il se tourna vers Tony :

— A ton avis, qu'est-ce qu'elle va me servir ?

Tony l'entraîna vers la cuisine sans répondre et l'installa devant un bol de potage.

Maury ne reprit la parole que lorsqu'il eut terminé son deuxième bol.

— Vous aviez raison, mademoiselle Whitman. Les réunions du club dont votre paternel faisait partie avaient toujours lieu le mercredi soir. Il n'en loupait pratiquement aucune et il était très apprécié, jusqu'à ce qu'il s'évanouisse dans la nature en même temps que l'argent de la banque.

— Avez-vous trouvé à quoi correspondaient ces rendez-vous sur son calendrier ? s'enquit Sarah.

Il racla le fond de son bol et lécha sa cuillère. Lorett semblait aux anges. Rien ne lui faisait plus plaisir que de voir les gens apprécier ses plats.

— Pas encore. Mais faites-moi confiance, ça ne saurait tarder.

Il se pencha en avant.

— Que pouvez-vous me dire de votre mère ? demanda-t-il en sortant un calepin de sa poche. Etait-elle impliquée dans le milieu associatif ? Avait-elle des activités en dehors de sa vie familiale ?

Sarah plissa le front. Comment se souvenir de ce qu'elle avait rayé de sa mémoire tant d'années auparavant ?

— Je ne me rappelle pas bien, commença-t-elle, hésitante. Enfin, je sais qu'elle était membre du Cercle des Lecteurs de la bibliothèque et qu'elle allait parfois au Club de jardinage. Des fois, en été, pendant les grandes vacances, elle m'emmenait jardiner avec elle.

— Avait-elle des amitiés particulières ?

— Que voulez-vous dire par là ? Des copines ?

— Des copines, des copains…

Elle le fixa d'un air offensé.

— Si vous insinuez que ma mère trompait mon père…

— Elle ne le trompait pas, décréta Lorett, catégorique.

Maury leva les yeux vers elle.

— Vous viviez ici, à l'époque ?

— Non.

— Où habitiez-vous ?

— A La Nouvelle-Orléans.

— Et vous pouvez affirmer que la mère de Sarah était une épouse fidèle ?

— Absolument.

Il la dévisagea longuement, puis hocha la tête.

— O.K.

— Pourquoi la croyez-vous, elle, et pas moi ? lança Sarah, vexée.

Il lui jeta le même regard qu'à un gamin venant de poser une question stupide. Ce qui ne l'empêcha pas de répondre.

— Cette femme bantoue que j'ai connue en Afrique… Elle voyait tout, elle aussi.

— Oh…

Tony ne put s'empêcher d'intervenir, gêné malgré lui d'être le seul à ne pas croire au vaudou et à la perception extrasensorielle.

— Question suivante, grommela-t-il.

— Essayez de vous souvenir, reprit Maury, les yeux fixés sur Sarah. Votre mère avait-elle des activités régulières en dehors de la maison ?

Ce fut comme si une lumière s'allumait soudain dans sa mémoire. Elle redressa le buste et se pencha en avant.

— Oui, répondit-elle avec excitation. Elle venait à l'école tous les mercredis pour donner un coup de main à l'institutrice. J'adorais quand elle était là.

— Elle faisait en quelque sorte office d'assistante maternelle ?

— Oui. Marmet est une petite ville. La municipalité n'avait pas un gros budget, et l'école manquait de personnel. Alors, les parents qui avaient du temps libre apportaient leur petite contribution à l'éducation des enfants.

— Donc, tous les mercredis après-midi, votre mère était à l'école, et tous les mercredis soir, votre père allait aux réunions de son club.

— Oui, sauf s'ils étaient malades ou avaient un empêchement.

Il tapota la page de son calepin où était noté : *Moose, 13 heures.*

— Et nous savons que votre père était toujours à la banque à 13 heures, quel que soit le jour. J'ai interrogé quelques-uns de ses collègues. Tous m'ont dit qu'il prenait son repas de bonne heure, entre 11 heures et midi, de façon à recevoir les clients qui ne pouvaient se libérer que pendant leur pause déjeuner.

— Quelle conclusion en tires-tu ? demanda Tony.

— Aucune, pour l'instant. Mais je compte bien découvrir le fin mot de cette histoire... Il n'y a rien d'autre, dans ce carton, qui pourrait me mettre sur une piste ?

— Il n'y a plus de carton, lui apprit Sarah. On me l'a volé hier soir, quand Tony s'est fait agresser.

Maury observa les points de suture sur le front de son ami.

— Désolé, mon vieux. Je ne t'en ai pas parlé parce que je pensais que c'était ta petite amie qui t'avait assommé à coups de poêle à frire.

— Je ne suis pas violente ! s'insurgea Sarah.

Il la regarda, visiblement dubitatif.

— Mais vous pourriez l'être. Il ne faut pas vous provoquer, hein ?

— Euh, non…

Son affirmation la rendit perplexe. Un peu plus tard, tandis que Tony raccompagnait le détective dans le couloir, elle demanda à sa tante :

— Tu crois que je pourrais être violente ?

Lorett se détourna de l'évier, mais ne répondit pas aussi rapidement que Sarah l'aurait espéré.

— Tante Lorett ?

— Ne t'occupe pas de ce que je pense. Suis ton chemin, mon enfant.

Sarah se leva brusquement de sa chaise, alarmée par ses paroles.

— Dis-moi ce que tu penses, s'il te plaît.

Sa tante évita un instant son regard, puis elle lâcha un soupir et planta ses yeux dans les siens.

— S'il le fallait, tu serais capable de tuer.

Sarah vacilla légèrement.

— Je ne comprends pas…

— Il n'y a rien à comprendre. Tu as la force de protéger ceux que tu aimes. Et maintenant, laisse-moi tranquille, je dois préparer le repas.

— J'ai promis à Tony que je lui ferais un délice d'ange.

— Le temps est trop humide, répliqua Lorett. La meringue retomberait.

— C'est vrai, tu as raison.

— Bien sûr que j'ai raison. Tu lui prépareras ça l'été prochain quand il fera plus sec.

L'été était si loin, songea Sarah. Serait-elle encore avec Tony ? Ou sa tante avait-elle dit cela simplement pour qu'elle lui fiche la paix ?

L'assassin fouillait dans les affaires de bureau de Whitman. La boîte ne contenait que des babioles et des photos sans intérêt. Outre le calendrier, peut-être. Ces rendez-vous qui revenaient toutes les semaines…

Le calendrier lui tomba des mains.

— Oh, mon Dieu !

Ce n'était pas l'écriture de Whitman. Et si quelqu'un s'en apercevait, ce serait la catastrophe…

La cheminée n'avait pas été allumée depuis la veille, mais un grand feu y brûla bientôt, dans lequel les pages du calendrier se consumèrent une à une.

*
* *

Tiny Bartlett rentra chez elle en vitesse, jeta son sac sur un fauteuil et se précipita sur le téléphone. Elle possédait un portable, dont elle ne se séparait jamais, mais certaines conversations nécessitaient l'intimité de sa chambre et une goutte d'alcool à portée de main.

Elle se servit un verre de vin rouge, enleva ses chaussures et s'installa sur le sofa. Les numéros de ses amies étaient mémorisés. Le samedi, Annabeth ne travaillait pas. Tiny composa son numéro, avala une gorgée de vin et prit une longue inspiration pour se calmer.

Annabeth décrocha à la seconde sonnerie.

— Allô ?

— Annabeth, c'est moi, Tiny. Tu ne devineras jamais ce que j'ai appris.

— Quoi ?

— Laura Hilliard a quitté Marmet.

— Non ?!

— Si ! Je reviens du bureau de poste. J'ai entendu Thelma dire que Laura était venue faire suivre son courrier.

— Mais elle vient tout juste d'acheter cette grande maison au bord du lac…

— Je sais. Et ce n'est pas tout, tiens-toi bien.

— Quoi ?

— Quelqu'un s'est introduit chez Tony DeMarco. Il a été transporté à l'hôpital de Portland en ambulance et il est revenu en hélicoptère ! Tu imagines ? Henry Taylor — l'un des agents des services du shérif, tu sais ? — m'a dit qu'il s'était fait attaquer juste devant chez lui.

— Eh bien ! s'exclama Annabeth. En hélicoptère ! Il ne se refuse rien.

— Attends, attends, ce n'est pas tout. La Noire… Celle qui a adopté Sarah… Elle est là.

— Celle qui pratique le vaudou ? balbutia Annabeth, un frisson dans la voix.

— Arrête. Ce ne sont que des superstitions. Tu y crois, toi ?

— Non. Mais cette femme a des yeux qui vous transpercent.

— C'est parce que tu as été méchante avec Catherine Whitman, répliqua Tiny.

— Ce n'est pas moi qui ai pris la décision de

l'exclure du comité d'organisation de la Foire d'Automne. J'ai seulement obéi aux ordres.

— Peu importe. Qu'est-ce que tu fais, aujourd'hui ? Tu veux venir avec moi rendre visite à Tony ?

— Tu crois qu'on peut ?

— Bien sûr, affirma Tiny. C'est un ami… Il a été blessé. La politesse entre voisins veut que nous prenions de ses nouvelles. Je vais faire un saut à la pâtisserie et acheter un gâteau au café.

— D'accord. On appelle les autres ?

— Téléphone à Moira. J'appelle Marcia.

— O.K.

— Rendez-vous chez Moira.

— A 13 heures ?

— Parfait.

A 13 heures précises, les quatre amies étaient rassemblées chez Moira, avides de ragots. Entre le FBI qui enquêtait sur toutes les personnes dotées d'un compte bancaire et le détective privé engagé par Tony DeMarco, Marmet était en pleine ébullition.

Des sourires de circonstance sur les lèvres et leurs boîtes de gâteaux dans les bras, elles arrivèrent chez Tony sans avoir annoncé leur visite — de crainte qu'on ne les éconduise. Un garde armé les accueillit devant la maison.

— Nous sommes des amies de M. DeMarco, déclara Moira. J'habite un peu plus bas sur la route.

— Désolé, madame, s'entendit-elle répondre. Mais je vous prie de bien vouloir patienter un instant.

Le vigile disparut à l'intérieur de la maison, laissant les quatre femmes indignées derrière la porte.

Avant qu'elles aient pu se répandre en commentaires outrés, le battant s'ouvrit de nouveau et Tony les fit entrer.

— Je ne vous attendais pas.

— Oh, je sais que nous aurions dû vous prévenir, s'excusa Moira. Mais nous étions tellement anxieuses de prendre de vos nouvelles.

Il considéra leurs boîtes de gâteaux.

— Vous êtes gentilles, mais il ne fallait rien apporter. Je ne suis pas à l'article de la mort.

— Dieu merci ! s'écria Tiny en lui collant sa boîte entre les mains. C'est un gâteau au café, à la cannelle et aux raisins secs. Mon préféré… Il est délicieux, vous verrez.

Il les invita à le suivre jusqu'à la cuisine.

— Entrez, je vais préparer du café et nous allons déguster tout ça avec Sarah.

— Oh oui, bien sûr…

Tiny ne put s'empêcher de glousser nerveusement. Si Sarah l'avait épargnée de ses sarcasmes, lors du dîner chez Moira, elle n'en avait pas moins été intimidée. Elle avait conscience de manquer cruellement de repartie, et elle détestait être tournée en ridicule.

Quand la petite troupe pénétra dans la cuisine en file indienne, Sarah leva les yeux du rôti qu'elle était en train de ficeler.

— Nous sommes venues prendre des nouvelles de Tony, déclara Moira en lui tendant la joue.

Sarah l'embrassa avant d'agiter les mains devant elle afin d'esquiver la tournée de bises.

— J'ai les mains grasses, expliqua-t-elle. Excusez-moi, je vais me les laver.

— Je vous en prie, répliqua Moira en jetant

un coup d'œil au roulé farci. Ce rôti a l'air excellent.

— Merci. Je vois que vous n'êtes pas venues les mains vides. C'est vous qui avez fait tous ces gâteaux ?

— Oh, non, ils viennent de la pâtisserie, précisa Marcia en posant sa tarte sur le plan de travail. Ils ne seront sûrement pas aussi bons que des gâteaux maison.

— C'est l'intention qui compte.

Tony invita les quatre femmes à prendre place autour de la table. Avec un sourire amusé, Sarah sortit des assiettes d'un placard et les lui tendit afin qu'il serve le gâteau au café.

Leurs visiteuses s'étaient mises sur leur trente et un. Tiny portait du cachemire et un manteau en laine au col de vison, Marcia une robe de soie, Annabeth un élégant ensemble en tricot et Moira un tailleur-pantalon beige qui devait sortir de l'une des boutiques les plus chic de la ville. Leurs coiffures impeccables étaient littéralement soudées sous la laque, et toutes les quatre étaient fardées comme pour les plus grands jours. Quant aux boucles d'oreilles, bagues et colliers dont elles s'étaient parées, le tout devait valoir une somme qui aurait permis de nourrir une année entière tout un village du tiers-monde.

— Qui veut du café ?

Elles hochèrent la tête d'un geste machinal, fascinées par le récit des mésaventures de Tony.

Marcia reprenait une part de gâteau et Annabeth faisait fondre un morceau de sucre dans sa tasse de café quand Lorett pénétra dans la cuisine. Elle dévisagea les visiteuses avec une curiosité mêlée de dédain, en attendant que l'on veuille bien la présenter.

Tony, qui lui tournait le dos, devina sa présence à l'expression des quatre femmes. En se retenant à grand-peine de pouffer, il se retourna et tendit le bras en sa direction.

— Voici la tante de Sarah, Lorett Boudreaux, de La Nouvelle-Orléans. Lorett, voici Tiny Bartlett, Marcia Farrell, Moira Blake et Annabeth Harold.

— Enchantée, balbutia Tiny. Mais nous nous sommes déjà rencontrées…

Et ne sachant que dire d'autre, elle ricana bêtement.

— Vraiment ? fit Tony, étonné.

— Oui, répondit Lorett. Il y a des années, à l'enterrement de Catherine.

— Tante Lorett, tu prendras un morceau de gâteau avec nous ?

Elle jeta un coup d'œil soupçonneux aux pâtisseries et secoua la tête.

— Non, merci.

Sarah se détourna pour dissimuler son sourire. Un seul regard de sa tante avait suffi à clouer le bec des commères. Avant que qui que ce soit ait pu reprendre la parole, le téléphone portable de Tony se mit à sonner. En s'excusant, il prit la communication et disparut dans le couloir.

— J'ai un peu bossé, mon vieux, lui annonça d'emblée Maury. J'ai recensé tous les endroits de la région qui s'appellent Moose quelque chose. Je suis au sud de la ville, en ce moment. Il paraît qu'il y a un vieux café, sur la route de Portland, qui porte le nom de The Moose and Duck, et une pépinière qui produit des sapins de Noël à l'enseigne Moose Tracks. Ça te dit quelque chose ?

— Vaguement, répondit Tony.

— O.K. Et j'ai aussi une autre piste. Un vieux

avec qui j'ai discuté m'a appris qu'il y avait autrefois un motel du nom de Moose Landing dans le coin. Malheureusement, il n'a pas pu me donner l'adresse. Tu en as entendu parler ?

— Je ne crois pas. Mais attends une minute, tu veux bien ? J'ai ici des voisines qui pourront peut-être nous renseigner.

— Elles tombent à pic.

Il retourna dans la cuisine.

— Excusez-moi de vous interrompre, mesdames. Puis-je vous demander de vous creuser un peu les méninges ?

— Certainement, répondit Annabeth avec empressement. En quoi pouvons-nous vous aider ?

— Mon détective privé est à la recherche d'un vieux motel, le Moose Landing. L'une d'entre vous sait-elle où il se trouve ?

Moira demeura sans expression. Annabeth se pencha vers Marcia et lui chuchota quelque chose à l'oreille. Tiny devint rouge comme une pivoine.

— Alors ? insista-t-il.

— Ce motel n'existe plus, déclara Tiny, les joues toujours empourprées.

— Il a été démoli ?

— Non. Je crois que les bâtiments sont toujours là, mais c'est fermé depuis des années. Les propriétaires habitaient sur place. D'ailleurs, ils habitent peut-être toujours là-bas, mais je n'en suis pas sûre.

Marcia lui décocha un coup de coude dans le bras avec un sourire entendu.

— Sacrée Tiny Bartlett. Jamais je n'aurais pensé que tu avais fréquenté le Moose Landing. Ce n'est pas ton genre…

Tiny rougit de plus belle, si c'était possible.

— Quand nous étions jeunes, avec Charlie… Il fallait bien qu'on se voie quelque part. Papa était tellement opposé à notre liaison…

— Votre vie privée ne m'intéresse pas, la coupa Tony. Je veux juste savoir où se trouve cet établissement.

— Il faut prendre la sortie nord de Marmet et suivre la route qui mène au Canada, expliqua Marcia. C'est juste de l'autre côté de la frontière.

Moira se tourna vers elle, stupéfaite.

— Toi aussi, tu y allais ? s'exclama-t-elle, comme frappée d'horreur.

— Oh, je t'en prie, riposta Marcia. Ne fais pas la sainte-nitouche. J'ai vu ta voiture là-bas, un jour.

— Tu mens !

Marcia haussa les épaules.

— Ce n'était peut-être pas ta voiture, mais c'était exactement la même, avec le macaron handicapé sur le pare-brise.

Tony leva les yeux au ciel en direction de Sarah, puis il repartit dans le couloir afin de transmettre l'information à Maury.

— Où es-tu ? lui demanda-t-il.

— Je te l'ai dit : au sud de la ville. Je vais aller à ce café. J'irai voir le motel demain à la première heure.

— Tiens-moi au courant.

— Pas de problème.

Après avoir raccroché, Tony glissa son téléphone dans sa poche et retourna dans la cuisine. Annabeth et Tiny étaient sur le point d'en venir aux mains.

— Mesdames, voyons…

Il y eut un moment de silence gêné, puis Tiny se mit à rire nerveusement. Annabeth poussa un soupir tandis que Marcia affichait un sourire confus. L'air indigné, Moira repoussa sa chaise et se leva.

— Je crois qu'il est temps que nous vous laissions tranquilles, déclara-t-elle. Ce cher Tony sort juste de l'hôpital et nous venons l'embêter avec toutes nos histoires.

Elle jeta un regard étrange à Sarah, comme si elle était responsable de cette scène. Ses trois amies se levèrent à leur tour, et toutes suivirent Tony dans le couloir.

— Merci de votre visite, lança Sarah avec une amabilité exagérée.

Tony se retourna et lui sourit. Décidément, il ne se lasserait jamais d'elle.

17.

Les visites de Maury au Moose and Duck et à la pépinière Moose Tracks se révélèrent totalement infructueuses. A l'évidence, ces deux endroits n'avaient aucun lien avec Franklin Whitman.

Il était presque 21 heures quand le détective se gara sur le parking de son hôtel, dans la petite station de ski de Sugarloaf Mountain. La saison des sports d'hiver n'ayant pas encore débuté, il était le seul pensionnaire. Tom et Morris Fenton, le couple qui tenait l'établissement, ne servaient pas à manger après 20 heures. Les soirées étaient longues et ennuyeuses, mais Maury n'avait pas le choix. Le seul Bed and Breakfast de Marmet était fermé pour raison de santé.

Avec un soupir, il se pencha sur la banquette arrière pour récupérer sa pizza qui refroidissait ainsi que son pack de bières — qui, elles, se réchauffaient dans l'air chaud de la voiture. Puis il se dirigea vers sa chambre en songeant à Tony. Dire que lui passait une bonne soirée dans sa belle maison avec les deux meilleures cuisinières du monde. Il y avait quand même de foutus veinards sur cette terre…

L'assassin n'était pas retourné au Moose Landing depuis une éternité. La pancarte qui indiquait la direction du motel avait disparu, mais le chemin lui était familier. On n'oublie pas si facilement un trajet que l'on a fait une fois par semaine pendant des mois. Ces escapades lui avaient été vitales, autrefois. Tant de projets avaient été échafaudés là-bas, tant de rêves ébauchés sous les lambris du chalet numéro 10.

Dans le faisceau de ses phares, le Landing offrait aujourd'hui un bien triste tableau. Trois des bungalows avaient été ravagés par un incendie, sinistres squelettes de bois. Les autres chalets étaient dans un piètre état — toits à demi effondrés, volets branlants, peinture écaillée, marches éventrées. Mais dans l'obscurité, il était aisé d'oublier ce spectacle de désolation et de s'imaginer le lieu tel qu'il avait été : deux rangées de charmantes petites cabanes blanches aux volets verts. L'espace d'un instant, le temps remonta son cours et les souvenirs affluèrent à sa mémoire.

Soudain, une lumière s'alluma dans la véranda du premier chalet, et un homme âgé apparut sur le balcon.

— Vous cherchez quelque chose ? lança-t-il.

L'assassin descendit de sa voiture.

Aveuglé par les phares, le vieil homme se protégea les yeux pour tenter de distinguer la silhouette.

— Vous êtes perdu ? demanda-t-il.

— Non.

— Le motel est fermé.

L'assassin s'approcha. Le vieil homme plissa les yeux, puis esquissa un sourire.

— Mais... il me semble que je vous connais.

L'assassin gravit les marches du chalet en soupirant :

— C'est bien ce que je craignais.

Une détonation retentit dans la nuit. Le visage du vieil homme se crispa, puis il s'écroula sur le pas de sa porte en portant les mains à sa poitrine ensanglantée.

L'assassin le traîna à l'intérieur. Son regard balaya le salon aux meubles dépareillés et aux murs tapissés de livres, avant de s'attarder un instant sur le corps inanimé.

— Toutes mes excuses, mais c'était une question de vie ou de mort… en ce qui me concerne.

Quelques minutes plus tard, sa voiture disparaissait à l'horizon, et le silence revint autour du Moose Landing.

Il était à peine 8 heures quand Maury se gara devant ce qu'il restait du Moose Landing. Une lanterne était allumée dans la véranda du premier chalet. Le détective prit son gobelet de café calé sur le tableau de bord et descendit de sa voiture. En écrasant son mégot sous sa chaussure, il remarqua des traces de pneus et de pas relativement fraîches.

Il posa son café sur le capot et dégaina son revolver. Il n'avait pas de raison particulière de se sentir menacé, mais il se fiait à son instinct. Une habitude qu'il avait acquise au Viêt-nam.

— Ohé ! cria-t-il. Y a quelqu'un ?

Personne ne répondit.

Il se dirigea vers le chalet et commença à gravir les marches. Maculées de traînées rouges. Il leva les yeux. La porte aussi était éclaboussée de sang. Il considéra la poignée, mais s'abstint de la toucher, afin de ne pas effacer d'éventuelles empreintes. Redescendant les marches, il fit le tour de la petite habitation à la recherche d'une autre entrée. Il en trouva une à l'arrière du bungalow : une double porte grillagée, dont aucun des deux battants n'était verrouillé.

Dès l'instant où il pénétra à l'intérieur, une sinistre odeur de friture mêlée à des relents d'excréments et de sang l'assaillit. En frissonnant, il traversa la petite cuisine et se dirigea vers un salon aux meubles dépareillés.

Le corps d'un vieil homme gisait dans une mare de sang, que lapait un gros chat. Sans réfléchir, Maury saisit le matou par la peau du cou, traversa la cuisine en courant et le jeta dehors. Avec un miaulement strident, l'animal déguerpit pour aller se cacher sous un buisson.

Au Viêt-nam, Maury et deux de ses camarades avaient un jour découvert cinq ou six cochons en train de déchiqueter le cadavre d'un jeune soldat.

Ils avaient tué les bêtes et pris les plaques d'identification du pauvre garçon tombé au combat. Maury n'avait jamais oublié cette macabre vision. Le chat avait fait resurgir de vieux cauchemars.

Il tremblait tellement que ses jambes ne le portaient plus. Il s'assit par terre et se cala la tête entre les genoux en jurant dans les trois langues qu'il connaissait.

Il tremblait encore quand il sortit son téléphone de sa poche pour prévenir la police. Puis il attendit en songeant que sa visite au motel allait durer plus longtemps que prévu. Ce qui n'avait pas d'importance, après tout. Il devait à ce vieil homme ce qu'il n'avait pas pu faire pour ce gars qui s'était fait tuer au Viêt-nam. Veiller à ce que son corps ne soit pas dévoré par les charognards. Et par la même occasion, s'assurer que les traces ne disparaîtraient pas avant que la Gendarmerie Royale du Canada les ait examinées.

— Que faisiez-vous ici ? lui demanda un gendarme pour la deuxième fois.

Et pour la deuxième fois, Maury lui montra sa

licence de détective privé et exposa dans les grandes lignes l'objet de son enquête.

— Donc, vous travaillez pour Mlle Whitman ?

— Si l'on peut dire, répondit-il. J'ai été engagé par un de ses amis, mais c'est surtout elle qui est concernée par mes recherches.

— Je vois... Et que cherchiez-vous ici, exactement ? Vous m'avez dit être en possession d'un calendrier sur lequel figurent des rendez-vous au Moose Landing...

— Je ne suis pas sûr que le Moose Landing soit le « Moose » qui m'intéresse. Mais comme je vous l'ai déjà signalé, je suis allé voir tous les endroits du coin qui s'appellent Moose quelque chose.

— Qui est au courant de votre enquête ?

— La moitié de Marmet. Au bas mot.

— Ça ne va pas beaucoup nous aider, grommela le gendarme.

— A qui le dites-vous...

Maury regarda un monospace bleu se garer devant le motel.

— Ce doit être la fille de M. Havenworth, déclara le gendarme en se redressant. Je vous prie de m'excuser un instant. J'aurai encore quelques questions à vous poser.

Il acquiesça d'un signe. Il n'était pas pressé de partir, d'autant moins que sa dernière piste se terminait en cul-de-sac.

Il vit le gendarme annoncer le décès du vieil homme à sa fille et compatit à sa douleur en la voyant se couvrir le visage de ses mains et éclater en sanglots. On la conduisit dans le chalet, d'où elle ressortit un instant plus tard, pâle et tremblante. Au bas des marches, elle s'appuya contre le mur et se pencha en avant pour vomir.

Après quelques minutes, Maury alla chercher une flasque de bourbon dans la boîte à gants de sa voiture. Puis il se dirigea vers la vieille table de pique-nique où la jeune femme s'était assise.

— Tenez, buvez un coup, déclara-t-il d'un ton bourru, sans prendre la peine de se présenter. Ça vous fera du bien.

A sa grande surprise, elle s'empara de la flasque et but une longue rasade sans le regarder.

— Qui êtes-vous ? s'enquit-elle en lui rendant la flasque.

Il se glissa sur le banc à côté d'elle.

— Le type qui a découvert le corps. C'était votre père ?

Elle hocha la tête. Son visage était boursouflé par les larmes. Maury nota qu'elle faisait partie de ces femmes qui devenaient vilaines lorsqu'elles pleuraient. Le chagrin allait bien à certaines, pas à d'autres. Elle appartenait à la deuxième catégorie.

— Toutes mes condoléances, lâcha-t-il.

— En fait, je ne suis pas vraiment étonnée que mon père ait fini comme ça. Nous nous attendions tous à ce qu'il lui arrive malheur, un jour ou l'autre. Mais ces derniers temps, nous étions un peu plus tranquilles. C'était surtout autrefois, quand le Landing marchait bien, qu'on s'inquiétait à son sujet.

— Pourquoi ? demanda Maury, surpris par ses confidences.

— Le Landing était le lieu de rendez-vous des couples illégitimes. Les prostituées du coin y emmenaient aussi leurs clients. Combien de fois avons-nous essayé de convaincre papa de laisser tomber cette affaire ? Nous n'y sommes jamais arrivés. Au fond, je crois qu'il aimait bien cette atmosphère scabreuse.

Il hocha la tête.

— Ouais… On se fait à tout. Une certaine accoutumance, je suppose.

Elle l'étudia attentivement.

— Vous êtes de la police ?

— Détective privé.

— Que faites-vous là ? Vous vous êtes perdu ?

— Non, je suis venu exprès. Pas de bol, je suis arrivé un peu trop tard.

— Que cherchez-vous ? Il n'y a plus rien, ici.

— Des souvenirs, peut-être… Je voulais interroger votre père… voir s'il se rappelait ses anciens clients.

Elle leva les yeux au ciel.

— Oh oui, il s'en souvenait. Il nous parlait souvent des habitués. Pour ma part, je faisais le ménage des chambres…

Il lui saisit le bras.

— Vous avez travaillé ici ?

Elle dégagea son bras pour se moucher, puis acquiesça.

— Pendant plus de dix ans. Mon ex m'avait

plaquée avec deux marmots en bas âge. Je n'avais aucune qualification. Papa m'a embauchée. Ce n'était pas un mauvais job. Pourvu que je fasse mon boulot, j'avais des horaires assez libres.

— Si je vous montre des photos, vous pensez que vous reconnaîtrez certaines personnes ?

Elle haussa les épaules.

— Peut-être.

— Attendez-moi là. Je reviens.

Quelques minutes plus tard, il étalait sur la table les quelques clichés que Sarah lui avait prêtés.

— Est-ce que le nom de Franklin Whitman vous dit quelque chose ?

Il la vit ouvrir la bouche de stupéfaction.

— Ce n'est pas le type qu'on a repêché récemment au fond du lac Flagstaff ?

— Si. Vous le connaissiez ?

Elle réfléchit un instant avant de secouer la tête.

— Non, je ne crois pas.

Il lui tendit la photo de Whitman entouré de sa femme et de sa fille en tenue de Noël.

— Vous reconnaissez quelqu'un ?

Elle observa le cliché puis fit signe que non.

— Jolie petite famille, commenta-t-elle.

Merde. Dommage.

Maury lui passa la photo de groupe prise à l'occasion du soixante-quinzième anniversaire de la banque.

— Revoici notre homme, avec ses collègues de travail.

— Où ?

Il lui indiqua Whitman. Elle se pencha au-dessus de la photo et étudia longuement le père de Sarah, avant de laisser son regard courir sur les autres visages. Soudain, elle posa le doigt sur l'un des membres du groupe.

— Lui ! s'écria-t-elle. Je le reconnais. Il venait ici toutes les semaines.

Maury s'empara de la photo et la retourna pour regarder les noms inscrits au dos.

— Elle aussi, je la reconnais, ajouta-t-elle en tapotant le cliché.

Il examina la femme qu'elle lui montrait.

— Ils formaient un beau couple, à l'époque.

— Ils venaient ensemble ? demanda-t-il.

— Non, chacun avec sa propre voiture. Je m'en souviens bien parce qu'ils venaient toujours dans la journée, pendant que je faisais le ménage. Jamais le soir, comme la plupart des autres clients.

— Vers quelle heure ?

— C'est si vieux, tout ça... Entre 10 heures du matin et 15 heures, l'heure à laquelle je terminais en général. Il fallait que j'aille chercher mes gosses à l'école.

Maury leva les yeux vers elle.

— Vous savez que vous venez peut-être d'identifier l'assassin de votre père ?

Elle étouffa un petit cri.

— Vous êtes sérieux ?

— C'est à confirmer, répondit-il doucement.

Puis il se leva.

— Enchanté d'avoir fait votre connaissance, madame. Et encore toutes mes condoléances pour votre père.

Il regagna sa voiture, s'installa derrière le volant et sortit son calepin pour relire ses notes.

Lay Romfield, surnommé Sonny, père de deux enfants, époux d'Oise, décédé dans un accident de voiture deux jours après le cambriolage de la banque.

Moira Blake, retraitée de la banque depuis deux

ou trois ans, employée modèle, carrière irréprochable. Veuve depuis six ans. Mari paraplégique à la suite d'un accident de chasse, vingt-cinq ans dans un fauteuil roulant.

Donc, tous les deux étaient amants.

A la mort de Sonny, Moira avait continué à travailler à la banque et à mener une petite vie tranquille. Elle n'avait pas déménagé, n'avait montré aucun signe d'enrichissement fortuit.

Maury plissa le front, perplexe. Pourquoi diable leurs rendez-vous figuraient-ils sur le calendrier de Franklin Whitman ?

Tout à coup, une idée se forma dans son esprit. Et si ce calendrier n'était pas celui de Whitman ? Sarah n'avait-elle pas dit que Harmon Weatherly avait débarrassé le bureau de son père en même temps que celui de Romfield ? Par inadvertance, il avait pu mélanger les affaires des deux hommes. Personne ne s'en était jamais rendu compte. Et puis, voilà que, tout d'un coup, le corps de Whitman était remonté à la surface, sa fille était venue le réclamer, la police avait rouvert le dossier, le FBI participait à l'enquête. Et, comble de l'horreur pour le coupable, Harmon Weatherly avait remis à Sarah un carton contenant des affaires ayant appartenu à son père. D'une manière ou d'une autre, l'assassin avait dû s'apercevoir du malencontreux échange de calendriers et en avoir des sueurs froides.

Sonny Romfield étant mort et enterré depuis des lustres, il ne restait qu'une personne qui avait intérêt à ce qu'on ne découvre pas la vérité.

Sa maîtresse : Moira Blake.

Maury aurait mis sa main au feu qu'il était sur le point d'éclaircir un meurtre et un cambriolage remontant à deux décennies. Quand même, il était bon. Il allait devoir songer à augmenter ses tarifs.

Il ressortit de sa voiture et se dirigea vers les gendarmes. Le résultat de ses réflexions les intéresserait sûrement.

Une fois qu'il leur eut parlé, il remonta dans sa voiture et démarra sur les chapeaux de roues, laissant le Landing et ses secrets dans la poussière. Maintenant, il fallait avertir Sarah au plus vite. Hors de question qu'elle finisse comme le pauvre propriétaire du motel…

Tout en conduisant, il composa le numéro de Tony et jura entre ses dents quand l'écran de son portable lui indiqua que la batterie était épuisée. Il jeta rageusement le téléphone sur le siège du passager et enfonça la pédale d'accélérateur.

— Charles Bartlett a été arrêté ! cria Sarah à Tony qui pénétrait dans la maison.

— Quoi ?

— J'ai le shérif au bout du fil. Il va t'expliquer, répliqua-t-elle en lui tendant le téléphone.

Il l'enlaça avant de prendre le téléphone.

— Ron ? C'est vrai ?

Gallagher semblait en proie à une vive exaltation.

— On a reçu un appel anonyme, hier soir. J'ai demandé un mandat de perquisition et, ce matin de bonne heure, nous sommes allés fouiller chez Bartlett. Quand je lui ai présenté le mandat, il a paru surpris, mais il n'a pas montré d'opposition. Je lui ai demandé s'il possédait des fusils de chasse. Il m'a répondu que oui. Nous l'avons prié de nous les montrer, il est allé les chercher sans se démonter. L'une des armes avait été utilisée très récemment et n'avait pas été nettoyée. Je lui ai demandé s'il était allé à la chasse, ces jours-ci. Il m'a soutenu que non, mais nous l'avons quand même placé en garde à vue et nous avons saisi ses fusils pour les examiner. On vient de me transmettre les rapports balistiques. C'est avec l'un des fusils de Bartlett que la balle qui s'est fichée dans votre façade a été tirée. Bartlett est en état d'arrestation.

— Vous pensez que c'est lui qui a dévalisé la banque et tué le père de Sarah ?

— Il y a de fortes chances. Sinon, pour quelle raison aurait-il cherché à éliminer Sarah ? Je suis plutôt content de moi, et le FBI aussi. Si Bartlett avait réussi à réduire Sarah au silence, l'enquête aurait sûrement tourné en eau de boudin, faute de preuves. C'est grâce à la présence de Sarah à Marmet que la situation s'est décantée.

— Là, je suis scié, Ron, commenta Tony, sous le choc. Bartlett est à peu près de mon âge — quatre ans de plus à tout casser… Alors, comme ça, il aurait volé un million de dollars, piégé Whitman et se serait marié avec le meilleur parti de la ville pour se couvrir ? Et personne ne l'a jamais soupçonné.

— Vraisemblablement.

— Ouais… Merci de nous avoir appelés, Ron.

En raccrochant, il serra Sarah contre lui.

— C'est fini ! exulta-t-elle. Merci, mon Dieu ! Enfin…

Tony lui sourit, mais quelque chose le chiffonnait. Il connaissait Charlie Bartlett depuis toujours. Or ce type n'avait jamais été très malin. Comment imaginer qu'il ait pu monter un coup d'une telle envergure sans aucune complicité ?

— On va renvoyer les gardes, déclara Sarah tout excitée. Tout le monde pourra rentrer chez soi.

— Même toi ?

La tension qu'elle perçut dans sa voix tempéra son excitation.

— Je m'emballe, mais je n'ai pas envie de te quitter.

Il ne répondit pas. La séparation était imminente et il en souffrait déjà.

— Bon, je vais dire aux vigiles qu'ils peuvent partir.

— Dunn et Farley sont déjà en train de faire leurs bagages. Ils étaient avec moi quand Ron m'a annoncé la nouvelle.

— De sacrés numéros, ces deux-là…

— On ne peut pas les blâmer d'avoir été drogués, objecta-t-elle. Ce sont des choses qui se pratiquent couramment, tu sais, sur les femmes notamment. On leur fait boire une drogue avant de les violer, et elles ne se souviennent de rien.

— Je sais, je sais, acquiesça-t-il en pinçant les lèvres. Je vais leur présenter mes excuses.

Elle sourit.

— Ce que j'aime, chez toi, c'est ton côté fair-play. A part au lit… Il faut toujours que tu prennes le dessus.

Il frotta son nez dans le creux de son cou.

— L'amour n'est pas un jeu, Sarah Jane. C'est une affaire sérieuse.

— Tu as entièrement raison. J'ai dit une grosse bêtise, pardon.

Il fit courir ses lèvres tout le long de son cou, puis plaqua sa bouche contre la sienne. Sarah sentit son cœur s'accélérer, et sa tête se mit à tourner.

Rompant leur étreinte, il déclara :

— Remettons ça à plus tard. Il faut que j'aille voir les vigiles.

Elle souriait encore béatement quand sa tante pénétra dans la pièce.

— Que se passe-t-il ?

— C'est fini, tante Lorett ! s'exclama-t-elle en sautant de joie. Tout est fini ! La police a arrêté le type qui voulait me tuer. Maintenant, papa peut reposer en paix.

Lorett l'étudia longuement, puis promena un regard circulaire autour d'elle.

— Je ne suis pas sûre que ce soit fini, lâcha-t-elle enfin.

Sarah se jeta dans ses bras.

— Oh non, tante Lorett. Ne commence pas à faire des prédictions. Sois heureuse pour moi. Sois heureuse qu'on ait enfin attrapé le criminel.

L'expression de sa tante se radoucit.

— Bien sûr que je suis heureuse pour toi, mon enfant, assura-t-elle en la serrant fort contre elle.

Sarah se dégagea de ses bras et arpenta la pièce tout en réfléchissant à voix haute.

— Je ne sais pas par où commencer, maintenant. Oh si, je sais. Je vais prendre les dispositions nécessaires pour que papa soit inhumé à côté de maman. Ça, c'est le plus important.

— Je repars demain, intervint Lorett. Tu n'as plus besoin de moi, maintenant.

Sarah sentit son enthousiasme retomber quelque peu.

— D'accord... Si tu veux... Mais je pensais...

Sa tante lui encadra le visage de ses mains et attendit qu'elle la regarde dans les yeux.

— Tu as de grandes décisions à prendre, et tu dois les prendre seule, sans moi ni personne d'autre pour t'influencer. Ces décisions doivent venir de ton cœur.

Sarah battit des paupières pour refouler ses larmes.

— Je prendrai les bonnes décisions. Ne t'inquiète pas pour moi, tante Lorett.

— Ne fais pas l'idiote, ma chérie, répliqua sa tante en secouant la tête. Bien sûr que je vais m'inquiéter, comme tous les parents.

Elle se pencha pour déposer un baiser sur son front, ainsi qu'elle l'avait fait des milliers de fois quand Sarah était plus jeune.

— Je ne te l'ai peut-être pas dit assez souvent, commença Sarah, mais je t'aime. Beaucoup. Tu es la meilleure chose qui ait pu m'arriver. Chaque jour que Dieu fait, je remercie ma mère de m'avoir confiée à toi.

Lorett lui ébouriffa les cheveux.

— Tu as besoin d'une bonne coupe. Tu veux que j'aille chercher les ciseaux ?

— Non.

Et elles éclatèrent de rire au souvenir de la seule et unique fois où sa tante lui avait coupé les cheveux. Un résultat désastreux.

— On verra ça plus tard, déclara Lorett. Je vais passer un coup de fil à l'aéroport et réserver un billet d'avion.

Sarah hocha tristement la tête, puis quitta la pièce avant que l'une d'elles ne fonde en sanglots.

Outre le départ de sa tante, elle était en proie à un terrible dilemme. D'un côté, elle avait envie de retourner à La Nouvelle-Orléans au plus tôt, et de l'autre, elle ne voulait pas quitter Tony. Malheureusement, la situation n'était pas très claire entre eux. Il lui avait certes fait comprendre à plusieurs reprises qu'il l'aimait, mais il n'y avait pas eu de déclaration officielle, aucun engagement, encore moins de demande en mariage.

Elle jeta un œil par la fenêtre de la bibliothèque. Tony était en pleine discussion avec le responsable de l'équipe de surveillance.

Contente de ne plus avoir besoin de gardes du corps, elle passa de pièce en pièce sans se presser, imprimant chaque détail de la maison dans son esprit, afin de s'en souvenir après son départ. Elle vit Lorett dans le salon en train de téléphoner. Et, poursuivant son chemin, elle croisa Dunn et Farley qui sortaient de leur chambre avec leurs valises. Elle leur tendit la main.

— Merci à tous les deux, les remercia-t-elle.

Ils lui serrèrent la main.

— Vous partez tout de suite ?

— Oui, mademoiselle, répondirent-ils à l'unisson.

— Bon voyage… et bonne continuation. Au passage, pourrez-vous dire à Tony que je vais faire un tour au lac ?

— Oui, mademoiselle, répondirent-ils de nouveau comme un seul homme.

En souriant intérieurement, elle traversa la cuisine, puis sortit sur la terrasse où elle s'arrêta un instant pour palper l'impact de la balle.

— J'ai eu de la chance, murmura-t-elle en s'accoudant à la balustrade.

La vue était magnifique. Malgré une légère bise, le ciel était parfaitement dégagé. Les eaux calmes du lac scintillaient. Pour une fois, elle parvenait presque à le considérer tel qu'il était : la source d'énergie d'une centrale hydroélectrique ainsi qu'un lieu de détente et de loisirs.

Elle descendit les marches de la terrasse. Maintenant, elle était prête à aller le voir de près. Il fallait qu'elle fasse enfin taire la frayeur que lui inspiraient ces eaux troubles et ténébreuses. Elle hésita un instant, envisagea d'attendre Tony, puis songea qu'elle pouvait maintenant reprendre son indépendance. Charles Bartlett était derrière les barreaux. Elle n'avait plus rien à craindre.

Le soleil était chaud sur son visage. En jean, col roulé et tennis, elle se sentait à l'aise. Elle se dirigea tranquillement vers le ponton, en pensant qu'il faudrait qu'elle demande au shérif de lui rendre ses chaussures noires. Gallagher lui avait dit que les seules empreintes digitales relevées sur ses chaussures étaient les siennes. Bartlett avait pris des précautions, mais il avait fini par se trahir.

Elle s'arrêta au bord de la jetée et contempla le lac. Presque aussitôt, son ventre se noua.

Ne sois pas idiote, se dit-elle en avançant sur la passerelle.

La plate-forme n'était pas très longue, et le clapotis de l'eau contre ses piliers se révélait plutôt apaisant — en tout cas, pas menaçant. Pourtant, chaque fois qu'une planche craquait sous ses pieds, elle tressaillait. C'était idiot, le vieux ponton ne faisait que la saluer.

Parvenue au bout, elle admira le paysage. Le lac chatoyait sous les rayons du soleil. Elle baissa la tête et se recueillit le temps d'une brève prière. Quand elle se redressa, des oies sauvages prenaient leur envol. Elles décrivirent un cercle autour de la retenue d'eau puis se dirigèrent vers le sud en criaillant.

— Rendez-vous au printemps, murmura Sarah tout en songeant qu'elle se leurrait peut-être quant à ses relations futures avec Silk DeMarco.

Elle se retourna vers la maison. Personne n'était en vue. Repoussant le moment d'aborder avec Tony le sujet de leur imminente séparation, elle s'assit au bord de la jetée et laissa pendre ses pieds à quelques centimètres au-dessus de l'eau. Puis, se renversant en arrière, elle prit appui sur ses mains et exposa son visage à la douce caresse du soleil.

Ron Gallagher remonta l'allée de la maison de Tony DeMarco et coupa le contact. Les vigiles étaient en train de charger leurs bagages dans leurs véhicules.

Avant de descendre de sa voiture, il prit une longue inspiration et se dirigea vers Tony. Les nouvelles qu'il apportait n'allaient pas être faciles à annoncer.

— Tony… Il faut que je vous parle.

— Félicitations, shérif ! s'exclama Tony en lui tapant dans le dos.

— Il n'y a pas de quoi me féliciter, grommela Gallagher. Nous avons un problème.

Tony se figea.

— Un problème ?

— Oui. Charles Bartlett était à Portland le soir où on a tiré sur Sarah.

— Vous en êtes sûr ?

— Il n'y a aucun doute. Il a fait un discours devant un auditoire de plus de quatre cents personnes.

— Et merde, jura Tony en pivotant vers les camionnettes de l'équipe de surveillance. Attendez ! lança-t-il aux vigiles. Ne partez pas tout de suite.

Il avait à peine terminé sa phrase que la voiture de Maury Overstreet apparaissait dans l'allée. Le détective se gara et les rejoignit, un sourire jusqu'aux oreilles.

— Vous tombez bien, shérif, déclara-t-il. Je voulais vous voir.

— Que se passe-t-il ? s'enquit Tony.

Maury brandit la photo et fouetta le capot du véhicule du shérif.

— Je suis allé au Moose Landing ce matin de bonne heure. Et devinez ce que j'y ai trouvé : un macchabée, tout frais, pas comme celui que vous avez sorti du lac. Sur le coup, je me suis dit que ça n'allait pas faire mes affaires. Pauvre gars... Un type d'un certain âge... Ça n'a pas fait ses affaires, à lui non plus... Ne croyez pas que je lui manque de respect.

— On ne croit rien, maugréa Gallagher. Continuez, s'il vous plaît.

— Ouais. Donc, j'attendais les flics du Canada pour leur expliquer ce que je foutais là, et je me lamentais sur mon sort parce que le seul témoin qui aurait pu me raconter ce qui s'était passé dans ce motel était mort, quand est arrivée la fille du vieux. Enfin, je vous passe les détails. Elle faisait le ménage des chambres, à l'époque. Elle n'a pas reconnu Whitman, mais deux autres des employés de la Marmet National Bank.

— Lesquels ? le pressa Tony.

— Sonny Romfield et Moira Blake. Ils avaient, paraît-il, l'habitude de venir se payer des tranches de bon temps au Moose Landing. Vous ne voyez pas le rapport avec la choucroute ? Moi non plus, au début. Mais j'ai fait marcher ma petite cervelle et je suis revenu sur tous les éléments de l'affaire. Quand vous bloquez sur une affaire, il faut toujours faire le point.

— Merci pour le conseil, railla Gallagher. J'en prends bonne note.

Tony commençait à sérieusement s'impatienter.

— Bon sang, Maury ! Tu vas cracher le morceau, oui ou non ?

— J'y arrive, j'y arrive. Quand Sarah a débarqué à Marmet, elle n'était qu'une bête curieuse. Il n'y avait pas de raison de se débarrasser d'elle. Jusqu'à ce qu'elle déclare à la télévision qu'elle ne repartirait pas tant que l'assassin de son père n'aurait pas été démasqué. Et la situation a empiré quand elle est entrée en possession de quelque chose, susceptible de faire éclater la vérité au grand jour…

— Quelle chose ? s'enquit Gallagher.

— Le calendrier, c'est ça ? avança Tony.

Le détective pointa l'index sur lui.

— Et voici le gagnant de la supercagnotte ! Le calendrier, bien joué.

— Mais j'en ai fait une copie, objecta Ron. Et il n'y avait rien dans ce calendrier qui prouve la culpabilité de qui que ce soit. Pas même ces rendez-vous au Moose.

— Ce n'était pas Whitman qui fréquentait le Landing, expliqua Maury, mais Moira et Sonny. Harmon Weatherly a rangé les bureaux de Romfield et de Whitman dans la foulée, si je ne m'abuse, n'est-ce pas ? Imaginez qu'il ait mélangé les calendriers des deux gars. Et que Moira s'en soit aperçue. S'il n'avait été question que d'adultère, ça n'aurait pas été très grave. J'en ai déduit qu'elle avait quelque chose de beaucoup plus sinistre à cacher. Autrement dit que Sonny et elle étaient impliqués dans le cambriolage et le meurtre de Whitman.

— La garce ! s'exclama Tony, furieux. Elle a parlé de Romfield, l'autre soir. Qu'est-ce qu'elle a dit, déjà ? Ah oui, ça me revient. Qu'il était en instance de divorce quand il s'est tué. Bon sang, elle était bien placée pour le savoir !

Maury dansait presque sur place.

— Ils devaient avoir prévu de se barrer avec le fric. Whitman a sans doute flairé anguille sous roche, et ils ont été obligés de le faire disparaître. Mais ce qu'ils n'avaient certainement pas prévu, c'était l'accident de Romfield.

— Et l'argent ? Où est-il passé ? demanda Gallagher.

— C'est à Moira Blake qu'il faudrait poser la question, répliqua Tony sèchement.

— Eh ! Monsieur DeMarco !

Il se retourna. Dunn et Farley sortaient de la maison.

— Mlle Whitman nous a chargés de vous dire qu'elle allait se promener.

Non…

— Où est-elle allée ?

— Au lac.

— Oh, Seigneur !

Il partit en courant vers la maison, Maury et Gallagher sur ses talons.

Il se précipita à l'intérieur en appelant Sarah. Lorett apparut dans le couloir, l'air terrifié.

— Où est-elle ? s'écria-t-il.

— Un malheur se prépare. Le lac. L'eau va me prendre ma fille.

Gallagher fronça les sourcils.

— Qu'est-ce qu'elle…

— Il n'y a pas de temps à perdre, le coupa Tony. Il faut qu'on la retrouve. Venez avec moi.

Lorett tenta de les suivre, mais ses jambes refusaient de lui obéir. L'horreur de ce qu'elle entrevoyait la paralysait.

En entendant Tony l'appeler, Sarah se retourna. Aussitôt, une main lui agrippa le mollet et la tira à l'eau.

Elle n'eut que le temps de gonfler ses poumons

d'air avant que le lac l'engloutisse. Luttant contre l'étau qui lui enserrait la cheville, elle se sentit entraînée au large de la berge, de plus en plus loin dans les profondeurs.

18.

En voyant Sarah tomber du ponton et disparaître dans l'eau, Tony hurla son nom. Vaine dépense d'énergie. Les eaux du lac la happèrent avec quelques éclaboussures sonores.

Otant ses chaussures, il se mit à courir vers le lac, aussitôt suivi de Maury, tandis que Gallagher aboyait des ordres dans sa radio. Une fois au bout de la jetée, il plongea tête la première et émergea un peu plus loin, scrutant l'étendue d'eau à la recherche d'un signe qui lui permettrait de localiser Sarah. Maury sauta dans le lac à son tour et oscilla un instant de haut en bas, tel le flotteur d'une canne à pêche.

— Tu la vois ? cria-t-il.

— Non !

Aucune ride sur l'étendue d'eau. Aucune bulle d'air non plus.

Tony plongea de nouveau, réapparut, replongea, de plus en plus inquiet.

Complètement paniquée, Sarah ne pensait à rien d'autre qu'à sa survie. Déjà, elle manquait d'air. L'eau était sombre et froide ; elle pénétrait dans son nez, dans ses oreilles, faisant palpiter ses tympans.

Sarah donna des coups de pied, se débattit, griffa les bras qui enserraient sa taille, s'arc-bouta de toutes ses forces pour tenter de se libérer. En vain. Elle n'avait aucune prise sur son ravisseur. Elle ne sentait ni sa peau ni ses cheveux, et ses mains glissaient sur son corps. Il lui fallut un moment pour comprendre qu'il portait une combinaison de plongée. Elle retrouva alors une lueur d'espoir. Si elle parvenait à lui arracher son masque ou sa bouteille d'oxygène, alors lui non plus ne pourrait plus respirer. Peut-être aurait-elle une chance de lui échapper.

Elle se contorsionna entre ses bras et se retrouva face à lui. Rassemblant ce qui lui restait d'énergie, elle tira sur son masque. L'un des tuyaux raccordés à la bouteille d'oxygène se détacha. Profitant de l'effet de surprise, elle battit des jambes et se dégagea de l'emprise de son agresseur. Puis elle puisa dans ses ultimes réserves d'air et de force pour remonter vers la lumière.

Tony la vit dès l'instant où elle émergea. Comme il vit la longue traînée de bulles d'air qui se rapprochait d'elle dangereusement.

Le repérant, Sarah se mit à nager dans sa direction. Si les mains gantées de son agresseur lui saisissaient de nouveau un mollet ou un poignet, elle savait que, cette fois, elle ne pourrait pas leur échapper. Et elle mourrait comme son père, dans la solitude et les ténèbres des profondeurs.

Ses brasses se faisaient de plus en plus faibles. Et elle était près d'abandonner quand Tony glissa les bras sous ses épaules.

« Vivante. Elle est vivante », se répétait-il, tel un leitmotiv, immensément soulagé.

— Tu peux nager jusqu'à la berge ? lui cria-t-il pour couvrir les battements assourdissants de son propre cœur.

— Je crois que oui, répondit-elle en haletant.

Puis elle poussa un hurlement. Quelque chose venait de lui effleurer le dos.

— Ce n'est que moi, la rassura Maury. Pas de panique, Sarah. Vous êtes hors de danger, maintenant.

Elle avait terriblement envie de le croire, mais elle avait conscience qu'elle ne serait à l'abri que lorsqu'elle aurait regagné la terre ferme. Elle jeta un coup d'œil vers la rive. Lorett entrait dans l'eau à son tour. A cet instant seulement, elle sut qu'elle était sauvée.

Tony lui prit un bras et le passa autour de son cou.

— Accroche-toi à moi, Sarah. Je vais t'aider à nager jusqu'au bord.

Elle le considéra avec des yeux empreints de frayeur.

— Et s'il nous rattrape ?

— *Elle*, corrigea-t-il. C'est une femme. Mais ne t'inquiète pas. Je ne la laisserai pas remettre la main sur toi.

— Elle ? Qui est-ce ?

— Nage. Je t'expliquerai plus tard.

Soutenue par Tony et Maury, elle se mit à nager en songeant qu'ils s'étaient réjouis trop vite. Charles Bartlett avait donc des complices.

Lorsqu'ils arrivèrent au ponton, Lorett était dans l'eau jusqu'à la taille. Elle se précipita vers Sarah, lui agrippa les bras et la tira frénétiquement vers la grève.

— Sortez-la de l'eau ! hurlait-elle. Vite !

Dès que Tony sentit qu'il avait pied, il souleva Sarah dans ses bras et l'emporta en courant vers la maison, où Gallagher les attendait, encadré de plusieurs de ses hommes.

— Un hélicoptère survole le lac, déclara le shérif. Elle ne peut pas nous échapper.

Sarah se débattait dans les bras de Tony.

— Lâche-moi ! Mais lâche-moi, enfin ! Je peux marcher.

Sauf que, quand il la déposa au sol, ses jambes se dérobèrent sous elle. Il la rattrapa juste avant qu'elle ne s'écroule.

— Tony, je…

— Tais-toi, Sarah Jane. Ferme-la, pour l'amour de Dieu.

— Tu… tu es en colère contre moi ? bredouilla-t-elle, stupéfaite par sa réaction.

La vulnérabilité qui perçait dans sa voix l'atteignit comme une flèche en plein cœur. Sa vision se brouilla. Ses jambes flageolèrent. Il s'immobilisa, puis s'assit par terre, en la tenant toujours contre lui.

— Tony ?

— Oh, mon Dieu… Mon Dieu… Oh, mon Dieu.

Laissant libre cours à ses émotions, il enfouit son visage dans le creux de son cou et se mit à pleurer. Il avait eu tellement peur…

Ne sachant que faire, elle le serra contre elle. Puis, brusquement, elle sentit le froid qui l'enveloppait, le poids de ses vêtements, l'eau dans ses chaussures. Ses paupières étaient en feu et elle voyait encore trouble.

Maury passa près d'eux sans les regarder, son pardessus et ses chaussures à la main. Lorett s'approcha de Sarah, lui caressa les cheveux, puis posa les mains sur les épaules de Tony.

— Relevez-vous, lui dit-elle doucement. Emmenez-la à l'abri.

Aussitôt, il se remit sur ses pieds et aida Sarah à se relever.

— Dépêchez-vous.

Tandis qu'ils se dirigeaient vers la maison, Lorett jeta un regard par-dessus son épaule. Le danger n'était pas écarté, elle le sentait. Il était là, tout près, menaçant sous la surface miroitante du lac.

Lorett accompagna Sarah jusqu'à sa chambre et la déshabilla comme elle l'aurait fait avec une enfant.

— J'ai fait couler la douche, ma chérie. Va vite te réchauffer et te laver de ce cauchemar. Ensuite, je te frictionnerai.

Sarah claquait des dents sans pouvoir s'en empêcher. Après la montée d'adrénaline, elle se sentait à bout de forces. Et surtout, elle avait du mal à se faire à l'idée que Moira Blake était une dangereuse criminelle.

— Pourquoi elle, tante Lorett ?

— Va vite te doucher, Sarah Jane, répliqua sa

tante en la poussant gentiment dans la salle de bains, puis sous le jet d'eau chaude.

Une fois seule, Sarah déposa un peu de shampoing au creux de ses mains et se frotta les cheveux. La porte s'ouvrit et se referma, sans qu'elle y prête attention. Mais en sentant une main dans son dos, elle tressaillit.

— Tony ! Tante Lorett est juste à côté !

— Plus maintenant, répliqua-t-il en se déshabillant. Je l'ai chassée.

Il se glissa dans la cabine de douche et entreprit de lui rincer délicatement les cheveux. Il lui tendit ensuite un gant ainsi qu'une savonnette et tous deux se lavèrent sans se parler ni se toucher, en se dévorant seulement du regard, insatiables.

Quand ils se furent séchés et habillés, Tony s'assit au bord du lit.

— Tout à l'heure, j'ai cru que tu étais morte, commença-t-il d'une voix étranglée par la peur qu'il avait ressentie. Sarah, l'heure n'est pas au romantisme, mais il faut que je te le dise : je t'aime. Je ne veux plus vivre sans toi. J'ai besoin de savoir si tu éprouves les mêmes sentiments que moi.

Elle se précipita dans ses bras, le visage radieux.

— Oh, Tony… Je t'aime, moi aussi. Tant pis si nous brûlons les étapes pour de mauvaises raisons. Moi non plus, je ne pourrai plus me passer de toi.

— Je vais aller m'installer à La Nouvelle-Orléans. Nous ouvrirons une troisième boîte de nuit. Veux-tu être ma femme ?

Le cœur battant à tout rompre, elle noua ses bras autour de son cou.

— Oui, oui, mille fois oui ! Nous allons nous marier !

— Et quitter cet endroit maudit dès aujourd'hui.

— Mais…

— La police connaît le coupable du meurtre de ton père, à présent. Ou plutôt, *la* coupable. Elle ne peut pas rester cachée sous l'eau éternellement. Tôt ou tard, elle va devoir refaire surface, et quand elle réapparaîtra, ils l'arrêteront.

— Je n'arrive pas à croire que c'est Moira…

— Gallagher est en train de fouiller sa maison.

— Comment a-t-elle réussi à voler le fusil de Charles Bartlett ?

— Elle est amie avec Tiny. Elle connaissait sûrement leurs habitudes. Elle a dû s'introduire chez eux en leur absence.

— Et pourquoi Sonny Romfield et elle ont-ils tué mon père ? demanda-t-elle encore. Ils ne pouvaient pas se contenter de s'enfuir avec l'argent ?

— Va savoir… Peut-être que ton père les a surpris en flagrant délit… Ou alors ils cherchaient simplement un bouc émissaire sur qui faire peser les soupçons. J'ignore quel était leur plan, mais en tout cas, la mort de Sonny a modifié la donne.

— Tout ça n'est que suppositions…

Avant que Tony ait eu le temps de répliquer, le téléphone sonna. Sans lâcher Sarah, il se pencha en arrière pour décrocher.

— Allô ?

— Tony… Gallagher à l'appareil. Nous avons trouvé l'argent.

— C'est vrai ? Où ?

— Dans le grenier de Moira, dans une malle.

— La boucle est bouclée, alors ?

— Tout à fait. Elle plonge — c'est le cas de le dire — pour tellement de crimes que ses avocats ne sauront pas par quel bout entamer leur plaidoirie.

— Vous l'avez arrêtée ?

— Toujours pas, malheureusement, mais ça ne saurait tarder. Sa voiture est garée devant chez elle. Elle n'a pris aucune affaire, même pas ses papiers d'identité. Elle n'ira pas bien loin en combinaison de plongée.

— Sûrement pas. Passez-nous un coup de fil quand vous l'aurez.

— Entendu.

Tony raccrocha.

— Du nouveau ? s'enquit aussitôt Sarah.

— Ils ont trouvé l'argent dans son grenier. C'est donc bien elle la coupable. La police est en train de quadriller les bois autour du lac. Elle n'en a plus pour longtemps.

— Pauvre papa, murmura-t-elle avec un soupir. Il l'aimait bien, tu sais. Il disait souvent à maman qu'elle n'avait pas de chance.

— Comment ça, pas de chance ?

— Je crois que son mari n'était pas facile à

vivre, ce qui expliquerait sa liaison avec Sonny Romfield. Mais, bien sûr, ça ne justifie pas qu'elle ait tué.

Tony lui caressa la joue, traça le contour de sa bouche, puis posa ses lèvres sur les siennes. Elle cala sa tête contre son bras et s'abandonna à son baiser.

— Tu sens le courant qui passe entre nous ? chuchota-t-il contre sa bouche.

— Oui…

Ses mains remontèrent le long de son dos, puis s'arrêtèrent de chaque côté de sa poitrine.

— Tu sens l'amour qui émane de moi ?

— Oh oui…

— C'est aussi simple que ça, ma douce Sarah. Moira a tué par amour, et à la mort de Sonny, elle a voulu continuer à faire vivre leur amour en préservant leur secret. Même si cela impliquait un autre meurtre.

— C'est monstrueux.

— Oui, cette femme est un monstre. Mais la police va l'arrêter. En attendant, je ne veux pas que tu restes ici, d'accord ?

Sarah protesta faiblement.

— Mais mon père…

— Nous le porterons en terre, je te le promets, mon amour. Mais je ne voudrais pas avoir à t'enterrer près de lui.

— Maintenant que son secret n'en est plus un, Moira n'a plus de raisons de me tuer.

— Oh si, d'autant plus.

— Pourquoi ?

— Parce qu'elle ne peut pas te laisser gagner.

— Seigneur…

Tony se leva en essayant de se concentrer sur les mesures à prendre.

— Fais tes bagages, Sarah. Je vais expliquer la situation à Lorett… et lui parler de nos projets. Ensuite, j'aurai quelques coups de fil à passer, et nous pourrons partir. Nous prendrons la route avant la nuit.

— D'accord.

Elle était brusquement pressée de quitter Marmet au plus vite.

Tony l'embrassa, puis sortit de la chambre en lui adressant un clin d'œil.

Elle s'approcha de la fenêtre et regarda le lac. De nouveau, cette grande étendue d'eau ne lui inspirait plus que terreur et horreur. Redressant le menton, elle lui tourna le dos. Demain, l'innocence de son père ferait la une des journaux. Elle avait failli y laisser sa peau, mais la vérité était enfin rétablie. Elle pouvait rentrer chez elle la tête haute.

Moira Blake fit surface sous le ponton et se laissa flotter dans l'ombre, à l'abri des regards, afin d'observer Tony et le détective qui transportaient Sarah dans la maison. Le temps lui était compté. Bientôt, la maison de DeMarco grouillerait de flics.

A la hâte, elle ôta son masque et ses palmes, les accrocha à sa bouteille d'oxygène et laissa tomber le tout au fond du lac. Puis elle sortit de l'eau et se dirigea vers sa maison à travers bois.

Elle savait depuis toujours que cette échéance fatidique finirait par arriver. Elle le savait depuis que Sonny avait fracassé le crâne de Whitman à l'aide du presse-papiers en cristal de Sorenson. Elle savait, lorsqu'elle avait aidé Sonny à fourrer le corps de Whitman dans cette maudite malle, que Dieu lui ferait payer ses péchés. Elle n'avait pensé qu'à cela en regardant le coffre s'enfoncer lentement dans le lac avec de petites bulles. Elle n'avait pensé qu'à cela en regardant les pelletées de terre s'abattre sur le cercueil de Sonny.

Ensuite, l'attente avait commencé. Lente, inexorable, solitaire. Vingt longues années avec pour seule compagnie un mari handicapé. Avec la culpabilité qui la rongeait et l'empêchait de dépenser l'argent mal acquis. Avec ce secret de plus en plus lourd à porter. Il lui était arrivé de songer à avouer et de se soumettre au châtiment de Dieu. Mais elle avait tenu le coup. Jusqu'à ce qu'un crétin vole un fourgon blindé et kidnappe une bonne femme. Le début de la fin.

Hors d'haleine, elle parvint enfin à la lisière de sa propriété. Prudente, comme elle l'avait toujours été, elle se cacha derrière un arbre. Une voiture de police était garée devant chez elle. Sans doute avaient-ils découvert toute la vérité. Dans le meilleur des cas, elle finirait sous les verrous. Une petite voix lui cria d'aller se rendre, mais elle lui résista. Pas encore. Il fallait d'abord que Sarah sache ce que cela faisait de perdre l'être aimé.

D'arbre en arbre, elle se faufila jusqu'à l'étable

attenante à la maison, vide depuis l'accident de son mari. Il y avait un grenier à blé à l'une des extrémités. Elle y courut, s'empara du fusil à canon scié que son mari utilisait pour tuer les rats, et regagna la forêt. Si les flics étaient en train de fouiller la maison, elle les aurait bientôt aux trousses. Elle n'avait que peu de temps devant elle.

Debout dans le hall d'entrée, Tony écoutait Lorett fredonner à l'autre bout du couloir et les planches craquer à l'étage sous les pas de Sarah. Toutes les deux devaient être en train de boucler leurs valises.

Après le remue-ménage des derniers jours, la maison lui paraissait bien vide. Il venait d'annoncer aux vigiles qu'ils pouvaient finalement s'en aller, que tout le monde se préparait à partir. Maury Overstreet avait déjà repris la route. Quant au shérif, après avoir coordonné ses équipes, il s'était joint à ses hommes qui ratissaient la forêt.

Tony avait pris sa décision : il allait mettre cette maison en vente. Elle renfermait désormais trop de mauvais souvenirs, et il savait que le temps n'effacerait jamais la vision de Sarah sombrant dans le lac, de même que l'écho du coup de feu. Cette maison serait hantée à jamais.

S'arrachant à ses sombres pensées, il commença à gravir l'escalier et s'arrêta au milieu. Il venait de se rappeler qu'il avait oublié de verrouiller la cabane où il rangeait ses outils. En tâtant ses clés au fond de sa poche, il fit demi-tour et sortit par la cuisine.

Il marqua une pause sur la terrasse. Les silhouettes du shérif et de ses agents étaient visibles au loin, entre les arbres. Rassuré de les voir faire leur boulot, Tony descendit les marches et se dirigea d'un pas alerte vers le petit appentis.

En descendant l'escalier, Sarah entendit Tony sortir par la porte de la cuisine. Elle posait le pied sur la dernière marche quand Lorett surgit de sa chambre, le visage déformé par la terreur.

— Elle va le tuer ! hurla-t-elle.

Sarah se rua vers elle et la soutint avant qu'elle s'effondre.

— Qu'est-ce qu'il se passe ?

— Elle va le tuer !

Affolée, elle réfléchit à toute vitesse.

— Les gardes ! Ils sont toujours là ! Vite ! Il faut leur dire de faire quelque chose !

Lorett cligna des paupières et se redressa d'un bond. Elle partit d'un côté tandis que Sarah filait de l'autre, en direction de la terrasse. Elle ignorait ce que sa tante avait vu, mais la terreur qu'elle avait lue sur son visage lui suffisait.

Sans réfléchir, elle dévala les marches et fonça jusqu'à l'abri de jardin. La main sur la poignée de la porte, elle entendit une voix de femme. Et un cri retentit, suivi d'une déflagration.

— Nooon ! hurla-t-elle en ouvrant la porte à la volée.

A l'intérieur de l'appentis, Moira fit volte-face. Dans sa combinaison étanche, le visage grimaçant, elle n'avait plus rien de la vieille dame distinguée que toute la ville connaissait. Elle pointa le canon de son arme sur Sarah.

Comme dans un film au ralenti, Sarah vit Tony s'affaisser contre l'établi. Il y avait du sang sur sa chemise. Elle s'empara d'une hache accrochée près de la porte et s'avança. De la suite, elle ne conserva qu'une série d'instantanés.

Les lèvres de Moira retroussées sur ses dents.

Son pouce abaissant le chien de son fusil.

Une odeur d'huile de tronçonneuse.

Des raclements de pieds dans la sciure.

Le poids de la hache qu'elle éleva par-dessus son épaule comme une batte de base-ball.

Un horrible cri quand le tranchant de l'outil s'enfonça dans la chair.

L'écho d'une seconde détonation.

Les plombs ricochant au plafond.

Le sang formant de petites rigoles dans la sciure.

Des râles.

Et puis le silence.

— Tu m'as tuée, articula péniblement Moira.

La hache toujours levée au-dessus de sa tête, Sarah la considéra sans pitié.

— Vous vous êtes tuée vous-même, murmura-t-elle.

La tête de Moira Blake heurta le sol. Elle était morte.

Sarah laissa tomber la hache à ses pieds. Ses

jambes flageolaient. Si deux bras robustes ne l'avaient pas soutenue, elle se serait effondrée.

— Ma fille, entendit-elle à son oreille tandis que plusieurs hommes armés s'engouffraient dans l'appentis.

— Je suis arrivée trop tard, balbutia Sarah en se blottissant dans les bras de sa tante. Elle l'a tué. Tante Lorett… Oh, mon Dieu… Je suis arrivée trop tard.

— Il n'est pas mort, mademoiselle Whitman, s'écria l'un des vigiles accroupis autour de Tony. Elle l'a touché au front, mais son cœur bat et il respire. Il n'y a pas de mal. Il va se réveiller avec une bonne migraine, c'est tout. Et il ne gardera que quelques cicatrices.

Elle se précipita vers Tony. S'agenouillant auprès de lui, elle lui glissa les mains sous la tête.

— Tony ?

Il émit un grognement, puis ouvrit les yeux.

— Il ne faudrait pas que ça devienne une habitude, marmonna-t-il en portant les doigts à son front. Aïe. Qu'est-ce que ça fait mal…

Revenant complètement à lui, il se redressa d'un mouvement.

— Moira. Elle est armée.

— Elle n'est plus dangereuse, chuchota Sarah auprès de lui.

Tony regarda autour de lui. Ses yeux s'écarquillèrent quand il aperçut le corps inanimé de Moira Blake. Il prit une profonde inspiration et se tourna vers Sarah.

— Tu m'as sauvé la vie.

— Non, je n'ai pensé qu'à moi. S'il t'était arrivé quelque chose, j'en serais morte.

Luttant contre ses larmes, elle noua ses bras autour de lui et ferma les yeux.

— Sarah… Pouvez-vous me raconter ce qui s'est passé ?

Elle tressaillit en reconnaissant la voix de Ron Gallagher. Elle s'écarta de Tony et leva les yeux vers le shérif, avec une impression de déjà-vu. Il lui fallut quelques secondes pour se remémorer une autre situation, longtemps auparavant : au cimetière, le jour des funérailles de sa mère, Gallagher s'était penché vers elle afin de lui caresser la joue. Ce jour-là, il y avait des larmes dans ses yeux. Aujourd'hui, il n'y avait que de l'inquiétude.

— Elle a tiré sur Tony. Et elle voulait me tuer, moi aussi. Je l'en ai empêchée.

Gallagher se tourna vers Tony qui enchaîna :

— Que puis-je dire de plus ? Moira m'a pris par surprise. Je cherchais une chaîne et un cadenas. Elle était là, elle m'attendait. Elle a vociféré des trucs incohérents, que Sarah devait savoir ce que c'était de vivre sans celui qu'elle aime, et elle a appuyé sur la détente. J'ai bondi en arrière mais j'ai senti les plombs me frôler. Ensuite, j'ai dû perdre connaissance. J'ignore ce qui s'est passé exactement, mais ce que je sais, c'est que si Sarah n'avait pas poussé cette porte, je ne serais plus de ce monde.

Ces explications parurent suffire à Gallagher.

— Appelle une ambulance, ordonna-t-il à l'un de ses agents. Et le coroner.

— Je n'ai pas besoin d'ambulance, protesta Tony. Donnez-moi juste des pansements.

— Vous avez la tête dure, remarqua le shérif en souriant.

— Ce n'est pas drôle, maugréa Sarah.

Elle se releva avec peine. L'odeur du sang de Moira lui soulevait le cœur. Soudain prise de nausée, elle se rua à l'extérieur. Gallagher aida Tony à se remettre sur ses pieds, et tous les deux la suivirent. Elle était assise contre la cabane, la tête entre les genoux, Lorett accroupie à côté d'elle.

Gallagher avait déjà eu affaire à des cas de légitime défense. Il savait qu'il lui faudrait beaucoup de temps pour s'en remettre.

Il se tourna vers Tony.

— J'ai cru comprendre que vous étiez sur le départ. En partant, vous n'aurez qu'à vous arrêter à mon bureau pour faire votre déposition. Si j'ai des questions à vous poser, je me débrouillerai pour vous joindre.

Sarah se releva. Son visage était pâle et sans expression, mais elle prit la parole d'une voix ferme.

— Nous ne partons pas tout de suite. Il n'y a plus de danger, maintenant. Demain, j'enterrerai mon père à côté de maman.

— Je comprends. Mais si vous avez besoin d'un peu de temps, je peux conserver la dépouille de votre père…

— Je ne veux pas revenir, le coupa-t-elle en secouant la tête. Plus jamais.

— Vous avez fait ce qu'il fallait, Sarah. N'en doutez jamais.

Elle regarda sa tante, puis Tony, dont le regard débordant d'amour l'émut au plus profond d'elle-même. Elle détourna les yeux sous peine de se remettre à pleurer. Il la prit par la main et l'entraîna vers la maison.

Sur la terrasse, elle se retourna une dernière fois. Au-delà de la cabane de jardin, le paysage n'était que sérénité. Le soleil se couchait sur le lac. Un oiseau chantait dans un arbre. Au regard de l'acte qu'elle venait de commettre, la nature était d'une beauté sacrilège. Mais toute cette sombre histoire était enfin terminée. Une nouvelle vie l'attendait.

Depuis le lever du jour, de gros nuages noirs s'amoncelaient dans le ciel, comme si la nature portait elle aussi le deuil. Des voitures étaient garées partout aux abords du cimetière et, le long de la route, une foule guettait le convoi mortuaire. Personne ne parlait. Personne n'osait se regarder. La honte se lisait sur les visages.

La ville était sous le choc. Comment un monstre aussi hideux que Moira Blake avait-il pu si bien cacher son jeu pendant tant d'années ? Tiny Bartlett, Marcia Farrell et Annabeth Harold, bien qu'il fût difficile de deviner leurs pensées, devaient à présent connaître les affres que Catherine Whitman avait endurées. Tout le monde se demandait comment elles avaient pu être amies avec Moira sans se douter un instant de sa véritable nature. Et puis, il y avait aussi Charles Bartlett que l'on regardait de travers. Il avait été totalement innocenté, mais certains continuaient à prétendre qu'il n'y avait pas de fumée sans feu.

Dans le froid et le silence, les honnêtes citoyens de Marmet attendaient de présenter leurs hommages à un homme et sa fille, et peut-être, peut-être seulement, de pouvoir formuler une petite prière pour leur propre pardon.

Le corbillard arriva enfin, escorté d'une voiture et de trois véhicules de police. Des cous se tendirent, des têtes se dévissèrent.

La portière arrière du fourgon noir s'ouvrit, révélant un cercueil en ébène. Comme Sarah le leur avait demandé, Ron Gallagher et quatre de ses agents s'approchèrent, accompagnés de Harmon Weatherly, vêtu de son costume sombre de travail. Trois d'entre eux se placèrent à la droite du cercueil, les trois autres à sa gauche, puis ils saisirent les poignées et le soulevèrent.

Quand Sarah Whitman et Tony DeMarco descendirent de voiture, tout le monde retint sa respiration. On savait ce qu'elle avait fait, et pourquoi elle l'avait fait. Personne ne pouvait détacher le regard de son visage fermé, dévasté. Puis la foule se pressa vers la tombe fraîchement creusée, en se bousculant pour être aux premières loges.

Devant le trou béant, Sarah chancela légèrement. Tony l'aida à rester debout en la serrant contre lui. La veille, après l'atrocité que Moira l'avait forcée à commettre, le médecin avait voulu lui prescrire des sédatifs, mais elle avait refusé. Aucune drogue ne pourrait lui faire oublier la folie qu'elle avait vue dans les yeux de Moira, ni la sensation qu'elle avait éprouvée en abattant la hache sur la femme qui la menaçait de son fusil.

Le curé de l'église qu'elle avait fréquentée dans

son enfance s'avança. Elle l'avait appelé afin de lui demander s'il accepterait de lirc un verset de la Bible sur la tombe de son père. Il avait accepté.

— Si nous sommes réunis ici aujourd'hui, commença-t-il d'une voix forte, c'est pour que Franklin James Whitman connaisse enfin le repos éternel. Sa fille, Sarah Whitman, a souhaité que je vous lise un verset de la Bible, un seul.

Des fronts se plissèrent, des sourcils se froncèrent, mais personne ne fit de commentaire. La déception se peignit sur les visages. Avoir attendu tout ce temps, dans ce froid glacial, pour s'entendre annoncer que le spectacle finirait pas plus tôt commencé…

Le curé se racla la gorge et regarda Sarah.

— Mademoiselle Whitman, avant de lire ce verset, je voudrais vous présenter des excuses, au nom de toute la paroisse de Marmet, qui vous a rejetée dans les moments les plus durs.

Elle battit des paupières. Elle ne s'était pas préparée à cela. A ce que les mots qu'elle attendait depuis si longtemps lui nouent la gorge et lui fassent monter les larmes aux yeux.

Tony se pencha vers elle.

— Sois forte, mon amour, chuchota-t-il à son oreille. Ne pleure pas devant eux.

Exactement les encouragements dont elle avait besoin. Elle inspira lentement et s'appuya discrètement contre lui, de façon à puiser un peu de sa force.

Le curé ouvrit sa Bible.

— Nouveau Testament, évangile selon Matthieu, chapitre sept, premier verset : « Ne jugez pas, pour ne pas être jugés. »

Il referma le livre et leva les yeux.

— Souvenez-vous de ces paroles. La cérémonie est terminée.

Personne ne bougea. Tous les regards étaient rivés sur Sarah Whitman, qui sortit un objet de sa poche et le déposa sur le cercueil. Seul le premier rang vit de quoi il s'agissait. Un trousseau de clés doté d'un porte-clés rouge sur lequel était inscrit : « Le Meilleur des Papas. »

Le shérif Gallagher s'avança, ôta son chapeau et serra la main de Sarah. Ses agents l'imitèrent puis regagnèrent leurs véhicules. Quand Harmon Weatherly se présenta devant elle, Sarah lui tendit la main. Il la prit entre les siennes et l'embrassa.

Elle avait de plus en plus de mal à contenir ses larmes. Alors qu'elle fixait le porte-clés sur le cercueil, une goutte de pluie tomba sur sa joue, puis une autre.

— Mon amour, murmura Tony à ses côtés, redoutant qu'elle éclate en sanglots.

Elle sursauta et tourna vers lui un regard absent.

— Il commence à pleuvoir, ma chérie…

Sa tendresse apaisa l'émotion qu'elle s'efforçait de canaliser. Elle se retourna vers la foule et lentement, très lentement, balaya tous les visages du regard. Paul Sorenson baissa la tête. Annabeth Harold détourna les yeux. Sarah posa son regard sur chacun, un regard qui signifiait clairement qu'elle n'offrirait son pardon à personne. Qu'ils comprennent le mal qu'ils lui avaient fait.

Puis elle regarda Tony, dont l'amour chassa toute amertume de son âme.

— C'est fini ? demanda-t-elle alors qu'il la prenait par la main.

— Oui, mon amour, c'est fini.

Épilogue

La Nouvelle-Orléans — six mois plus tard

— Ouh la, Sarah, tu devrais surveiller ton homme, conseilla Michelle à celle qu'elle avait toujours considérée comme sa sœur. Regarde comme il sourit à Mme Bonet.

L'inauguration du Très Silk battait son plein. Ainsi que Sarah l'avait prédit, la soirée était un franc succès. Elle regarda Tony se faufiler dans la foule, puis fit un clin d'œil à sa compagne.

— Je ne m'inquiète pas, répondit-elle en se passant la main sur le ventre. Tu ne connais pas mon homme, ou tu ne dirais pas ça. Avec ce qui gigote là-dedans, il ne peut pas me trahir.

Puis elle se toucha le cœur avant d'ajouter :

— Et avec ce qui bat ici, je ne pourrai jamais le trahir, moi non plus.

Avec un petit rire complice, Michelle s'appuya contre son épaule et lui souffla un baiser. Puis elle se leva pour aller rejoindre son mari, François, qui attirait un peu trop d'admiratrices à son goût.

Restée seule, Sarah vit Tony revenir vers elle. Il lui souleva les cheveux et l'embrassa juste derrière l'oreille, à cet endroit qu'il aimait tant.

— Mmm, quelle douceur, commenta-t-elle avec un sourire charmeur. M'accorderais-tu cette danse ?

Il la prit dans ses bras et l'entraîna sur la piste de danse au rythme d'un air cajun.

— Ma Sarah, lui chuchota-t-il à l'oreille.

— Répète-le encore.

— Ma Sarah, ma Sarah, mon amour de toujours.

Elle renversa la tête en arrière et lui sourit.

— Ce soir, j'ai un peu l'impression d'être au paradis.

— Un peu, seulement ? répliqua-t-il en feignant d'être déçu.

Elle glissa les mains sous la veste de son smoking et se pressa contre lui.

— Silk… mon beau Silk… Le paradis est une

notion relative. Ici, je suis obligée de te partager avec plein de monde. A la maison, je t'ai tout entier pour moi. C'est ça, le paradis : toi, moi et notre bébé.

Trop ému pour répondre, Tony la serra plus fort et la fit tournoyer.

La nuit, parfois, quand la maison était plongée dans l'obscurité et que Sarah dormait entre ses bras, il se demandait comment il ferait s'il devait vivre sans elle. Cette perspective le glaçait d'effroi. Puis il repensait à tout ce qui s'était passé, au cauchemar qu'ils avaient traversé ensemble. Alors, il remerciait le ciel de ne pas lui avoir arraché sa douce et tendre Sarah.

De quelques pas chassés, il ouvrit un passage parmi les couples de danseurs et l'entraîna sous le luxueux lustre en cristal qui pendait au-dessus de la piste.

— Lève les yeux, Sarah Jane.

Elle inclina la tête en souriant.

— Tu avais raison. Il n'est pas trop grand. C'est magnifique.

— Il brille pour toi, murmura-t-il. Pour que tu n'aies plus jamais peur du noir.

Elle s'assombrit et tenta de refouler l'émotion

qui la submergeait. En vain. Sentant les larmes lui monter aux yeux, elle détourna la tête.

— Ne pense plus au passé, Sarah. Désormais, nous ne vivrons plus qu'en pleine lumière.

Et il la fit tourbillonner, s'accrochant à ses épaules pour ne pas perdre l'équilibre.

Oui, le passé était derrière eux. L'avenir leur tendait les bras. Et leur enfant ne connaîtrait que paix et amour.

DANS LA MÊME COLLECTION

Par ordre alphabétique d'auteur

LAURIE BRETON	*Ne vois-tu pas la mort venir ?*
BARBARA BRETTON	*Le lien brisé*
JASMINE CRESSWELL	*La Manipulatrice*
JASMINE CRESSWELL	*Le secret brisé*
JASMINE CRESSWELL	*La mort pour héritage*
JASMINE CRESSWELL	*Soupçons mortels*
JASMINE CRESSWELL	*Je saurai te retrouver*
MARGOT DALTON	*Amnésie*
MARGOT DALTON	*Kidnapping*
MARGOT DALTON	*Le sceau du mal*
MARGOT DALTON	*Crimes inavoués*
WINSLOW ELLIOT	*L'innocence du mal*
LYNN ERICKSON	*Le Prédateur*
TESS GERRITSEN	*Présumée coupable*
TESS GERRITSEN	*Crimes masqués*
HEATHER GRAHAM	*L'invitation*
HEATHER GRAHAM	*L'ennemi sans visage*
HEATHER GRAHAM	*Le complot*
HEATHER GRAHAM	*Soupçons*
HEATHER GRAHAM	*La griffe de l'assassin*
GINNA GRAY	*Le voile du secret*
GINNA GRAY	*La cavale*
KAREN HARPER	*Testament mortel*
KATHRYN HARVEY	*La clé du passé*
CHRISTIANE HEGGAN	*Miami Confidential*
CHRISTIANE HEGGAN	*L'Alibi*
CHRISTIANE HEGGAN	*Intime conviction*
CHRISTIANE HEGGAN	*Labyrinthe meurtrier*
CHRISTIANE HEGGAN	*Troublantes révélations*
CHRISTIANE HEGGAN	*Intention de tuer*
BONNIE HEARN HILL	*La disparue de Sacramento*
METSY HINGLE	*Le masque de la mort*
GWEN HUNTER	*Faux diagnostic*
GWEN HUNTER	*Virus*
GWEN HUNTER	*Les mains du diable*
GWEN HUNTER	*Le triangle du mal*

... / ...

DANS LA MÊME COLLECTION

Par ordre alphabétique d'auteur

PENNY JORDAN	*De mémoire de femme*
PENNY JORDAN	*La femme bafouée*
R.J. KAISER	*Qui a tué Jane Doe ?*
ALEX KAVA	*Sang Froid*
ALEX KAVA	*Le collectionneur*
ALEX KAVA	*Les âmes piégées*
ALEX KAVA	*Obsession meurtrière*
RACHEL LEE	*Neige de sang*
RACHEL LEE	*Le lien du mal*
CARLA NEGGERS	*L'énigme de Cold Spring*
CARLA NEGGERS	*Piège invisible*
MEG O'BRIEN	*Le piège*
MEG O'BRIEN	*En lettres de sang*
MEG O'BRIEN	*Pluie de sang*
MEG O'BRIEN	*La déchirure*
MEG O'BRIEN	*Spirale meurtrière*
SHIRLEY PALMER	*Zone d'ombre*
EMILIE RICHARDS	*Le refuge irlandais*
EMILIE RICHARDS	*Mémoires de Louisiane*
EMILIE RICHARDS	*Le testament des Gerritsen*
EMILIE RICHARDS	*L'héritage des Robeson*
EMILIE RICHARDS	*L'écho de la rivière*
EMILIE RICHARDS	*Promesse d'Irlande*
EMILIE RICHARDS	*Du côté de Georgetown*
HELEN R. MYERS	*Mortelle impasse*
HELEN R. MYERS	*Les ombres du doute*
NORA ROBERTS	*Le cercle brisé*
NORA ROBERTS	*Possession*
NORA ROBERTS	*Et vos péchés seront pardonnés*
NORA ROBERTS	*Tabous*
NORA ROBERTS	*Coupable innocence*
NORA ROBERTS	*Maléfice*
NORA ROBERTS	*Enquêtes à Denver*
NORA ROBERTS	*Crimes à Denver*
NORA ROBERTS	*L'ultime refuge*

.../...

DANS LA MÊME COLLECTION
Par ordre alphabétique d'auteur

FRANCIS ROE	*L'engrenage*
FRANCIS ROE	*Soins intensifs*
M. J. ROSE	*Rédemption*
JOANN ROSS	*La femme de l'ombre*
SHARON SALA	*Sang de glace*
SHARON SALA	*Le soupir des roses*
SHARON SALA	*Meurtre en eaux troubles*
MAGGIE SHAYNE	*Noir paradis*
TAYLOR SMITH	*Le carnet noir*
TAYLOR SMITH	*La mémoire assassinée*
ERICA SPINDLER	*Rapt*
ERICA SPINDLER	*Black Rose*
ERICA SPINDLER	*Le venin*
ERICA SPINDLER	*La griffe du mal*
ERICA SPINDLER	*Trahison*
ERICA SPINDLER	*Cauchemar*
ERICA SPINDLER	*Pulsion meurtrière*
ERICA SPINDLER	*Le silence du mal*
ERICA SPINDLER	*Jeux macabres*
ELISE TITLE	*Obsession*
CHARLOTTE VALE ALLEN	*L'enfance volée*
LAURA VAN WORMER	*La proie du tueur*

6 TITRES À PARAÎTRE EN MARS 2007

MIRA

Composé et édité par les
éditions Harlequin
Achevé d'imprimer en décembre 2006
par
LIBERDÚPLEX

Dépôt légal : janvier 2007
N° d'éditeur : 12527

Imprimé en Espagne